國家古籍整理出版專項經費資助項目

日藏稀見釋家別集叢刊（第一輯）

校勘本

北磵文集

（宋）釋居簡　撰
紀雪娟　點校

西南師範大學出版社
國家一級出版社　全國百佳圖書出版單位

圖書在版編目（CIP）數據

北磵文集 ：校勘本 /（宋）釋居簡撰 ；紀雪娟點校
. -- 重慶 ：西南師範大學出版社 ，2016.4
（日藏稀見釋家別集叢刊）
ISBN 978-7-5621-7897-2

Ⅰ. ①北… Ⅱ. ①釋… ②紀… Ⅲ. ①古典詩歌－詩集－中國－南宋②古典散文－散文集－中國－南宋 Ⅳ. ①I214.422

中國版本圖書館 CIP 數據核字（2016）第 076693 號

日藏稀見釋家別集叢刊（第一輯）
北磵文集　校勘本
（宋）釋居簡撰　紀雪娟點校

責任編輯：杜艷茹
版式設計：郭清霞
裝幀設計：趙　晶
出版發行：西南師範大學出版社
地址 重慶市北碚區天生路 2 號　郵政編碼 400715
http://www.xscbs.com
經　　銷：全國新華書店
印　　刷：重慶紫石東南印務有限公司
開　　本：880mm×1230mm　1/32
印　　張：14
版　　次：2016 年 4 月第 1 版
印　　次：2016 年 4 月第 1 次印刷
書　　號：ISBN 978-7-5621-7897-2
定　　價：55.00 元

目次

化閻美人冷淘供疏　建三門旦過浴室疏　化煎笋疏　靈鷲修造疏
天竺靈山寺九品觀堂成修法華期懺疏　智鎧求僧疏　真如山門檀越二疏
印可堂住廣福山門諸山兩疏　代延慶山門蓮社兩疏請奎梅峯
赤城山門檀越兩疏　一菴忌疏　代錢氏請超果主人山門檀越兩疏
智詮畫觀音求僧疏　刺血書經求僧疏　買屋疏　法花寺建鐘樓藏殿疏
盧溪盧行者求僧疏　趙智才求僧疏　雙峯捺田疏　石佛金地寺塑佛并廊屋疏
大浮山建寺疏　四祖建傳衣閣于中宫疏　小江寺懺堂疏　師子吼寺修造疏
菩提寺砌撒骨池疏　城北寶嚴建佛殿疏
韓菴顯侍者刺血書法華楞嚴花嚴諸經幹緣盧舍那佛并龕座疏
慧光菴慧明求僧疏　馬要寺建浴院疏　勸請明因全維那住傳法疏
圓老骨歸澱山塔疏　夏港龍祠疏　修慈受開山塔疏　老壽庵湯妙應求僧疏
長興元保光砌路疏　南高峯修塔疏　祈晴疏　梵天建藏殿并藏疏
如意院幹塗田疏　虎丘重修池上施食亭疏　德清集雲建西方殿疏
天台螺溪再造疏　楞嚴院念佛會疏　楞嚴幹長堂疏

北磵文集卷第九

謝孔目舍緣作道士疏　慧峯建僧堂疏　湧金門外砌路疏　下竺智仁求僧疏
炭頭疏　請梅屏疏　蘄州東禪幹鐘樓疏　蘄州東禪幹僧堂疏
西菩造五鳳樓挂鐘於西偏建藏於其下疏
城東楊相橋再造并修五里塘仁和縣尉為首求疏　南翔遠老幹麥豆莊疏
淨土移寺造觀堂疏　智盧求僧見李知省疏　開夏講疏
普光教院山門檀越兩疏　代人持盔買屋疏　梨洲化主疏
日者陳氏命子作道士疏　諸山爲李臨海昌宗保安眼疾於千眼大悲殿疏
黃檗湛愛堂造房舍疏　大雄寺白龍殿幹直廊疏　杜寺普光幹柴蕩疏
造鐘樓疏　普照寺修西方閣展殿軒疏　超果無礙浴院幹前軒疏
華亭證覺觀堂教院檀越山門兩疏　延慶觀堂翻盖疏　陳寺修圓通閣疏
淨慈冬節疏　智門能老開堂疏　昭慶淨土池疏　妙湛月岩中開堂疏
寄居疏　正海爭□徽廟道場不應作貢院遭別駕之暴使求僧以償其勞
碧雲建藏疏　心老住道場疏　淨覺法師齋忌疏　下竺修造疏
拜郊臺天真院移普賢塑佛疏　小白花橋疏　請亨老住報恩疏

慧日宗元谷目齒兩種不壞之塔銘　御史銀青米公復神道碑

道場山北海禪師塔銘　趙野雲墓誌銘　祭佛照禪師　祭佛照禪師圓鑑之塔

代佛照祭淵清叟　祭錢竹岩　祭虞稅院　祭于君實宮講　祭齊國趙夫人

祭趙寺丞　祭上元長官趙紫芝　祭盧玉堂直院　祭神林慧元發

祭覺無象以淵清叟配　祭蘿湖雲卧菴主瑩仲温雲居老宿聰首座

代鄉人祭璉壞衲　祭葛無懷　祭韶維那　代佛照祭雲莊主　祭源上人

代佛照祭珵監寺　祭昭文錢公　代人祭何康叔　祭錢妙明居士

山門祭吴寺達　山門祭振監寺　代信新戒祭悟侍者　代下竺印祭上竺珪

代祭興上座　代人祭印元實　代祭前人　代祭達首座鄉老人

祭秀州簡上人湖州選上人　達首座索生祭文　祭杲無外講師　祭超老宿

祭勤净頭　祭圭侍者　祭雪溪臯老　祭魏鶴山　空聖予哀辭　下竺印哀辭

吊池陽郡愽盧蒲江喪耦與女　招魂　智門能禪師哀辭

《日藏稀見釋家別集叢刊》序

衆所周知，中日兩國文化交流的歷史由來已久，商賈貿易的往來、典籍文獻的傳播、官方使節的互遣都對兩國的文化發展產生過深遠的影響。當然，就近代以前而言，中國文化影響日本的程度要遠遠大於日本文化對中國的影響。歷史上，中國的政治架構、建築、教育、文學、宗教等多方面的文化因子被來往於東中國海的人們逐步帶往東瀛列島，由此帶來了日本文化的變革和發展。這其中受日本天皇、幕府將軍委派、渡海西來的遣唐使、學問僧等使者和從中國渡海東去的僧侶、刻工等人士起到了關鍵的橋樑作用。但是在這個漫長的過程中，僧侶之間的交流要比官方使節的來往顯得更加持久而影響深遠。歷史上，中日兩國曾多次爆發衝突和戰爭，導致官方往來時有中斷，然而商務貿易和僧侶互訪卻未曾斷絶，甚至在十三至十六世紀的四百年間，僧侶交流成為中日兩國之間文化交流的主要渠道。因此，僧侶作為中日間文化使者的特殊歷史現象是我們不可忽視的。

佛教文化起源於印度，發展於中國，並衍生出許多支脈，比如禪宗、淨土宗、臨濟宗等，而後逐步傳播至日本諸島，其中以禪宗最為興盛，並形成了儒佛互補的理念。這個過程中，中土佛教思想對日本文化尤其是日本封建統治者的政治倫理產生了重要的促進作用，鞏固了幕府統治，協調了幕府與朝廷之間的關係，可謂功勳卓著。同時，僧侶們除了弘揚佛法之外，對於日本五山文學的興起，對於日本茶道、花道、劍道、書道、武士道等藝術形式的形成和發展，對中國古典文學的傳播，均產生過巨大的影響，使得早在十世紀，中日兩國就已形成了漢字文化圈，並產生了相近的價值觀。正是一波波持續不斷的文化輸入，將包括佛教典籍、儒家典籍、文學典籍在內的大量漢籍帶到東瀛列島，從而形成了深厚的文化積澱。

中日之間的佛教交流始於中國的南北朝時期，在唐宋時期達到一個高峰。在這個過程中，中國赴日僧侶的行跡當是我們所關注的焦點。眾所周知，鑒真和尚的六次東渡向來是人們廣為流傳的佳話。而其後，蘭溪道隆、無學祖元、一山一寧、竺仙梵僊等宋元時代僧人的赴日之行也是不可忽視的對象。反過來說，空海、最澄、圓爾辨圓、無夢一清、策彥周良等各個時代的日本僧人來中國求法，往往問學於中國名僧、交游於中國名士，將他們的著述、手迹帶往日本并悉心保存也是中國佛教文化傳播日本的必然結果。來往中日之間的僧侶所起到的津樑作用，其本身包含的文化內涵已經遠遠超越宗教本身。關於僧侶往來的交流方式、交流內容等細節方面的研究，前賢們已取得諸多成果，但當前該領域的史料仍層出不窮，有待於學者們進一步的挖掘、釐析和探究。而藏於彼邦的中國僧侶佚籍、珍籍更應成為當代學人首要整理的對象。

「日藏稀見釋家別集叢刊」便是在這樣的背景下提出來的，其目的是將日本所藏的中國僧侶的稀見詩文集或者版本優異者加以整理。我們認為，以整理日本所藏僧侶別集文獻為契機，對比勘校珍稀版本，在關注佛學論理和個性文學修養之外，挖掘其中涉及的中日佛界交流、人物往來、經濟貿易等信息，可為今人展現宋元明時期中日文化交流的歷史圖景，擴大中華文化的歷史內涵。同時，釋家別集文獻又是研究當時文學體裁和內容，特別是僧侶文學的基礎材料。《全宋詩》《全宋文》《全元詩》等各個朝代詩文總集對於僧侶著述的整理，由於版本的差異或缺失，仍有不足之處，如欲完善宋元明文學之全貌，那麼佚籍的發掘和整理是必不可少的一環。

出於對當下學術條件的考量，我們對於僧侶詩文著述的選取，側重於已成書者，目前已發現的二十餘種現存於日本的完整的中國古代僧侣詩文集文獻，如宋釋智圓《閒居篇》、元釋大圭《夢觀集》、明釋克新《雪廬稿》等，皆為稀見之書，極有裨益於補充中國傳世文獻之不足。此外，本項目也涵蓋雖未親赴日交流、但在中日間頗有影響的名僧，如宋釋契嵩《鐔津文集》、宋釋居簡《北磵文集》。兩種文集傳至日本後，有五山版覆刻本，刊刻精良，各卷内容也與國内所藏版本有所差異，頗有價值。現存的釋家别集文獻，有些存藏於日本的公私圖書館，有些存藏於寺廟，管理嚴格程度並不一致，加之語言溝通的問題，對於今天的中國學者而言，使用起來尚有許多不便之處。因此，通過本項目多年來持之以恆地收集，並認真加以校訂，形成一個較為完善的版本，將為學者免去搜索勞頓之苦，可謂有功於學林的嘉惠之舉。過去，對於赴日僧人的研究多由日本學者開展，雖然他們善於收集資料，精於考據詞章，但其觀點難免有失偏頗，因此，中國學者有必要發揮自己的文化優勢，從系統、宏觀的角度加以思考，從而得出較為客觀的結論。當然，我們所作的工作也僅僅是拋磚引玉而已，如有更多的大方之家參與其事，則更是令人喜聞樂見的。

漢籍是個巨大的文化寶藏，是歷朝先賢的智慧結晶，是中華民族文化薰陶、傳承的基本載體。根據古籍界的調查，漢籍的數量堪稱浩瀚，然而不幸的是，相當一部分的典籍因為歷史上的各種災厄散佚了。但這其中仍有一些文獻在域外得以保全，特別是東瀛列島，又可謂文化幸事。域外漢籍的發掘和回流，肇始於五代十國時期，吳越王錢俶曾派人赴日本求取天台宗的佚籍；其後，日僧奝然的入宋獻籍，使得宋代有識之士如歐陽修等人認識到彼邦有故國之書。清末楊守敬更是趁著日本明治維新漢學式微之際收購三萬餘卷漢籍珍本，運回國內，為填補我國傳世文獻的空白做出巨大貢獻。當然，今天的科技和學術發展大大超過前代，我們所發現的日本所藏漢籍珍本、繪卷、碑刻等文化遺產更是層出不窮，引起學界的廣泛關注。

新文獻的發現和挖掘是學術研究的基石。推而廣之，近年來，國內參與日本、韓國、越南等域外諸國所藏漢籍整理的學人日漸增多，南京大學域外漢籍研究所、復旦大學文史研究院、中國社會科學院歷史研究所、浙江工商大學東亞研究院等國內多所知名學術機構的參與正使得域外漢籍研究逐步成為學術熱土。這是令人欣喜的局面。

知微見著，由此及彼，日藏稀見釋家別集的出版將有助於國內學者吸收中日兩國前輩學者的成果，從而能夠提出新的合理觀點，挖掘生動的歷史內涵，為今天的中日文化交流提供歷史鏡鑒，也為當今域外漢籍研究學界提供可資參考的研究材料。是為序。

本叢書編者

二〇一六年二月二十日

點校說明

一

北磵文集十卷，宋釋居簡撰。

釋居簡【一】，字敬叟，號北磵，潼川通泉（今四川射洪）人，補續高僧傳卷二十四記俗家姓王，另一種說法見於增集續傳燈錄卷一，載其原姓龍。生于南宋孝宗隆興二年九月十四日，「世業儒，資質穎異」【二】，居簡早年接受了儒學教育，「束髮就外傅時，先生長者言蜀帥范石湖、陸放翁賓主，筆墨勍敵，片言隻字人皆珍惜」。而他的師號「居簡」則暗合了論語庸也第六「居敬而行簡，以臨其民，不亦可乎？居簡而行簡，無乃大簡乎」之意。

居簡年少時喜讀佛典，對佛學表現出濃厚興趣，「幼見佛書必端坐，默觀如宿習」

【三】。青年時「姿秀而文，當世尚之」【四】，後游廣福院讀出世典，輒棄冠具戒，依廣福院圓澄得度。據居簡示寂時間可以推算，居簡大約於宋孝宗淳熙十年左右受戒出家。居簡在廣福院居留五年，與病庵居正、壞庵居照同門。後居簡慕名來到浙江徑山寺參謁同是蜀人的高僧別峰寶印禪師，別峰當時年事已高，遂爲其指見塗毒智策禪師，居簡遂居留智策處，智策示其心要。後居簡偶然讀到宋代臨濟宗大慧派僧道顔語錄「欲識諸佛心，但向衆生心行中識取；欲識常住不凋性，但向萬物遷變處會取」而有所省悟。此時道顔早已去世，因道顔在大慧宗杲處開悟，佛照德光又得大慧宗杲之旨，居簡決定告别智策，於淳熙十六年間往明州育王寺參訪德光，居簡果與德光心機相契，參叩其門十五年，遂得其法印。

在德光處，居簡結交了不少禪林中人，「一時社中耆碩忘年與交」【五】，如浙翁如琰、朴翁義銛、空叟宗印等。根據張自明北磵集原序，慶元初居簡在這裏还結識了時在太學的張自明，兩人常常「相羊林泉，吟弄風月」【六】。居簡雲游吳越間過羅湖，訪羅湖曉瑩，曉瑩亦嗣法於大慧宗杲，曉瑩與之議論，大爲贊賞，稱其爲「妙喜（大慧）之後一人也」，並以妙喜居洋嶼庵竹篦爲贈，且曰：「公之後必大。」【七】

嘉定元年，居簡任台州報恩光孝寺住持，此時與錢厚交往。嘉定二年春，居簡往天台山，「陟華頂，度石梁，訪國清，憩佛隴」，看書記岩，與張少良相遇於丹丘巾峰之陽。嘉定三年，居簡訪游杭州鹽官縣開福寺。嘉定七年，居簡往秀州華亭縣澱山湖游覽，作澱山會靈廟記。陸垕時任縣主簿，遂結識陸垕，後二人多有酬唱，居簡作盤隱陸別駕樓居、次韻盤隱陸別駕先賢堂下月夜見寄、送常倅陸盤隱、別陳給事諸公赴陸府判盤隱之約、正月初一酬盤隱陸別駕再雪得封字初三夜醮遇風得涇字、陸別駕解組。此後居簡名聲大振，葉適曾折節問道於居簡。葉適時提舉江州太平興國宮，曾爲居簡作奉酬般若長老，云「簡師詩語特驚人，六反掀騰不動身。說與東家小兒女，塗紅抹綠未禁春」【八】。湛淵靜語云：「蜀僧居簡，號北磵，能詩，葉水心有奉酬北磵詩，後題云：『新詩尤佳，三復愧嘆，然有一說，不敢不告，林下名作將以垂遠，不可使千載之後，集中有上生日詩，此意幸入思慮，何時共語，少慰孤寂。』簡遂錄此語於詩集之端，前輩相與之情類如此。」【九】張自明向盱江刺史推薦居簡，刺史「走書邀北磵以唐僧紹隆所開山處之，北磵高臥不肯起」。之後江東部使者真德秀，以東林、雲居二寺力邀居簡出任主持，亦復不肯。

嘉定八年，居簡謝台州報恩光孝寺事，至杭州靈隱寺，于飛來峰北磵自掃一室，名爲澀室，隱居至此十年，著北磵集。後與錢厚自西湖至蘇州，住承天寺，與周弼交，周弼在將適毗陵道中遇居簡上人中云：「姑蘇觀下逢居簡，帽子欹斜衣懶散。自言契闊漫東西，雖老尤能青白眼。」【十】趙師秀此時寓居杭州，居簡與其訂交，兩人經常酬唱往來。寶慶元年後，居簡先後住持湖州鐵佛寺、湖州西餘大覺寺、常州顯慶寺、碧雲崇明寺、平江府常熟縣慧日寺、湖州道場山護聖萬歲院（道場護聖萬壽禪寺）、安吉州思溪圓覺寺、寧國府彰教寺，所至道化皆大行。嘉熙中，居簡奉詔主淨慈山報恩光孝寺，爲淨慈寺第三十七代住持。淨慈寺原爲道潛所居，韓淲在訪淨慈寺時作淨慈西堂簡敬叟，將道潛、居簡二人相較。居簡於嘉熙中任淨慈光孝寺住持期間，多次爲皇帝及朝臣祝香，北磵禪師語録保留了祝香的内容，「此一瓣香，恭爲今上皇帝，祝延聖壽無疆，萬歲萬歲萬萬歲」，「此一瓣香，奉爲判府郎中、合郡官僚，常居祿位」。

淳祐六年四月一日，居簡圓寂。居簡臨終前，索紙書偈，於紙尾復書曰「四月一日珍重」六字，呼諸徒誡之曰：「時不待人，以吾自勵，吾世緣餘兩日耳。」【十二】至期昧爽索浴，浴罷假寐，視之已逝。居簡世壽八十三，僧臘六十二，葬全身於月堂昌禪師塔側。居簡法嗣中以物初最爲著名，後形成臨濟宗居簡一系法脉。

居簡與「永嘉四靈」之一的趙師秀，江湖詩人高翥、韓淲，碩儒錢厚、葉適、真德秀、樓鑰、高似孫、劉宰皆有來往。楊岐派僧人與朝廷的關係密切，居簡的詩文中與士大夫酬唱往來的作品非常多，以至於方回稱他「古詩頗瘦而詩題多俗士往來」【十二】。釋氏資鑑云：「師遷淨慈日，賢士夫趨朝，無一不過門就謁。」張自明序稱：「北磵無學之宗也。文於何？有見之文者，似焉而已矣。北磵於人不苟合，合亦不苟睽，取捨去就之際，潔如也。」

二

北磵集在宋代公私書目中均未見記載，元代文獻中始有提及，明焦竑國史經籍志卷五記「北磵集十卷」，孫能傳內閣藏書目錄卷三記「北磵文集二册全，宋寧宗朝釋居簡著，凡十卷」。

今國家圖書館藏有宋崔尚書宅刊北磵文集卷一至卷八，卷首摹刻手書嘉定丁丑十月望日張自明序，但此序缺首葉，序文爲半葉七行，行十三字。後永嘉普觀義問宣子序，此序文爲半葉十四行，行二十一字，每行皆低三字行文，以示與正文之別。序後有「崔尚書宅刊梓」六字。之後有北磵文集目錄，標示卷一至卷十分類目錄，之後有北磵文集篇名詳目，標示卷一至卷十每篇文章的篇名。正文每半葉十四行，行二十四字，白口，左右雙邊。版心上記字數，下刻卷數，疑爲同詩集同刻，以示區別。再下刻葉碼，最下記刻工姓名，刻工全名可辨識者爲馬良、賈義、蔣榮祖、徐珙，其餘或姓或名，如「婁、史、良、馬」等字。此書鈐有「毛氏子晋」、「毛晋之印」、「楝亭曹氏藏書」、「涵芬樓」、「涵芬樓藏」等印，說明此本流傳至明歸藏書家毛晋所有，後經曹寅之手傳至涵芬樓，中華再造善本據此本影印。

日本宮内廳書陵部藏宋刊本北磵全集十卷，爲北磵詩集前六卷與北磵文集後四卷拼接而成，劉玉才指出「詩集第一至四卷取自室町覆宋版，第五、六卷爲宋刊，版式行款與成簣堂藏本相同，文集第七至十卷與國家圖書館藏崔尚書宅刊宋本相同」，故此本與國家圖書館藏宋本應爲同一版本，而所謂十卷北磵全集，「當屬書賈作僞伎倆」【十三】。正文每半葉十四行，每行二十四字，白口，左右雙邊。版心上記字數，下記刻工名姓。今日本宫内廳書陵部藏宋元版漢籍選刊據此影印。

日本國會圖書館藏日本應安七年覆宋刊本北磵詩文集，爲五山版。卷首有葉適短序，詩集九卷，文集十卷，詩集後有「應安甲寅孟春下澣雲水僧祖應記」字，説明此詩集爲應安七年日本僧祖應所刻，後文集與詩集的行款格式一致，應爲同一時期所刻。文集前有張自明序，序文鈐有「向黄邨珍藏印」及覆刻「张自明印」、「丹霞卿印」、「丹霞書堂」印章。因张自明自號「丹霞」，故三印章皆爲其藏書印。「向黄邨」爲日本明治時代初期詩人向山黄邨（一八二五—一八九七）。正文每半葉十四行，行二十四字，注文小字雙行，白口，上黑魚尾，左右雙欄，版心上黑魚尾，魚尾上方標明本葉字數，下方刻卷數，再下刻葉碼，再下題刻工姓氏「徐」、「贾」、「仲」。文中有假名注釋，卷八末手寫鈔補文章請惠愚極住華庭北禪疏。文集卷尾有永嘉普觀義問宣子跋，後有「崔尚書宅刊梓」字樣。是編乃南宋末年渡日刻工以宋嘉定十年刊本所覆刻。今日本五山版漢籍善本集刊據此影印。

另外，除宋刊本外，另有明謝肇淛小草齋抄本，版心下有「小草齋抄本」五字，鈐有「周元亮鈔本」、「是書曾藏周元亮家」、「周雪客家藏書」三印【十四】。藏園群書經眼錄記此本歸周在浚所有，後歸徐坊所有，現藏於國家圖書館。正文每半葉十行，行二十字。

另有清抄本數部。國家圖書館藏清抄陸心源十卷校本北磵文集，該集前附吳城跋，云「厲徵君樊榭近自馬氏小玲瓏山館借得宋槧居簡北磵集文十卷，嘉定盱江張自明序，詩九卷，以葉適所答七絕一首、尺牘一通，冠於簡端。詩見水心先生集，題作『奉酬般若長老』，釋居簡也」【十五】。焦氏經籍志祇稱「集有十卷，全集豈未之見耶？」可見，此藏書爲揚州馬日琯、馬日璐兄弟所有，厲鶚曾從馬氏兄弟小玲瓏山館借得宋刊北磵文集。此本前有張自明序，義問宣子序，每半葉九行，行二十一字。

陸心源皕宋樓藏書志記藏北磵文集二本，首爲趙谷林（趙昱）校抄本，吳尺鳧（吳焯）舊藏。前錄張自明序，後錄：「吳氏手跋曰：抄北磵集三册，均有脱誤，而扢仡、媲娩之謬，惟此册最夥。以朱墨圖乙之，幾成紅勒帛矣。乙巳三伏日，欒城谷林意林揮汗校。」【十六】另陸氏記北磵文集十卷舊抄本，爲汪啓淑舊藏。陸心源儀顧堂題跋記：「北磵文集十卷，宋釋居簡撰，舊抄本，得之上海郁氏，以向藏本校之，香魚賦『不鳴者灾』下脱『才不才』三字……此本皆不缺，洵善本也。」【十七】清光緒年間皕宋樓藏書售於日本靜嘉堂文庫，此二本皆在其中。據靜嘉堂秘籍志，現靜嘉堂藏二本，第一本爲吴尺鳬舊藏，舊抄二本；第二本爲趙谷林校抄本，汪啓淑舊藏，舊抄三本，依據現存册數來看，陸氏記「吴氏手跋」，疑爲「趙氏」之訛也。卷中有「新安汪氏」朱文、「啓淑信印」白文二方印【十八】。此二本一爲吴焯舊藏；二爲趙昱校抄本，汪啓淑舊藏，「趙谷林校抄本，吴尺鳬舊藏」之稱實爲誤也。

另國家圖書館藏傅增湘藏校清抄本，傅增湘在集前寫道「此帙從涵芬樓假宋刊本鈔出，惜缺九、十兩卷」，説明此本爲宋刊本的抄本。前有義問宣子序，文章目録，正文十四行，行二十四字，宋集珍本叢刊收録此集。另上海圖書館藏清抄本十卷，前序稱原藏於南京圖書館，後歸上海圖書館。前有張自明序、文章目録，正文每半葉九行，行二十一字。文淵閣四庫全書收録爲鮑士恭家藏本，據知不足齋宋元文集書目記鮑氏所藏北磵詩文集爲小山堂抄本，説明爲趙昱舊藏本，後此本歸南京圖書館所有，故與今上海圖書館藏清本爲同一底本。另外，臺灣「國家圖書館」藏有北磵文集五卷一册，每半葉十行，行二十字。版心上方題「北磵文集」，中間記卷數，稍下記葉次。卷首有張自明序，次有目録，書中鈐有「江陰繆荃孫字炎之印」、「藝風審定」等印。

三

以上諸版本中，以日本五山版漢籍善本集刊所收日本國會圖書館藏日本應安七年覆宋刊本收錄最全、質量較優，故選此作爲底本。在盡量保有五山版原貌的基礎上，以下列各本爲校本：

（一）國家圖書館藏宋崔尚書宅刊北磵文集（八卷，卷一至卷八）（簡稱宋本）；

（二）日本宮内廳書陵部藏宋刊本北磵全集（四卷，卷七至卷十）（簡稱宫本）；

（三）國家圖書館藏陸心源校清抄本北磵文集（十卷）（簡稱陸本）；

（四）國家圖書館藏傅增湘藏校清抄本北磵文集（八卷，卷一至卷八）（簡稱傅本）；

（五）文淵閣四庫全書本北磵集（十卷）（簡稱庫本）；

（六）上海圖書館藏清抄本北磵文集（十卷）（簡稱上本）。

通假字、古今字、俗體字及常見的異體字各隨底本。其中少見異體字、俗寫字隨意書寫、有礙閱讀者徑改之。如為（爲）、争（爭）、尔（爾）、于（於）、蛇（虵）、义（義）、岩（巖）、体（躰）、粮（糧）、断（斷）、弥（彌）、弃（棄）、朴（樸）、群（羣）、吊（弔）、仙（僊）、修（脩）、绣（綉）、继（継）、来（來）、德（悳）、靈（霛）、淨（浄）、胸（胷）、倦（勌）、雁（鴈）、頋（顧）、盖（蓋）、契（挈）等各隨底本。如為（蔿）、隽（雋）、衰（衺）、亡（亾）、發（彂）、樹（尌）、戒（戎）、商（啇）、凡（几）、魂（䰟）、雙（雙）、戲（戯）等徑改。人名、地名有誤，如楊雄、楊州，徑改之。

【一】居簡生平資料出自南宋元明禪林僧寶傳卷六、五燈全書卷四十七、增集續傳燈錄卷一、續指月錄卷二、武林梵志卷九、補續高僧傳卷二十四、淨慈寺志卷八、新續高僧傳四集卷三、物初撰北磵禪師行狀。

【二】明文琇：增集續傳燈錄卷一杭州淨慈北磵居簡禪師，卍續藏第一四二冊。

【三】武林梵志卷九，四庫全書本。

【四】南宋元明禪林僧寶傳卷六北磵簡禪師，卍續藏一三七冊。

【五】明明河：補續高僧傳卷二十四宋北磵簡禪師傳，卍續藏第一三四冊。

【六】張自明撰北磵集序，收入皕宋樓藏書志卷九十一。
【七】南宋元明禪林僧寶傳卷六北磵簡禪師。
【八】葉適集卷八，北京：中華書局，一九六一年，第一二七頁。
【九】元白珽：湛淵靜語卷二，四庫全書本。
【十】宋陳起江湖後集卷一，四庫全書本。
【十一】明吳之鯨武林梵志卷九。
【十二】元方回：瀛奎律髓卷四十七，四庫全書本。
【十三】見日本宮內廳書陵部藏宋元版漢籍選刊影印說明。
【十四】藏園群書經眼錄卷十四，第一二七四頁。
【十五】國家圖書館藏清抄本北磵文集陸心源錄跋文。
【十六】皕宋樓藏書志卷九十一，續修四庫全書本。
【十七】儀顧堂題跋卷十二，續修四庫全書本。
【十八】靜嘉堂秘籍志卷三十八，收入日本藏漢籍善本書志書目集成第七册。

北磵文藁敘

慶元初，予始入太學，於時僞學之禁嚴，臺官胡紘、司業高文虎表裏為爪牙，搏噬無虚日。學校諸生語言小異，輙坐僞罪，不以聽。予浮沈其間，日以短氣，遇休沐，率一游南北山，得士於北澗，相羊林泉，吟美風月，足以消遣世慮。然予學乎泗水，北澗學乎靈山，予固不以及彼，彼亦不予及也。居數年，北澗出天台為導師，而予更憂患，歷兵間，自荊楚浮江漢以歸，至東海上，則南北山無復相誰何矣。予時以特薦補官，不受，擢第太常，寓□□□□輦轂下，北澗以赤書相勞苦，寄新詩啟予，出語益峻偉。予既歸江西，與盱江刺史言北澗於今為偉士，刺史走書邀北澗，以唐僧紹隆所開山處之，北澗高卧不肯起。既而江東部使者以東林雲居力致之，亦復不肯起。今年予歸自嶺表，北澗游華亭，知予入長安，駕小舟看予於清河坊客舍，握手道契闊，十有三年如一日也。讀其文，宗密未知其伯仲，誦其詩，合參寥、覺範為一人不能當也。雖然，北澗無學之宗也，文於何有？見之文者似焉而已矣。北澗於人不苟合，合亦不苟睽，取舍去就之際潔如也。其名居簡，其字敬叟，其生潼川，寓北澗之日久，故人不名字之稱北澗云。嘉定丑十月望日，盱江張自明誠子敘。

北磵文集卷第一

石賦飛來天竺講徒聚石作供，爲之賦。

石奇而怪兮，有惜不惜，石眠人兮，猶人眠石。夫二三子，悠然會心。拔高陟遐【一】，隱搜細尋。捫蘿鳥輕，籋雲景沉。俯闚嶔嶔，側行岑崟。磅礴岩阿，裴回磵陰。洗濯雨蝕，摩挲蘚侵。獸駭始蹲，鸞回欲升。介如其質，鏘乎其音。如考琮璜，如戛球琳，如獲大貝，如致南金。室迩兮其何能及，石遠兮輦無傭直。屹如林兮若拱而揖，百夫睨兮無用其力。若夫坡陁兮盤，峭峙兮桓，王佐才可就而不可致；權奇兮巧，玲瓏兮小，市鄽隱可致而不可畢。俯踈簷而巍插，挂綺疏而環植。立中不倚，凛姿淡如。却步欲前，傴僂反趍。匪卑媟尊，匪親簡踈。匪璞貴雕，匪瘠貴腴。蔭之以緑蕉密葉之凉，友之以青琅方寸之虚，澤之以金莖沆瀣之清，鐫之以石鼓斷缺之餘。堅不可鐫，頑可澤與。將為魯叟之堅乎，抑為瞽叟之頑乎？或曰：是石也，皆有飛來之一体。始焉飛來，終將飛去。固蕩誕漫詒兮不可復據，夜半有力者負之而趍。吾恐昧者不知兮防之不預，因作而言曰：「小子識之，庶乎一得兮有補千慮。」

水仙十客賦

子墨遇毛穎於玄泓，謂凌波仙子曰：「穎也，情與幻俱，思與化侔，尔能壞色衣乎？瑶叢瓊墀，意象倔奇。玉臺金甌，精爽發輝。既寫真以寵，而乃觸類而友之。丹兮焉加，鉛兮焉施。山黛弗掃，額黄奚爲。妙衆態於一緇，革殊轍而同歸。感意足於色盡，歎朝榮而夕萎。」仙曰：「既聞命矣。凡物之生，豈不曰友？有秋之杜，亦孔之醜。梅兄在前，礬弟居后。蠟英騰馥，兄黨之秀。寄林處群，無人自芳。並駈争先，瑞香國香。是皆臭味之偶較，等夷於兩忘。我有横榻，懸之北窻，楚英不來，餘烏足當？」起而訾之曰：「花中隱者兮與秋澄霽，故家東籬兮剪金繁碎。宿莽兮苾芬，群空兮拔乎萃。雖卧樓百尺可也，豈特上下床之間哉？」英避席而作曰：「走不佞，請言志。簸之揚之，秕穅是懲。為天下先，囊書諸紳。海棠豔春，山茶駐春。桃原霞蒸，李蹊夜明。族大衆富，草木知名。其可爲吾下乎？」仙憮然曰：「吾非不願交也，以色媚人，寡德也。」英曰：「子何見之晚也！可以攻玉，它山之石也。不賢則人將拒我，若之何而拒人也？」仙乃曰：「唯。莫敢不承。」延之上座，死毋敗盟。相索於形骸之外兮，相忘於寂寞之濱。

死灰賦

已矣夫，斯其已焉矣。積之何益，宿之何闕。擁之弗煖，任之則已【三】。撥之則尚何俟既掩之息，弃之則孰有是無用之地。始或病其燎原，終敢忘於祀帝？星之沉，螢之翳。却燧人，謝司爟。非石中擊，非鏡中起。非海中光，非木中燧。雖千炬之連綿，與一龕之明偉。眇不得其所從，又安知其所止。初疑陳編断而發是殘照，又疑踈襟虛而粲此冷蕊。肇自一傳，焕乎百世。惟取之者深，則用之者秘。豈顯晦之不常，固行藏之所系。必遺魄而潛影，則輝天而鑑地。緊妄冀於復然，粵西京之内史；雖再振於餘燼，已見溺於獄吏。逮辱極而榮來，亦背芒而顙泚。矧漆園之老仙，傲楚聘而高眂。槁形骸與方寸，投綸竿於濮水。寧惡富而賀貧，寧去此而就彼。將貪得而徇財，抑舍生而取義。將豐犧之衣繡，抑靈龜之曳尾。孰若搏扶摇，跨鵬背，翺翔乎九萬里。拾齊物之餘論，續齋心之微旨。寓兔穎於遠思，作蠅頭之細字。搜精爽於空濛，使飛廉而馳寄。些而歌之曰：盍歸乎來兮，吾其爲逍遥之游。自無何有兮，奮於廣莫之野，而烏有之林丘。

龖室賦

向斯塞，户斯墐。甫容膝，僅休影。雖晴而陰，不夜而暝。進則面墻，退則坐井。柱忽不支，壁忽就殞。豁然而虚，漠然而冏。如蒙之擊，如震而警。識天地之大全，見造物之遐隱。盡草木之態度，極川原之畦畛。萬緒紛紜，一瞬而領。沙平露背，山層透頂。高木呈枿，孤塔出穎。風煙慘舒，化變俄頃。如無盡藏，如大明鏡。前山送青，若壯士之排闥；後山回闖，擬良工之御駿。撫鴻鵠而晚眺，入冥冥而遠引。笑雲煙之輕去，漫悠悠而無定。駐落日於西崦，延初蟾於東嶺。皆是中所得也。於是因陋而飭，就隘而整。力不足侈，志不足騁。儉適茆茨，靜愜幽屏。自抱窮獨，自負不敏。信吾樂吾樂也。或曰：「蕩蕩四海，茫茫九區，結客締交，春生吹噓，木李木瓜，利兼苞苴。志之所之，稱其所如。今也跼趣如轅下駒【三】，所樂只爾，將胡為乎？吾為子不取也。」則語之曰：「履仁正途，蹈義廣居。仁義而已，安知其餘。惟正則廣，安知其拘。一簞之陋，同躬稼之濬哲；千駟之富，媿采薇之瘠癯。我則謹終，執之如初；我則守約，執之如愚。客則貌敬，其心揶揄。」反復之而不聽，則謂之曰：「子去矣，子非吾徒。」

食力賦

或訶余游兮廣居大輿，墮兮豐饔華裾，殆不知吾不素食也，宏吾説而反諸。凡吾有兮四民樂輪，入吾籍兮縣官索租。不耕則荒，不植則蕪。不則蠶食，且獵且漁。屢空不顧，坐觀其逋，踣而後已，不其晚乎？今也反是，安知其餘。勞心治人，勞力自劬。墾闢田萊，罅漏補苴。先事者餔，怠則削除。僅支兮目前，旁搜兮古初。無愧兮自求，屬饜兮自愉。大人先生可扳援兮，奇字是咨；窮老惸獨相煦濡兮，閑情是娱。粟吾粟兮瓦盂，樂吾樂兮道腴，苟不吾以兮縱其所如。亂曰：「力可强而有也，智不可兮【四】。既盡瘁也，我心適兮。雖百粉兮【五】，我心匪石兮。」

問景賦

謬我晝與衆作，夜獨短檠，顧景而問焉：「景乎，何闖闖於此其久也？止同廬，行同途，傴同俯，伸同舒。不戚吾戚，不愉吾愉，不巧吾拙，不智吾愚，不砭吾頑，不充吾虚。豈所謂危而不持，顛而不扶而累人者邪？」景曰：「爾何見之晚也。我生之初，豈父母且？爾之未生，我何有乎？我非累人，爾誠累余。反以我爲累也，如之何而勿思？爾特立兮，示尔至正，俾爾正焉是守；尔不倚兮，示以大中，俾尔中焉是居。爾競爾躁，我固自若；爾静爾勝，我方澹如。將極玄窅兮，我必尔俱；抑臨崇臺兮，我亦尔俱。顛沛造次，未始不尔俱也，胡喋喋而問歟？」言既而寐，夢游濮水，授我息陰，楚漆園吏。寤而反思，爰得其旨。極景所如，罔知攸止。

香魚賦

海賈得水沉之木於絶嶠，巨口細鱗，厥狀惟肖。矯首欲驤，揚鬐欲掉。腹背逾尺，首尾倍尋。渾然天成，不刊不鋟。將市於通都大邑，則燔灼刳剔；秘而藏諸，則匹夫懷璧。與其市而藏之，孰若寘諸八吉祥，六殊勝，枕玉几，供佛頂。此念既作，鯨波砥平，天風飽帆，悠然至鄞。嗟物之生，豈不願才，臃腫自全，不鳴者灾，才不才亦各繫其逢也。方其窮髪之北，落落盤踞，排震風，傲凌雨，不知其幾千百年。婆娑垂陰，終其天賦，蠹根反初，槁幹速腐。所不爲速腐之伍者，嶄然鱗鱗，郁然圉圉。一遇賞鑑，遂奮於遐陬窮荒，卒臻禮樂文物之土。向也不遇，曷以至此？雖然，銕纅銀鐺，鱗鬣振迅，殆與獄戶之劔，雷澤之梭，跨騰風雷，變化而去。

夢賦

曉世以夢，謂其頃刻變滅，了不足恃。邯鄲一炊，槐宮半世。栩栩鶁鶁，冀所安冀。鳥跡空雲，既寤猶寐。然則至人曷常無夢與？其夢也舒舒，其覺也蘧蘧。得傳說，游華胥，錫九齡，奠兩楹。所存者誠，所兆者神。惟道人銛夢尋幽，潛上東山，上瘗老龍象，出數百言，辯如湧泉。覺而繹思，了無孑遺，致書於予曰：「吾夢為東山瘗骨語，覺而眡之，宛然畫像贊。子盍為我辨之？」使反命，曰：「子真夢為東山瘗骨語，覺而謂之贊？」豈緣名失實，以夢為覺與？語真是贊，而得之於瘗骨，豈責實於名【六】，以覺為夢與？抑兩忘夢覺而適意與，將一致名實而忘言與？詎知子之夢為東山，而東山之夢為子與？不然，說此夢者，不知為誰，而原此夢者，亦復不知其為誰與？昔人夢鹿，鄭相輒疑曰：「無黃帝與孔仲尼，苟能辨之，果辯者誰？殆不足以語此。」理之所在，十日麗天。物無遯形，人自眊然。諭以日明，竟没没焉。彼有目者，不言而與【七】，蓋不待黃帝、孔子而能辨。作夢賦。

幽情賦和于君實。

隱約兮窮，執德兮洪。菑畬在經，水旱在躬。揮毫落紙兮十吏敏供，滑稽怪奇兮解嘲送窮。思遠兮雲莫，掉鞅兮誰馭。貂裘兮塵侵，大笑兮出門去。付萬言於杯水，蜆豈虞於讀誤。勇一歸於半生，問征夫以前路。駕言入郛，官舡載書。出無者車，長鬚者奴。委羽黎明，中津日晡。稚子牽裾，野人挽鬚。方寒温兮未既，倒囊錦兮畜儲。弔冰玉兮貞姿，撫莓苔兮槁膚。國香薦芳，不為無人。凌波弗來，淡交竹君。俗駕可回，姑射可賓。結商鼎之佳實，待方山之怪民。擬奏賦於蓬萊，載擷英於典墳。補既往之缺遺，尊平生之所聞。攬萬象以冥搜，濯煩促於秋旻。哂富貴兮不義，毋憂貧而賀貧。

種竹賦

二姓爭竹山，竭産不肯已。仙居丞王君懌來，囑余諷之，作賦示二姓而訟止。

自余畊稼於委羽之西，頗復精於藝樹。寒瘦竹之雲仍，著清飆於窻户。叟過予而問曰：「子習吾土，竹才不才豈願聞之與？鰻尾之細，猫頭之巨。桃絲下考，江南別緒。石如早晚之筀，簜異青黄之苦。磅礴萬山之麓，綿亘千溪之滸。大則乘桴浮海，小則惟筐及筥。驅水則頃刻百畦，挂椽則裴回百堵。横濤瀾而為扈，代垣墻而樊圃。既制篾而紉布，復為薪而充炬。雖刀斧之不赦，豐貨貲於善賈。凡子所殖，咸出其下。或斑而踼，或紫而傴。從然而攢，直然而竪。待價不售，待用無取。既蓄而滋，於事何補？」

余曰：「叟之所陳，匪利奚務。耆利者矯虔於鄰里，争畔者陸梁於道路。養睚眦以成俗，觸憲章而乖度。吾與之淡交者也。天下之竹，皆樂為吾疏煩而滌慮。一日無之，萬鍾不顧。未嘗擇而居焉，蓋不謀而同也。若夫濟深涉，相窘步，騰荒陂，釣煙渚，未嘗不與之俱也；濯炎熇，忍寒苦，留天風，伴月露，未嘗不與之處也。睡足巡簷，踈莖玉立，莫不仰夷、齊於首陽，拔千丈之俗；飦起息陰，密影金碎，又若輩游、夏於泗濱，踵多儒之武。倚衰殘，冀其生抱節之孫；撫幼稚，欲其肖遺清之祖。利動貪夫，撕夷畢舉。地忽異姓，俯仰百主。膾雞肋者何限，得蠅頭之幾許？抑千畝之就荒，將九包之失據。始竭澤而不戒，終反衷而未喻。」緊叟之惑滋甚，與吾之言齟齬。載唶唶而往復，愈僜僜而瞢瞀。聊抗手而語之曰：「我勦欲眠，叟姑且去！」

梅屏賦

北山鮑家田尼菴梅屏傾京都，高宗燕殊宮，嘗令待詔院圖進。

屏梅於閑暇之際，固足以當一面之託。况夫花時不數，孔雀之金，塞門之樹兮城南悠然。蓓蕾露零，萸腴酥乾。玉頳可扶，雪妍可編。又若堵立十丈於蓬萊千仞之顛，北枝奔而不殿，南枝徐而不先。孰不願斜入屋簷，横蘸清漣，殆將小抑高韻兮從其權也。雖屈折而拂性，終秀整而全天。蓋智巧所自出，愈出愈奇兮麗澤乎芳鮮。豈吴宫小隊艷冶於長虵偃月兮與之比肩哉！雖然，物貴守常，失常則舛，反常合道，何患乎反。牛可貫而任重，馬可絡而致遠。水沛然而東之，决之西而弗轉。又何以異夫結婆娑而亭亭，直蘧廬之南榮。瀹乳雲之甘兮，駕清風於玉川，倚紈素之潔兮，障順風之庾塵。使浪蕊浮花，知夫大邦維翰兮公侯干城。吾將取古今騷人墨客，盡疏録其姓名。首之以石心鐵腸，繼之以孤山逸民。俾登是選者，不啻拔山之與籋雲。寄風雅於晚生，發先覺之典刑。廣平之貂兮不可復續，暗香浮動兮尚堪擷英。是舉也，得非東家捧心兮効顰於西家者耶？

羅賦

黄巖之西，竹樹之利埒禾稼，富民積倉不競，縣南新陳相望。據廩增直，要突不黔者，不仁哉，富賈也！作羅賦。

北磵遣介問羅於接壤之多稼者。夕陽在山，徒手而歸，愸然如瘖，長噓而欷。撫而勞之曰：「吾遲若之歸也，與若解腰而共飯，何遲遲其來乎？」介怫然曰：「東方既明，草露未晞，請命于邁，往扣富兒。自卯及申，庾不及闕，守者瞋目，略不見治。懷魯將軍指廩若遺，嗟今之人斯何人斯。計其耕也，幾穀觫之扶犁，幾桔橰之灌畦；其穫也，回江潮之駿奔，卷天雲之暮低；其歛也，渺然基簣之山，倏然横浦之坻；其入也，豈斗筲之足筭，汗牛馬之載馳。」

介也淺中，卒駭且疑，乃歌而喻之曰：「起予者誰兮，必斯人者。考古驗今兮，吁嗟里社。長日難西兮，生民不暇。粦僕麥萎兮，大田如赭。粟方堅壁，攻之不下。阿瞞小斛，洛陽高賈。秦漢不威，唐虞不化。文具之文，墻書壁挂。若夫貪夫徇財，烈士徇名。矯矯虎臣，藐萬虎賁。魯英周豪，目擊道存。既慨慷而内交，豈瑣屑之足論。漢鼎未分，髯孫高眠，周不引類而東鄉，誰及帝王之略；荆州倒屣，孔明借助，魯不駁言而逆擊，誰空赤壁之戰。生有斷金之利，死有絶絃之嘆。鴻鵠之志，非燕雀之知；虎豹之文，豈犬羊之變。緊椽栗之四三，擬槫蒲之百萬。世愈下而愈紛，鼓之者誰兮，吾得之於黄耇鮐背之所云。謂龍斷之賤夫，每朝隮而莫登。幸飢歲之相仍，偶新穀之未升。乘顔氏之屢空，肆盜蹠之不仁。弗思殆辱，奮其并吞。瞑未睫交，家如土崩。可以懲矣，然猶不肯寤。載脂其車，言秣其馬，於覆轍中，星言夙駕。雖争馳而並驅，可拱立而俟也。」

糴賦

予既作糶賦，鄰氏之好義者曰某廉直，以沮某氏增直之告，復作糴賦而申之。

謀富而忍，其惟糶乎？糶亦吾之義也。不義而富，果爲祥乎？富亦我所欲也。儋石無儲，大田未稼，食難圖續，鄰不可借。帖敢忘於乞米，色幸憐於欲炙，賑或謀於移粟，均豈殊於宰社！如涸鱗之垂盡，遇西江之沛瀉。昧者反是，悠然待賈，控臨嶮塞，暴殘鰥寡。扼其吭而拊背，頩其元而出胯。鉅橋紅陳，獨夫叱咤。割惟隽永，眠若土苴。凡啼飢號凍【八】，皆起死以歸仁；而執鋭被堅【九】，咸賈餘於更化。或開八百之基，或貽萬世之罵。吾於是乎知粟愚商辛也，奪其飽兮以恢遠圖，民不附兮吾誰與餔。錙銖聚斂兮縱操特殊，豈在周則智兮，在商則愚？秦皇極奢，漢武窮侈，漢亦幾殆，秦訖二世。王道之本【一〇】，起於貧富之相支。一闠之市，必立之平，八口之家，可以無飢。方今盛明，革秦漢非，尔甿云胡，瞢若不知？蓄而能輸，是謂善積。虜方守錢，雖積奚益。器滿則覆，獸窮則迫。彼乃疾眠，我方燕佚。恐季孫之憂不在顓臾，則舟中之人盡為敵國。自速楚人之炬，不戒匹夫之璧。惟賢者而後樂此，庶幾乎不俟終日。

竹齋賦

君富於蜀，漢中拔萃。洋川之濱，霧擁煙蔽。滄灣嵌竇，殘沙賸水；平原萬井，沃野千里。其類實繁，既昌而熾。胸中千畒，坡戲之耳。蘄黄之産，伯仲叔季。陶瓦是代，不才者弃。竹樓文章，篇古新麗。湘江雨餘，籜龍養雛。為筏為桴，可稼可蔬。舡步漁梁，雁户水居。汲湘然枯，欸乃清婉。於柳柳州，一唱三嘆。乃今勸游，委羽買鄰。荒岡猗猗，崇山嶙嶙。蒼蒼含煙，矗矗連雲。農事方隙，揮斧運斤。萬山荅響，千筏銜尾。蔽溪入江，送江入海。巨賈萬艘，運入諸國，蓋不知其幾也。惜無品題，以配三子，乃今賦之，刷此君耻。嗟嗟竹齋，植無寸地，盆盎之間，筵篿而已。鮮風徐來，大火方熾，金流石鎔，背汗顙泚。望屠門嚼，乃雞肋爾。繄子所樂，固余所鄙。

竹齋主人囅然而作曰：「吾聞外物者，容膝之隘，甚於廣宇，不則寬曠，擬動輒拘。尺土寸金，中都吾廬。一屈一信，倏榮倏枯。禀姿虛心，歲寒燕如。吾梢止簷，清則厭餘。彼笋當道，屢干剪屠。縱懷是中，馳神物初。心交也親，迹求也踈。鄉子所陳，各天一隅。今子所有，不傍子居。豈不尔思，子居所無。」吾於是泯而默，囁而嚅，四顧而躊躇，豈夔憐蚿，蛇憐風，而不自反與？吾其風乎！吾其風乎！

碧幢賦

祇樹函丈之制肖，臨邛之四壁；，藐然容膝之餘地，尠一鉏之隙。簷楹菑翳，竹篠蒙冪。垝垣四繞，盧橘孤實。非廬而穹，非蓋而仄。可以休影，可以息迹。團團然，童童然，命之曰碧幢。直曠欲牖，旁虛欲窻。飀飅怒號，屋頭秋江。吊楠樹之既摧，嗟杕杜之不雙。霖收宿梅，溽斁初日。絺技小奏，篁動試策。吟酣而嘯，喧止而寂。益者四友，坐者五石。四友之外，自撫其一。方其風甌自鏘，霧蟾自呵，閑雲自留，好鳥自歌。古恨如海，古愁翻波。萬化可搜，萬象可羅。余則散生蕉衿，搔短髮顛，愸然如痻，泠然欲僊。乃命丈人鉤玄，既磨既斫，楮生不約，卷舒在前。生不事邊幅，展盡底蘊，潔而直方，静以俟穎。穎探玄津，分命馳騁，聲吾胸中所無者。欲其清，露莖泠泠；欲其古，玉軫玲玲。富麗則金谷始繁，豪壯則秋潮未平。語其雄健則騄駬不調，鯨鵬勇鬪；語其冲澹則南山種豆，柳州種柳。至於典雅奇逸，軒豁縝密，精贍深秀，平漫湍激，正而葩，腴而瘠，千彙萬狀，各稱其挑剔。微四友輔相裁成也，庸須臾其間哉！於是斢碧茗之湄【二】，采北山之薇，呰而落之，又從而歌之。歌曰：「幢兮枇杷，菴兮桃椰。惟彀與臧，俱忘其羊，又何以異夫迹相踈、心相忘者耶？」

吊駐春賦

山茶雪中著花，萎於首夏。取張右史「老紅駐春粧」，名之曰「駐春」，作吊駐春云。

余自孤山南宕，止宣之丁山，春用季琯，月行貫團。茶彤而葩，倚楹可拔，低回欲言，羞澁靦顏。殷肌兮凄黯，丹臉兮消滅。密幄兮紛披，羽葆兮摧斬。有蕩者都，言采其英；有游者姝，言搴其榮。壓帽簷，厭鬟唇，舞天香，點文茵。殆不免夫豪虐之手，盡瘁而不得制也。方其猩染玲瓏，犀剪蘢葱，酣酣絳明，童童緑濃，謫仙不來，况復謝公。羌落落兮空濛，疇孰予兮為容。翳封植兮眇林，自陶寫兮華風。欲鉏其色，式遂厥性。愛莫助之，不曰同姓。爛石寸芽，詩人薦嘉。屑莽碾茶，碎圭破柧。味與諫嚴，甘與薺兼。方物兮職貢，寐睫兮瘁竦。高制作兮品評，昌蔡録兮陸經。配萬錢兮析酲，雖百紛兮曷虋。嗟艷冶兮是矜，若青黄之自迍。將苦釃以迪人，抑擁腫而引齡。矧匪德兮翹晶，焉所如兮全生。

校勘記：

【一】拔高陟遐　「拔」上本、庫本作「攀」。

【二】任之則已　「則」傳本作「而」。

【三】今也蹋趣如轅下駒　「趣」上本作「蹪」，庫本作「促」。

【四】智不可兮　庫本作「智不可飾兮」。

【五】雖百粉兮　「粉」庫本作「紛」。

【六】豈責實於名　「名」傳本作「石」。

【七】不言而與 「與」庫本作「喻」。

【八】凡啼飢號凍 庫本作「凡啼飢號凍者」。

【九】而執鋭被堅 庫本作「而執鋭披堅者」。

【一〇】王道之本 庫本作「至道之本」。

【一一】於是蓻碧苕之湄 「湄」庫本作「波」。

北磵文集卷第二

止止閣辞

欻其羊角，海立兮山錯崿。寂然土囊，鏡净兮一漚弗作。方寸兮淵淵，不風兮自湍。溺馬兮殺人，襄陵兮懷山。息風兮水如砥，息機兮心如水。歌吉祥兮安時夷，猶彷徉兮奚以爲。

紫芝詞并引

安僖諸孫希恉卜母宅兆，得芝四莖，叶其吉，其友北磵某為之詞。

石兮瓊，木兮椿，蜚兮鳳，走兮麟。草兮芝，配是四靈。絶類兮離倫，拔萃兮茁英。不時兮自鮮【二】，不植兮自萌。軟濕兮紫潤，麗澤兮芳新。食秀兮春滋，挹粹兮露零。太和兮藹藹，至潔兮津津。山雲兮溶溶，溪水兮泠泠。華風兮致祥，霽月兮薦清。馬鬣未封兮玄堂未扃，發之者天兮感之者人。

姚山僧舍怪梅詞

有楚者梅，根於墻陰，寒梢過墻。當池之心，池水不渾，比梅德尊。維德之清，請與水論。水謂梅兄：「既清且奇，亦復怪古，歲寒不移。古則背俗，怪則違衆。彼衆與俗，邈不汝共。」兄曰：「不然，賦形大鈞。有萬不齊，粤維鈞成。伊予所賦，絶不諧俗。俗睨盡白，以白自淑。」水泣訴兄：「兄謹勿言。我維漣漪，乃行潦怨。盍同箋天，俾遂厥性。反尔怪古，及我澄瑩。」兄謝漣漪：「尔毋蔓辭。天匪汝諧，遂及我私。」

杭州鹽官縣開福寺圓滿閣記

淳熙十五年十一月二十九日，杭之鹽官開福寺圓滿閣成。横陳半空，俯瞰百尺，莊嚴像設如紫金山，廣博宏麗如白銀半道闑，檐楹飛動，闌楯衡直，意匠出巧，如經所説。嘉定庚午冬，予再至是，樓閣門開，入已還閉，見所未見。恍如夢居内宫，聆四辯之音；又若地涌浮圖【二】，瞻滿月之好。莫不心死意消，平生狹陋之地，蕩然無復畦畛。更上一層，洞開八窻，霜天澄明，一目千里。芊蕪盡處，海門駕潮，沙鷗風颿，滅没浩蕩。方是時也，將憑虚而遐征，浩乎其忘歸也。民於農隙，爰來止兹，禱禳屢豐，求福不回。心與境冥，善念油然而作，潛耻隱慝，不訐而露，各於衆前密求自新，盟於生生，不蹈往轍。更相警飭，舉為善人。僉曰：「淨慧阿闍黎修己，是閣之作也，陰贊潛翊，不既多乎？」或曰：「翼翼飛甍，厦屋渠渠，費以萬計，盡自我出。蠹我孰甚，夫何益哉？」已聞而喟然曰：「是不足以語此也。吾謀之於喜舍，度其有餘而取之，否則去而之它，不較疾遲，志其成而已。以吾善幻之巧，起其本心之所固有，與人為善，何蠹乎！不聞苛政之誅求乎？錙銖不充，箠楚立至。民賦有常，其實無底。娛耳目，豢口躰，供苞苴利【三】，子孫沒沒弗顧，使人徇虵虎，僥斯須之生以苟釋重斂，與夫樂施孰愈？」豈不足追議哉，置而勿論也，而説偈言：報化非真佛，依真立報化。法身亦非真，真佛安在哉。一月行空虛【四】，皎皎千江同。溟渤與蹄涔，圓缺隨所印。影與光為二，二俱從月生。若謂一即三【五】，未免墮諸數。重門開樓閣，所見與心會。如一蹄涔中，具此圓滿輪。作如是觀己，反觀即忘我。我以忘我故，不壞世間相。世間成壞相，亦與報化等。離相而求真，與真長相違。

承天寺僧堂記

嘉定八年，予與常熟長竹巖錢德載自西湖來姑蘇，借榻承天，問藥於可文。文新成僧堂，可容三千指，曰：「是堂也，九年之弓耳。微夫子，孰能為我記之？」是夕，篝燈對壘，筆敏風雨，俄頃而成。大抵取韓愈送暢師之説，抑揚商評之，衮衮數百言，頗瑰偉。主僧元韶不知講明，謂其佐韓而肆詆。居無何而文蜕，竹巖亦死，記不知所在。愛堂既至，尋訪無有，閲其家集，亦復遺逸。哀其落落不諧俗，朣朣明月，弃置不售，因些而申之曰：「僧堂非古也，霜花枯木，象骨留香，雖為老病，設已見笑於塚間樹下。雖然，在則人，亡則書，孰謂古已不復見。拂其蹟，疏其源，求吾所以無媿於古，斯可矣。」或曰：「四大，吾堂也；五蘊，吾室也；十二處，吾床坐也；十八界，吾應量器也。然則此堂可即也，可離也？」則又為之説曰：「堂之成，成既難。三條椽，七尺單。粥則粥，饘則饘。坐則坐，眠則眠。毋求妙，毋求玄。毋談道，毋談禪。毋將心，求人安。毋將法，求人傳。實自實，權自權。頓自頓，圓自圓。夫如是，黄金為瓦，白銀為壁【六】，汝尚堪任，善乎無盡居士之為言。反是，粒米寸絲，便須具角尾，償宿負，則翠巖遺訓凜乎在前。不自勉旃，其誰勉焉？」

承天水陸堂記

梁武夢神僧得齋之標目，閲藏於法雲殿，而齋儀成。宋推官潼川楊諤則增廣之，東坡上下八位贊則附楊後。金山初筵山北，寺再振，自是哀冥福，覃法施，舍是則奚適？姑蘇承天能仁革律而禪，閱住持者莫知其幾。湛愛堂之來也，凡廣大壯麗之興建，咸落成於其手。嘉定八年秋，余謝丹丘報恩光孝事，隱居飛來之陰，愛堂遣侍僧志福持疏來言曰：「設冥無堂，何以待檀施？子為我着一語付化人净球，使扣檀度。」後六年而成。畫梁飛虹，璇題垂雲，花沿種玉【七】，風櫺吐月，廣袤嚴好甲三吴。聞者悦，見者喜，問其故，曰：「球始語人，人以為難。至崑山，遇大施者許某與其室人嚴氏，捐負郭二頃，歛歲入基厥功，堂成則以田贍衆。日走市鄽，不務速，務其成而已。」亦既就緒，復求紀歲月，乃謂球曰：「事不避難，衲子智勇也；受不辝𠢕，衲子等平也；叢詬負謗，衲子忍力也。具是三者，綫溜穿嵓嵓之石。不然，强弩之末，弗穿魯縞。子誠知此，是以成此大役而不見其難，遂為四方無盡福田，俾後之有事于振墜起廢，知舍是三者無獲焉。」

釋籖岩記

天台、法華三昧之所流出，與修多羅若合符節，如破竹，如建瓴，非心思意度識識而指陳也。今之三十卷，九牛一毛耳。宏遠微密，淺聞單見，往往不能句讀。天寶之間，荆谿然公避寇，眷此窮獨，愓然而作曰：「易演於羑里，春秋作於歷聘不遇合之後。吾以儒冠换伽黎，敢忘吾兩聖人所事哉？」岩栖磵槃，糝不逮藜，夜龕雲屋，拾葉記事。不數年，抱成書而出，名曰釋籤。妙玄之道，於是大明。它日妙樂輔行，則又釋止觀文句。天台以來，駕其説於文字，作者鮮儷。嘉定二年春，余陟華頂，度石梁，訪國清，憩佛隴。宜獨蒙養正速，余登赤城絶頂，浣腸井智，浚之則甘泉源源，有乳色。瞰書記岩，臨焚藁池，憩釋籤岩，周攬江山，裴回不忍去。感昔人艱難殄瘁之所成就，而光明卓偉如此，住山人普應請紀其事，以俟僧史大手筆。若流通大節，融攝宏度，則有唐補闕梁肅之言云。

檢詳劉大監祠堂記

俗莫下於訏，訏俗一成，旣有不勝言者。嘉定四年，西余大覺蘭若罹此酷，寺既籍，千指星散。檢詳大監劉公以尚書倪公語詰郡將楊公之言白諸部使者，復還舊物。

後十年，余來兹，聞諸故老，感其事，闢山靈堂西位公，祠以伊蒲塞，俾後來知排難解紛於吾山林無告者。東坡記宸奎閣於阿育王山，妙喜祠之，悳也；公活此山，余祠之，功也。宗德報功，禮也。公騎箕尾而上八年矣，所不死者，與此山俱傳。故些之以辞而頌遺烈。公名靖之，字思恭，蜀之三池人，後谿翁仲子。辤曰：蜀山兮峨岷，蜀仙兮擷英。冉冉兮吳雲，望蜀天兮冥冥。稷兮非馨，德兮惟明，綿世世兮妥靈。

戒珠寺重修卧佛殿記

蕺山擅會稽之勝，勾踐昔游，右軍舊處，一水一石，尚可彷象。大歷十三年【八】，定光葬後，石裂龕涌，一再不已，聞空中聲，索肖涅槃像，奉以邃宇，則既安既固。於是用其説，舉此役，落成於開成五年。逮會昌之變，乃壞。大中初，再振於寺僧齊翰、里人謝乾。嘉定五年，真淨則顒感楊賓夢像求浴六十年矣，又欲承通義師，師覺先志，盡發所有而新之。卧脇吉祥，飛甍邃嚴，曲盡其巧，有加於舊。或曰：「佛者，覺也，示滅有諸？」

曰：「有生非滅與？生滅世間相也。瞿曇不壞世間相，於生滅法中，直指所謂不生不滅者，天地不先，塵墨不後，雖有聖智，莫盡其際。區區淺聞狹見，管闚蠡勺，尺澤方北溟，疲精竭思，妄加揣量，只益自苦。盍嘗觀夫日乎？大明麗天，無所不晝；暝入於地，無所不夜。不有西崦之沉，則咸池之浴何自而入；無咸池之浴，則扶桑之照何自而升？故曰常在靈鷲山及餘諸住處，是以信蜕凡胎聖之報雪齓，不知所以孺慕也；疇勝幢覺樹之依大權，不知所以悲仰也；外侮怡然，不知所以適其適也；厥類躍然，不知所以樂其樂也。雖愛惡之不齊，揆之於理，皆妄也。愛惡在己，則內制於私，外蔽於物，淪於生滅也；克諸己，不生不滅者出焉。」

辯曰：皇覺不作，作必有則。修無所修，得無所得。惟一真實，不一不二。何以明之，入生出死。生報盡矣，趣裝前途。倏然去留，傳舍賈胡。春之方中，鳥啼花笑。我則示之，漏盡鐘曉。背時之宜，解其愛縛。援溺拯迷，舍是奚藥。幻出空聲，像亦幻出。以幻修幻，而蹟其蹟。蕺山崇崇，可磨可礱。矢辯刻山，與山始終。

普照寺重修西方前殿記

華亭具体蘭若，莫如普照。其間莊嚴壯麗，莫如無量壽殿。殿之殊特，莫如孟春之月會。千萬人繫惟心自性之念，事理冥契，人境兩忘。淛江以西，邈然寡儔。複道攢陳，以翼邃嚴，曲盡其巧。以盡巧故，反見窒隘，蓮坐高廣，僅覿其趾，眉毫宛轉，鮮克彷佛。遂徹其舊，别敞修楹。軒豁前榮，八窻玲瓏，佛與四衆咸得相見，如明鏡中見其面像；又若帝網交光相羅，如擊其蒙，如發其蔀。費倍萬計，談笑而集。真懿大師忠信、崇教大師祖祥，善巧誘，倡徒屬，各致其力。作於嘉定九年正月，落成十二年之四月。北磵不起于座而告之曰【九】：「鄉也窒隘而不見佛，不見之見，初不加損；今無窒隘而得見佛，所見之見，初不加益。見見之時，雖佛亦物。見不能及，非物非佛。」或曰：「佛固自若也，吾見固自若也，有見不見也，何故？」則曰：「罔克在念，狂聖由是。即見離見，徒問傍睨。」書以授真懿，使喻入社之淨信者，俾知窒隘宏敞未始一焉。

應夢泗洲大士記代人

某年月日，余之官福之長溪，度牛皮嶺，憩道傍小菴。菴中僧伽塑像與二侍者，皆塵埃晦昧，使住菴人拂滌而致敬，施金造龕，障嵐昏霾蝕之患。某年月日，負丞長洲，次脩門，夢僧緇雲碎零，示可怜之態，謂余曰：「牛皮嶺别後無定居，兹寓姑蘇城外，二侍欲偕來，蠹瘁不得起。子幸顧我。」言既而寤。是秋大有，郡檄和糴。糴場在齊門外破寺中，寺曰無量壽，東廂僧伽像丹碧剥落，二侍骨立，與夢中語無二。寺既廢，像雖復嚴好，將何以容？乃徙置北禪完理而奉安於爽塏。吁，亦異矣！姑蘇號樂施之國，大士之化如月行空，而區區獨於余如此其著。古之聖賢，聞其風可以律貪激懦，况十力耶！飭而新之，使人見其面而思其行事，則善心油然。所謂自求多福，非外求也。

九功寺記

南齊建元末，會稽刺史榮穎文頊，施第建寺於餘姚之西，薦冥福於其子秘書正字、給事中、京兆尹休，秘書正字、太子舍人光。梁天監初，錫休、光為額。吳越時，武肅王目眚，寺僧惠清精禱有瘳，改曰光明。忠懿嗣興，振墜起廢者九，彷九功惟叙，作今額，俾清住持。清，清源人。參見雪峰，逮神爽常顯，則以波羅提目乂律衆，自是曰明、曰交、曰真，遞迭而出。開禧初，學衡台者曰道源、文圭，訪余於飛來隱居，時法堂權輿於住山妙璉，而策勳於其徒思齊。辟支舍利塔，則餘姚令杜高舊所造，重修於敬復者，久復壞矣。大殿乃了聰與其徒勤苦諸行，再造於方臘燼餘，壯麗與堂稱，司農丞李端明記與新昌長虞似良書在焉。吾聞會稽之地左鑑右潮，帶明衿台，佛仙所廬，輒擅幽勝。象耕鳥耘，未必皆有虞之田也，而農勤以孳；浚井完廩，未必皆有虞之居也，而子孝以友。故家遺俗，猶有存者，一水一石，尚想見王、謝釣游處。源與圭能為余言之，源已矣，後來如源者未見也。而説偈言：齊梁之間，竺墳孔章。梁不永祚，曰吾亡梁。陳隋之亡，吾固在兹。試問諸野，亡如何其。矧二三君，踰矩越度。不曰匡捄，伊臣惟具。好爵厚廩，吾何與焉。危吾不持，吾童吾顛。猗歟榮公，愛不忘子。求福其冥，易第作寺。錢氏有國，像設日嚴。冉冉緇雲，淵珠出潛。繩繩逮今，方軌聯躅。榮公願輪，康莊轉轂。洛尔來學，是討是論。冀此勝幢，不騫不崩。

三過堂記

或謂東坡回鄉里，道舊故，若逃虚喜跫然，為文公游本覺，是豈知公也哉？公以熙寧五年攝開封府推官，乞外。通守杭州之明年，有事于潤，道過檇李尋訪焉。而峨眉翠掃，形於聲詩，抑見文固有以致公者。後六年，自徐移湖，再過焉，文病且老。又十年，自翰林學士累章請郡，除龍圖閣學士、知杭州，又過焉，文死矣。所謂「三過門間老病死」，于以見其致意於文也深。慶元初，蜀僧本覺來住山，得公第三詩於禮部尚書楊公汝明，遂集帖字，同前二詩登諸貞石。尚書西歸，題字於賢良鄧公諫，從之左。至今樵竪牧兒，能指點，詫行路人曰：「東坡三過此，賦詩而去。」公以剛明勁正之氣，與姦邪並進，爽拔不可干，若千崖高秋，松桂精神，草木凜栗，助寡忌衆，直行徑前，危機冥施，命亦幾殆。煙江瘴海，至輒忘反，虵鄉虎落，縱浪吟嘯，不知死生患難為何物。然則頡頏翔鳴，物莫我嬰，不足為之榮；羈窮窘局，動與禍觸，不足為之辱。泛乎水盈科，浩乎雲無心。至今望之，邈在天上。住山元澄作堂曰「三過」，補山中缺文而以致其思，是記刻舟之跡而語人曰劒在此。余又為之記，與尋劒何異哉！

寶林寺普賢堂記

普賢堂之作也，為登大峨參禮普賢大士者化城，禪榻長連，拓飦食經行之地，若枯木留薌之制。中奉大士，代陳如尊者。憧憧雲水，爰憩爰止，咸曰大峨大士所都，庸知夫銀色提封，玉象步武，果在是乎。吾聞普賢行願境界，大無外，小無間，虛可塵析，溟可滴數，惟此境界不可盡際。巋然大峨，萬仞凌空虛上，出雲雨，磅礴數百里。其間生植飛走與夫此山，孰非是中一塵一沙？而此大士身量壽量，亦復若是。游觀之人，信種善本，及本所願，亦於是中，不即不離，日用不知。昧夫心求，務以目睹，反謂大士與我異致。宿舂粮，槖糗粻，或三月儲，跋山涉江，披蒙茸，攀嶮巇，幸而至其上，莊視肅瞻，澄慮歛紛，極其所見。野鹿遠導，靈鳥逸響。晨霏夕嵐，萬變陰晴。或矚光相，或光攝身。天燈暝升，天鐘曉撞。見聞會心，則喜而加信，不則謗且怒。其不信自心，不見自心，見量所造，而以喜怒為用，滔滔者皆是也。顛山夏水，廩不可留，匆匆言歸。薦來至茲，主是堂者，猶妄冀其曹溪一宿，鰲山半夜，俾知夫大士無乎不在，非此山，非它山，非近而易企，非遠而難致，塵塵爾，刹刹爾，曾不遠人，人遠之爾。然則某人圖成，嗣先振始，普光肯堂，某人施地，區區之心，有在乎是，是不可以不紀。

湖州寶雲彬文仲淨業記

公名了彬，字文仲，湖州烏程縣計氏子。寶雲寺清湛，則受業師也。十五能誦妙蓮花經【一〇】，二十七則發明古方書之秘。遇新雨露，服伽黎受具畢，瀝指端血，書所誦之經，為衆工發蒙涓埃之報【一一】。將尋訪而求度生死法，鄭禹功固止之。縛茆於雙槐堂之東，俾州里疾疢者有甚於水火之託【一二】。蕭千岩、陸静州相挽尤力，勉為諸公留，愈危療急不勝數。旋徙瑶山，所療不啻雙槐之東。五十而修浄業，即寶雲舊環堵，建繫念之所，結搆象設，体製大備。十友會盟，一志無移。日課有常，風雨不渝。尅期熏修，則北峯印為之主；南翔遠日，本芿為之伴；綴輯藏乘【一三】，則諸子稽其費，諸孫相其役。凡根椽片瓦，皆公為之倡。七十八而績用成。居無何，厭世之念作，夢三僧雲間來，覺而笑曰：「此其兆矣。」使速印，印至則為著解疑一章。其徒是後夢有與公同者。又復一日，見二僧持畫佛，公曰：「大丈夫行當即真，安事假為？」言訖不見，索帋書四句偈曰：「七八終壽禄，浄業一生篤。目覩阿彌陁，平生功行足。」巍坐肅聽，瑩熙怡含笑【一四】，見佛説法無量，衆圍繞於卧内，如淨名室，不迫不隘，諸徒誦經不置。至若七日，一心不亂，處寂然如入禪定。嘉定六年十一月十九日，壽七十八，臘五十一。度德稠、德藏二弟子，藏先公死，稠嗣箕裘。兩孫懷就、師慧。

公始以劑砭之技進於道，或以為可鄙，吾未見其可鄙也。昔范文正公嘗願達則為賢相，窮則為良醫。窮達者，士之常，而慱施濟衆，易地則皆然。公以是道游搢紳，入草澤，鍼膏肓，起廢疾，累行以密，裒德務陰，不撓世相，而相淨業，長揖三界，翩然而西，醫果負公也耶？正法醨甚，賢聖隱伏，贋浮圖厥類惟錯，貨殖成俗，千礎萬指，尸素且不揆，一息不來，雌雄立判。方將將十百為伍，大書特書，刊其謬悠狂怪之言，愚吾氓而罔市利。聞淨土之説，則輒大笑，不則攘臂而排之。偟偟一生，颩然白首，日暮途遠，鷇穿雀飛。方是時也，淨土豈遠人哉？人遠之矣。因作而言曰：淨業策勳之速，求如公者，晉東土諸賢已降，歷歷可考。余游東林，企懷古昔，山空無人，水流花開。雖不逮事雁門二難，而相周旋於遺民次宗。反而求之，一社儼然。於戲！適圓通康莊，必自補陁大士；尋淨土捷徑，必自雁門二難。舍是而它之，如航一葦於絶潢斷港，欲至八德之池，難矣哉！

華亭西寺無盡燈記

作光明供，供養中寂。獵人之箭，洞犀貫革。塵龕佛燈，耿耿欲灺。箭以剔燈，天眼證通。況夫南晦膏腴，基一蘭若，無盡光明。吴氏子某有田一頃强半，耕而穫之，數十口可以無飢。不以養數十口之家，而以為一燈之施者【一五】，獨何如？蓋其疇曩有事于補陁大士，如谷答響，如水涵月。苟其棼慮雜想，隱慝潛耻，不盡澡雪，而欲造夫純誠之地，何以感格玄覺如此其著？施所難施，不為難者，殆非偶然。洛尔妙朴，盍思其難，謹終如初，俾冥者明，明終不盡。日月薄蝕，此燈長照；風雨如晦，此燈不夜。蒙斯光明，若徹蒙覆，若披雲霧。作此施者，心華發明，照十方刹。爾時妙朴從座而起，稽首北磵，請説是法。北磵默然，遣化菩薩，其名曰穎，於四衆前作如是言：「田而畊，續光嗣明，乘月之虧，持月之盈。畊而稼，智燭弗灺，轉空為晝，破暝於夜。稼而穫，是諏是度，以綿以延，毋止毋作。穫而廩，歌豐慶稔，受者無心，施者奠枕。」時化菩薩作是説已，舉以授朴。既授朴已，作禮而去。

瑞巖開田然無盡燈記

淨名大士既授萬二千天女無盡燈法門，從而諭之曰：「冥者皆明，明終不盡。」伊尹所謂以先覺覺後覺也。後世焚膏繼晷，號無盡燈，非淨名心也。日夜相代爲明者，日月也。大厦既夕，風雨如晦，暸然者將眊然，待燈而見，燈亦豈無待焉？惟有待故，運行於人，日月則運行於天。運之之殊，不息則一也。瑞岩丹丘勝處，燈失常運，貨殖取贏，使此燈不夜，莫知幾興廢。住山道全謀諸衆曰：「貨殖取贏乎，墾土收穫乎？」智紹曰：「是或一道也，顧主之何如。主之有常，則皆永傳，不然則勺海爲膏，伐山爲炬，徒尔爲也。」僉曰：「善。」紹則請命出山，旋濉絶淮，積錙累銖，閱四年而歸。僦工闢荒，眂歲入爲無盡光明。茁霜蕭蕭，隻影婆娑，焦心勞思，恐蹈貨殖取贏之轍。求余記其成，爲將來之勸。

平江南翔懺院記

南翔懺院成，會其費緡錢，以數萬稽。某謀於檀越顧君某，捐金振廩，權輿於某年月日。和而施者，響如谷聲，落成於某年月日。高廣宏敞，極一時壯麗。正修之地，幻普賢懺悔主，如雜花法華所説；燕寂之所，則闢禪觀，攝斁亂，如留香枯木之制。設椸於閣，則以備盤礴解衣；注湯於室，則以戒宣明妙觸。課日用於薰沐，則以振其怠；裕歲修於阡陌，則以致其久。整整翼翼，倫次攸叙，淛江以西，輪奐鮮儷。於戲！虛空無邊，故世界無邊；世界無邊，故衆生無邊。普賢則悟夫無邊衆生所同者，始一善至無量善，卒踐等覺妙覺，以覺後覺；衆生反是，始一惡至無量惡，卒踐鬼畜苦輪，輪轉不息。苟悟夫與普賢同者，歸六用根，息諸妄初，如陷如穽，如賊如冤，克此一念，如彈指頃，則銀色界應念昭徹，六用諸妄皆助道法。昔所作業，雲點太清，雲散夢掃，即一切空；今所懺摩，如湯銷冰，無別有冰，即一切假。斷空假邊，一前後際，不動本際，即一切中，一心鏡空，三觀鼎峙。法萬其緒，即三而知；離三而知，即名邪說。不即邪說，是謂正因。正因精明，是真懺悔。空界衆生，可知其際，此懺無邊，不可究盡。昧者昧此，脂三毒車，策四倒乘，蹈八邪轍，掉百非鞅，疾驅於六塵之墟。

聚族而謀曰：「是可罔下愚，知者不道也。」則詰之曰：「過而不改，是謂過矣，不知也。知者改過乎？」曰：「改過。」「然則改過與懺摩有以異乎？」曰：「無以異也。胡爲乎知者不道也？仲虺之美成湯曰：『改過不吝。』傅說戒高宗曰：『無耻過作非。』孔子曰：『丘也幸，苟有過，人必知之。』詎知此懺未出竺西，二三聖賢已行之於此土矣。」故表而出之，俾從事於斯者，知夫所謂罔下愚者，下愚也。

南翔僧堂記

連長榻，甃廣座，容數千指，開單盋，必摎梁棟，選柱石，然後可以帡幪震風陵雨。雖然，非古也，古之人一生打徹於塚間樹下。古已往矣，若今食息於塚樹，鮮不澒洞觀聽，曰怪曰誕，曰姦偷鬼物，歗族呼類，水洒梃逐，使不在吾境乃已，而姦偷之徒往往託以沮吾法。元祐間，端師子所勘、辯才所拒之妖回頭，慶元間，趙京兆所黥之風道隆，咸其類也。此堂之建，于以見前輩慮後世者若是，作五觀法，俾食於堂者作如是觀。吾嘗謂五觀具四端，猶四体也。請論其目：一曰計功多少，量彼來處。無惻隱之心，則勤不知畊，勞不知炊，享非正命，漫不加省。二曰忖己德行，全缺應供。無羞惡之心，則酣嬉終日，無所用心，槃樂怠傲，蕩而不反。三曰防心離過，貪等為宗。無辤讓之心，則餮豐潔，饕珍美，却踈糲，縱口体而極其所嗜。四曰正事良藥，為療形枯。無是非之心，則舍靈龜，觀朵頤，道不腴，日以羸，氣餒而不支。五曰為成道業，故應受此食。無是四端者，何以深造而自得之？自得之，雖層冰峨峨，精瓊而靡；列鼎萬鍾，不素餐兮。是故搢紳五觀，黄太史作而象其因。南翔寺僧某求紀其師某年月日雲堂之落成也，為具載其設施，使知某振篋垂橐，不徒其爲。

南翔寺九品觀堂記

蓮社作於東林，般舟之道至是鼓行於晉、宋。由晉逮今，衣冠緇褐，菩薩行人，策勳淨業，載諸紙上語者不勝數。嘉定四年仲春之季，昭文錢公象祖易簀之際，吾猶及見之。佛聲未斷，怡然垂訣，天香天樂，隱隱户牖，其聲其臭，皆非常聞。是時諸孤擗踴號動，荒迷懭恍，不暇知聞。予時承丹丘報恩之乏，與三峯大長老蒙宜獨在焉。蒙憎凡子以吾浮圖為誕哤，使予勿言。前所謂紙上語，信不可誣。按經中説，有佛取土，曰清泰國，無地問津，心能知津。不皇不王，太古自若；不令不申，至神自化。七情不鑿，九品成列。塵刹幢蓋，樹林水鳥，法音宣流，佛願力故。極惡重障，報相現時，瀕於九死，一念知反，力不暇給。遇人教令，憶佛念佛，十念成就，宿負俱泯。

即生於此，雖下下品，皆不退轉。上善種性，觀法精密，想念純至，一念相應，斷前後際，不動本際。正遍知海，皆從想生。如指標月，月因指見；見境想滅，得月指忘。月與境冥，忘性亦滅。滅無可滅，所滅亦空。見彼導師與二大士及彼四衆交臂如故，悟惟心土，非中非邊。此觀與堂，亦非中外。文賁勸發，罄竭而助。修印振始，不徒其為；從節承終，亦既其力。嘉定三祺，爰舉是役，丙子之秋，遂落其成。刊諸琬琰，昭示來學，俾敏厥修，毋怠乃訓。

南翔寺大殿碑陰

南翔大殿成於某年月日，而後造像，亦既久矣。古野與殿不胥稱，頹圮不可治。後某年月日，寺僧文杲改作，如七金山，炫耀赫奕。佛像慈而威，恭而安，給侍菩薩則威而慈，天神則威以恭，其不敢安則一也。巧麗尊特，所謂皆有聖人之一体，佛則集大成也。即佛之大成而得吾心之廣大悉備，即吾心而指衆人之心，心、佛、衆生三無差別。文杲辦心，李某辦力，工之薦巧，亦心、佛、衆生之所同者。殿有記，兹不重出。

溵山會靈廟記

祀，天下之大典也。德不被物，功不及民者，不在是典。蜡，所以報歲功也。凡水旱疫癘蝗螟，則黜其方之神。然則在是典者，庸尸素哉？嬴秦時，邢氏三女子死而有靈，能役鬼工，各開湖泖，緒亂流，以弭水患。溵湖之靈，其季也。罔罟之利，舟檝之益，民歌婁豐，菑害不生，一方之氓，均飫其惠。

嘉定七年孟夏大旱，奔走群望，有禱輒爽。知縣事李伯壽命主簿陸亶躬至岩扃，檀木始然，水立晝昏，濺沫飛濤，沮洳冠裳。傍睨辟易，陸固自若，不衡不倚，若有相者。得魚得蛙，速雨之徵，必冀所求，不獲不已。潛魚既躍，蛙亦隨至。霈雨雱注，三日足用，歲大有秋。申聞朝廷，錫號「會靈」。揭榜之辰，陸乃肅齋，奙奉其行，以侈君賜，以答神貺。觀者如堵，震動山谷，水天一碧，幽顯咸若。黄耇鮐背相眂而作曰：「神來止兹，福我兹土，千有餘歲，不知幾縣吏之禱於斯也，一朝潛德徹覆於吾賢父母之手久矣。吾神恒其惠而專其惠也，褒封之后，凡所以惠我者，亦豈有加於疇曩而貳其心哉！獨嘉吾賢父母能講明政之所先，務使朝廷恩渥不及尸素之鬼，足以風勵素食怠事，俾敏厥修。」

予聞而嘉之，遂櫽括其言而文之，俾修歲時之祀者歌之。歌曰：湖山兮蒼蒼，湖底兮天泱泱。樓觀兮凌空虛，突兀兮金鋃鐺。舳艫兮轉輸，秔稌兮繞湖。不知幾千萬兮，寄豐凶兮慘舒。煙冥冥兮雲淡，風蕭蕭兮葭菼。貝闕兮襲玄窅，物不疵癘兮民不顑頷。焕兮榜題，雨露兮新滋，神之靈兮聽之。

華亭白蓮寺記

熙寧元年，歲薦饑，溝洫間老羸枕藉【一六】。邦人吳世榮相景德寺僧宗喜收斂而火於此，蓋不知其幾也。法林嗣興，律部謹嚴，道俗向化，土木金碧，咸極其巧。藏以皮經，堂以容衆，憧憧水雲，挂盋息肩。大殿鼎新，則思度受其成；幻佛與天，則思坦悉其力。閱二十一寒暑，得今額。度既老，謂戒空曰：「力不逮志，日暮途遠，然則奈何？」空憤悱而作曰：「將九仞者虧一簣，緊我父祖創業未既，了此緒役，非我而誰。」乃益自奮厲，撙節於寒苦寂寥中，不疾不徐，爰度爰諏。化爽塏於重淵，封沮洳爲茂林，向背衡直，各得其所。俾於農隙報功植福，物不疵癘，民胥適悦。歷年四十，策勳於戒空之手，則又屬諸妙惠增其所未至。惠徧求紀述，莫予為宜。

予謂惠曰：「若知夫是剎之成，資喜與空，久而彌芳者乎？異乎吾所聞於今之貨殖，於營繕而務速以駭愚驚俗者遠矣。苟利其速，必不以誠格人，而以傀劫也。至於然頂然臂；鍊指瀝血，凡所以鼓吹閭閻，湏動觀聽者，鮮不勇為。治其荒唐謬悠之言，聾瞽匹夫匹婦而敚其心，使妄冀夫所不當得，徨徨規毛髮之利，汲汲濟其所欲施。如紿漁者，亟縱亟釣，而求好生不殺之益。小不如意，則籲天疾呼曰：『施果不足恃，而善果不足為。』不幾於龍斷與？盍亦觀夫古之建幢樹剎，過千百年，更廢迭興，苟冒其地，輒慭于厥躬，以逮其后人，吾不知胡為乎而然耶？揆以吾法，則必以為誕唬，落落不偶俗。故吾罕言，以俟忘言者。」

辤曰：澱湖北鄰，機山以西。喜來相攸，開此拓提【一七】。乃振溝洫，燎骼燔胔。不知幾何，動以萬計。一再有傳，至于法林。林學南山，右規左箴。像設有嚴，以相鐘鼓。建大寶輪，以授思度。度拜稽首，謂坦與空。權輿非難，難惟厥終。繼自乃今，罔敢或墜。念茲在茲，事乃克濟。我觀白蓮，澄淨不垢。名是蘭若，亦曰弗苟。洛爾來學，當如是觀。毋求安心，求心所安。

校勘記：

【一】不時兮自鮮　「鮮」庫本作「解」。

【二】又若地涌浮圖　「地」庫本作「池」。

【三】供苞苴利　庫本作「苞苴利」。

【四】一月行空虛　「行」上本、庫本作「在」，陸本原作「在」，後改作「行」。

【五】若謂一即三　庫本作「若謂一即二」，陸本原作「一即二」，後改作「一即三」。

【六】白銀爲壁　「銀」庫本作「玉」。

【七】花沿種玉　「沿」庫本作「欄」。

【八】大歷十三年　原作「大建」，庫本作「大歷」，歷代均無年號「大建」，「大歷」爲唐代宗年號，大歷十三年為公元七七八年，故而五山本此句誤也，今從庫本。

【九】北磵不起於座而告之曰　庫本無「不」字。

【一〇】十五能誦妙蓮花經　「妙蓮花經」庫本作「妙法蓮花經」。

【一一】爲衆工發蒙涓埃之報　「之報」原闕，據宋本等各本補。

【一二】縛茆於雙槐堂之東俾州里疾疢者有甚於水火之託　「之東俾」原闕，據宋本等各本補。

【一三】綴輯藏乘　「藏」傅本作「歲」。

【一四】瑩熙怡含笑　庫本無「瑩」字。

【一五】而以爲一燈之施者　傅本作「而以爲一燈之施是」。

【一六】溝洫間老羸枕藉　「羸」傅本、上本作「稚」。

【一七】開此拓提　「拓」上本、庫本作「招」。

北磵文集卷第三

大雄寺記

行在所直北四十里，寺曰大雄，舊曰上保安。開運四年【二】，鄧氏作鎮時建，治平二年賜今額。地接良渚，峰嶺秀野；水通安溪，沃壤綿亘。山無潭湫，蜿蜒沕靈。嘉定八年夏大旱，港斷潢絶者數月，羣望不孚，此山出雲雨，近畿有烌。朝廷寵嘉，封爵建祠，錫賚鼎至。始郡祥符寺僧覺定偕方外友慶端相攸居之，經始之志，克艱克勤，壯規宏模，儼然在目。三門兩廡，再造於建中靖國元年，則子殊、有方起廢於風凌雨震之餘。

懺堂之作於崇寧三年，則子純悉力於時和歲豐之後。高敞堅好，州里鮮儷。肖無量壽像，作懺悔主，為衆庶澡過雪非，宅心純想之方。子欽晚出，才具絶人，喟然歎曰：「是刹之作也，亦既久矣。殿者，所以舍佛，表出尊特，其可缺乎？」度才僦工，遍扣檀施，祁寒隆暑不小休，卒有成於政和三年。越四年，使有常、有威造佛、菩薩、天龍、給侍，如七金山，與殿胥稱。至是，凡所宜有，不可以加矣。先是有常結界以落之，以禦諸非律儀。其法曰：「天可陟，吾界不可入；地可陷，吾疆不可犯。應不吉祥，不俟禁呵，勇自退舍於廣漠之野而無何有之鄉。」此常之心也。若夫三災彌綸，心爲本根，弗鋤其根，圖蔓難既。乃於是中自焚自溺，窮盡未來，庸有了時。毋使吾常徒用其力，故併書之以授愛堂，俾告來者。愛堂雅善予，如湛其名，嘗主黄蘗十二祖大道場云。

其辭曰：幢刹之興，存乎其人。其人伊何，駕大願輪。南度以來，寺滿山谷。願輪不馳，器滿則覆。惟我大雄，一燈相尋。百祼策勳，逮于雲仍。厥惟囏哉，如此其久。豈不務速，務以不朽。龍蟄于山，實寄豐凶。緊尔正直【二】，相吾鼓鐘。

假菴記

淄川王識之束髮自立，汲汲爲善，掉鞅塵表，强安四隅，榜曰「假菴」。宅心以仁，遵路以義。蕭洒茆茨，剖破藩籬。洞然八窻，眇然一枝。借書東家，分照西鄰。優哉悠哉，聊以卒歲。假於人者若是，其假人者豈止是而已。古已往矣，書則古人之糟粕。餔糟啜醨，浸漬沉酣，歸澹泊寂寥之根，發胸中至味之藴。殘膏沐新，賸馥騰遠。有英可擷，有豔可摘。藻澤萬彙【三】，沾溉百世。將假無言之言而强記之，忘言也；假無聞之聞而强聽之，絶聞也。譬夫水飲，豈傍睨者知夫寒暖之節，則必萌異同之説。異同之説不息，則安知吾之所謂假。

常熟縣大慈寺鐘樓記

千鈞之鏞，不梁百尺之高而簨簴之，則停輪息苦，警昏導迷，何所妄冀？寒山夜半，聲到客船，非衲子明心，即詩人得句。昧者往往以是為迂闊不切，不知美教化，移風俗，王者先務，而心華發明，照十方刹，亦豈細事。大慈爲福山望刹，創梁天監中。長江横陳，五峯擁環，古木夾道，童童如幢。寺昔中微，木亦就槁；及其再振，木則重茂。大鐘横撞，僅在平地。厥聲弗鈜，不足以發深省。文遠欲造樓，未幾而寂。其徒如珤了此緒績，不日而成，嘉定九年三月既望也。翬飛半天，遐眺無際，寺與樓稱，鐘又稱之，費幾萬緡。始遠欲市田爲山家經常計，幡然而作，曰「市田非比丘法」，則又反諸檀施，施者不受，願聽所欲爲。至是舉以權輿其事，餘出於其父母昆弟。走飛來北磵【四】，謁紀歲月，余語之曰：「昔昭默大士云【五】：『身為比丘，不導父母於佛法中，謂之不孝。』是役也，于以繼先志，又豁父母昆弟施心，一舉而兩得。雖然，曩見子擔簦負笈，問天台之旨於諸老之門；今復見冠冕多衆於古靈山，晉進不已。至於厭飫心初而流通所學，以壽佛祖，夫如是，又豈特孝於其父母哉？」萬緡之樓，土木之事耳。吾所紀者，在彼而不在此。

彰教法堂記

土必腐，木必蠹，堂則有成與虧。法存諸其人，未始有成，庸虧耶？彰教法堂五間，第十七代法中建，歲月莫可考，寺無耆宿與夫識載也。猊床屏陰題云「元豐七年十二月二十五【六】，住持修穆造」。屏植於堂，堂必先，豈七年前所造耶？隆興元年九月十三，第二十七代師寂翻蓋，則見於梁題。逮寶慶二年，弊而不可爲矣。鼎新之權輿於十一月十五，成於三年三月初七。柱踏舊礎，崇增二尺三寸，敞小閣，支寢堂之上楹，挾以兩祠宇，則鄉所未有。惟堅罔惟侈，惟壯罔惟麗，雕刻文藻皆勿用。取才於家山，取飯於家田，取財於施者，不足則貸。相是役者，豫章西山碧雲菴四明如潔。落成之日，四衆聳瞻，謂余爲能，殆不知余方將謝不能也。噫！美輪美奂兮固非余心初所由志，危而不持，顛而不扶，盍亦求余所謂「法存諸其人，無成與虧」也，何故？

泉州金粟洞天三教藏記

黄老于漢，佛于晉、宋，二氏之書滿寰宇，聚則衝棟，載則汗牛，何其多乎多耶！問其數，各五千餘卷，與秘府牙籤相下上。巾冪嚴秘，往往過之。金粟洞天在泉南勝處，住山人凝雲黄去華摠三家之書于山中，寘諸大輪藏。所謂藏也者，藏也，涵藏之謂也。藏諸名山，古也。或病其以二氏之書亂秘府，妄意求合孔氏。噫！合其可求乎？求而合，不勝其不合也；苟不可合，雖孟賁、烏獲之勇之力，不可牽糾而使之合。不可離也，雖强分之，視勇力烏乎施？然則離合有常理，不在呶呶齒舌間也。天地間大物莫如海，百谷東輸，未始見其盈，尾閭泄之，未始見其虧，而與百谷同一味，曷嘗求合於百谷？既至于海矣，海則曰：「尔江耳，河耳，淮、濟耳，盍各安尔甲乙之序；涇也，渭也，亦正尔清濁之分。」然後去貪取廉，旌芳潔，黜洿濁，俾各從其類。雖蹄涔之陋，罔不藐夫海失長百谷之道，强為是區區之别，不可得也。夫如是，庸詎知吾求合於外耶？善乎，荆國王文公答曾子固之為言也：「善學者讀其書，惟理之求。有合乎吾心，樵牧之言不廢；苟不合諸理，周、孔吾不從。」吾嘗紬繹斯言而志夫學，隱然得之於中。東海有聖人出焉，此言合也，此理合也；西海有聖人出焉，此言合也，此理合也。故萃天下之書，使天下善學者博觀約取，離乎其所離，合乎其所合也。

書東禪浴室壁

僧園四事外所當有，莫先浴室。大火三伏，金石流，土山焦，汗浹浹如雨。執熱不濯，必鬱滮熬燥，懵懵如酲，冲和之微幾何而弗傷？傷則病，病則欲爲毫末之善，了不可得。東禪浴室新於紹定五年冬，起數十年廢於寺僧惟一之手。一之爲也，亦難矣！萃銖哀錙基此役，未嘗開口語人，有施輒受，受輒適義。所受既義，人樂其施。束薪如桂，得三十畝負郭於章氏女，爲樵采之直。費緡逾萬，弗務速，弗侈靡，弗規圖以豐橐囊，弗勤衆以淫土木。區區求紀載，為鑽貴扳勢之具，有正因衲子調度，乃策其勳勞，識諸室之壁，為是數者之勸。越明年季烌既望，潼川北礀云。

四無室記

問：宣子以内三術為之主，立性具之体；以外三術為之張，發身器之用。遐榻擬古，曰無生窟；篆裊碧縷，曰無聲漏；爝火不息，然無盡燈；落日懸鼓，觀無量壽。不越尋丈，扁曰「四無」。於四無中，問清泰津。或謂余曰：「燈即佛身，鏡即佛界。於此界中，復有溟渤彌盧，原隰丘陵，草木鳥獸，人及非人，俱從佛生，得佛法分。云胡西墉設象注想，不務内觀，區區外馳？」則語之曰：「見月執指，孰與忘指。忘指執月，與執指同。燈即佛身，鏡即佛界，子知之矣。不知鏡即月也，而佛與燈不一不二。子識藥矣，未識藥忌，藥忌反毒，益壅病蔕。望吾四無，適越而北轅，日騖日遠，只益背馳。」因作而歌曰：「鏡非月，燈非佛。了了見，竟何物？雲無蔕，天無畛。流金西頽，絲髮無隱。」

千佛院記

距余故廬未逮一舍，縣曰東關。縣之西，岡阜秀整，龍矯鳳翽，一峰橫溪陰，作怒猊反擲石飛峙【七】。其上層出千佛，莫知幾何年。巖間有刻，漫不可讀。里社禱水旱，禳疵癘，如響答。慶曆二年，彭氏造殿舍佛，號壽聖院。某年月日，改廣福。子原者，張氏子。蚤穎異，走南方，叩耆宿，執侍天童宏智覺禪師，爰得其旨，沉潛燕默，以晦其所有。余四五歲時，大父行輩指以示余曰「是有道者也」。創大閣於淳熙丙戌，擬内院以奉慈氏。垂成而死，法會寔終之。慶元庚申，敞新閣以貯舊殿之千二百應真，輪奐與原所創儷。居無何而會亡，紹圓舉緒役，然後大備。兩閣翼然煙霏間，與溪山相領略，補空缺而來粹爽，部勒一丘壑。鍾英毓華，豈獨發爲人文，抑又以境攝人，起其所固有之善，油然於心。初善益善，惡罔敢不悛？此原之志，而會與圓之善巧。會之徒了因訪孤山南宕隱居，言其詳而請紀述，故書之。余老矣，浩然有登樓之思，尚須杖策倚檻，遐眺幽尋，援毫而賦，賦罷而歌，以些原與會，而與圓相勞苦。

樂境記（湖州）

余既僦樂境之榻，主人與余倚檻喚魚，憶濠上游，作濠上吟，倚楹而歌曰：「適兮居，樂兮魚。所忘者余，又安知夫魚。夫魚與余，怡怡兮愉愉。」主人莞尔而作曰：「異乎吾所聞。吾師西之，酣酣上池。車軸九花，一花自題。故吾狀所樂之境而致其思，冀凡我同盟之人，既盟之後，言歸于好，信夫子之樂夫樂，吾為子不取。」

余於是原其樂，窮其自，亂之以曲終之雅，而系其辭曰：「胎蓮命，慧之提封，地之嚴淨，俗之粹美。退嗟窮空，樂藐四禪，載諸契經，雜諸傳記。無有苦相，它土鮮儷。豈數晦之宮，窮土木，幻培塿，潴清漣，種芳鮮，以蹄涔，擬虎眼，漩澓所，同日語。雖然，我知之矣。惟心惟國，惟性惟覺。玉芬陁利，泥滓芳擢。五濁不垢，一埃弗著。是樂也，可以斷百非之鞅，可以釋九類之縛。味者昧此而小夫樂。」

福昌院記 餘姚

游源溪塢間，當重山之陽，寺擅其勝。建於唐長慶四年，逮會昌五年廢。錢吴越時號永壽，大中祥符元年賜今額。後一百九十二年，結九夏制，方會食於堂，則自顥詮始。杭之普濟師鑑者，發蒙於此，晚歸自方外，與清凉行仔圖振厥緒【八】，先輪藏而鐘閣、法堂、兩廊次第皆輪奂。市田三百畮，歲入七百餘斛，可給千指，刷數百年已廢之羞。嘻，亦勤矣！然廢興有數也。長慶之興也，莫不欲子孫世世壽域中一善之成；會昌之廢也，莫不欲父祖世世壽域中一善之敗。成則長慶成，敗則會昌敗，福昌固自若也。然則再造於吴越，策勳於鉅宋，豈偶然哉！咨尔鑑，洎尔源與仔，尔維一乃心，毋維罔予聽。守成之難，難於圖成。燕安之毒，毒於艱勤。謹終如初，率人以誠。扶此勝幢，勿欹勿傾，勿負節衣輟食以爲施者，是謂報吾君以及吾親。

資壽寺盧舍那閣記平江

崇閣華觀，祇樹之制，相望皆有大莊嚴藏之一体，苟以土木之役須動觀聽，則不耕不桑，何自逃祖宗之誅？蓋依經所說，以境攝心，起其所固有之善，油然作於外物轇轕之際。俗日益下，相陵相競日益勝。方其忿時，莫知自懲，亡其身及其親，不暇顧。雖嚴刑峻罰不足威，過塔廟必稽顙舉手，是孰使之然耶？隱然於中者，不自泯也。資壽之閣，嘉定三年住持善通作。寶慶三年，無聚智湧登閣而喟然曰：「美輪美奐，昧者未必弗以為游觀，為燕晦，失創建厥旨。」遂實以琅函玉軸五千餘卷，一一牙籤標其目。中設盧舍那補陁大士，壯麗與閣稱。凡厥聞見，莫不善湧之爲，咸謂其無忝厥祖無著大士。故家遺俗而成就者如此，以偈贊曰：報身圓滿輪，補陁小白花。琅函五千軸，一一懸牙籤。光敓日月明，複道出雲雨。哂乃如幻人，幻此如幻境。欲度如幻衆，成就如幻事。是事實非實，不實如空花。靜寂單複圓，及與第一義。亦與如上事，非同亦非殊。洞開樓閣門，入已還復閉。童子歛念時，不隔一絲毫。

資壽寺永豐莊記

市田非比丘法，馬祖、百丈以十方共住為叢林，則塚間樹下者有所歸宿。自是資生儲蓄寖成俗，建幢樹刹，施宅土，營厦屋，立常産，大如甲第，小若編户。有業則賦興，衆多則用繁，必經紀於其能集事者，掌會稽，謹出内，制盈縮，不足則持盂四方。此姑蘇資壽禪寺永豐莊之所由作。慶元三年，常之無錫净慧禪寺僧妙瓊、妙祖倡二十人以次裒金，洎衆施，營膏腴一千八百五十四畮，縣官拆而復圜者半。田舍農器稱是，可裕數千指洗鉢之急。資壽有田，自瓊與祖始。

方其心初發時，此田已具，微勇往精奮，忍寒苦，甘淡泊，確乎不可拔，百罹弗怨，順處逆境，尚何以集一事若毛髮比，況千五百畮有畸之田哉？咨尔衆欲登加行地，必先資糧。適百里者，宿舂粮；適千里者，三月聚粮。佛道長遠，久受勤苦【九】，乃可得成，佛語也，百里千里之不啻。上上種性，則一超直入，鄉者大城。我所化作，爲止息耳，則法華具載所詣之地果安在？而中下之流，亦復小憩，所謂資粮，豈專在黍稷穜稑與夫禾麻粟麥【一〇】？倘受此施，終日飦一米，未始嚼着，或不動口，已咬着沙，則瓊與祖畢命為期，盡瘁於是，所成就者，戛戛乎其難也，何憾焉！故樂書其事而紀其歲月，又系之以辭曰：飢兮寒，粥兮饘。饘粥之餘，既磨既研。志斯堅，石斯穿，終之以得兔忘蹄兮得魚忘筌。

九龍山重修普澤寺記

梓邑十，山川俱秀整，發爲人文，蓋有所自來。唐盛時，文章顯者有之，智術顯者有之，迨今未已也。鄞甲九邑，饒沃壤，美風俗，煮海之富供縣官，一水一石半在少陵品題中。九龍亦佳處，普澤寺踞山之陽，故老相傳作於唐，歲月莫可考，考於圖經無聞。殿宬古，記不及創始。淳熙癸卯，祖輝新華構，擬天台方廣，舍半千尊者。丙午，復造重閣，煥麗擬内院，以奉慈氏。兩朵翼然，會二十八祖於其下，不十年策成績，至是盡瘁九年之弓也。了相嗣厥志，不墜振始，吁，亦勤矣！

方其權輿之初，無一錢直，費輒數萬計，莫非求人。求人之難，難於梯天，不知幾摧挫，幾頓抑，譏呵哂誚、斥辱困折之不顧，乃克就此種種莊嚴。使吝驕封蔽者，一歷耳，一屬目，蕩無畛畦，本有之善油然而起。善種芽甲，惡習殄殞，夫豈徒殫財力，須觀聽事，土木丹碧，炫耀浮俗，然後為得也。嘉定甲申季秋既望，輝諸孫宗印爲余言其詳。余方堅卧小朵之陰，鄉夢日栩栩，想念存注，歷歷冥現。如登春臺，心空目明，萬象掀露，了無遁形；又若翩然適華胥氏，不皇不王，淳古粹美。作是觀已，兩忘去來。如睡夢覺，如蓮華開。呼印比丘，執束授事，毫忽不遺，悉書以記。

妙湛延壽堂記 平江

疾病相扶持，無憾於養生送死，以明王道之本。佛世寖古，建幢刹，棲冷灰，槁株蠟穹，德茂者却塚間桑下嵐昏霧蝕之患。又為省行堂以別不老不病，欲其循省日用事。若學之正偏，業之勤荒，行之缺全，思之沉掉，好惡之失中，喜怒之或私，利養是崇，進修是怠，應病授藥，法惟一味，以治其內，劑砭鍼艾，以攻其外，正命小康，幻體亦寧。或又謂之延壽堂，延壽云者，延此者也，壽此者也，非人間世短脩延趣之謂也【一二】。今者反是，樂便安者巧圖其居，耽燕佚者曲求其處，先之以貨賂，申之以强援，弗知廉與遜為何物。盡巧致曲，疇知志於道者，袖手傍顧，泚顙芒背，忍死不為也。一念之忍傲睨，黄髮鯢齒累然困踣於其外，祖宗成憲遂為具文，往往大叢林亦如之。今妙湛鼎新斯堂，故書近世叢林墜典，以告覆車在前，冀革斯轍。雖然，水沫巴焦，匪石匪金；燕安鴆毒，少壯勿恃，美疢惡石，老病無忽。作如是觀，以度生死，則住山月岩某之宰制，耆舊執事某之裁劃，勤勞百蘼，不徒其為。是役也，作於紹定三年仲夏晦，落之於冬書雲。

慶寧僧堂記華亭

慶寧自某年月日智圓創建，若干年，殿宇厨庫，容衆之具，凡所當有，次第而集者，其徒師訓之力居多。又若干年，而僧堂之役未舉，緇白之有力者，未嘗過而問焉。今成於圓公之孫、訓公之子古鏡文杲。祖作之，父述之，子成之，君子曰善繼志也。

僧堂之作，非古人意。古無拓提，况堂耶？自枯木留香後，天下較奇策勝，翬飛炫耀，床榻窻几，惟恐不壯麗。耄耋疾疢，無霧霾風雨暴露之慘，既適既寧，精勵勝進，當倍蓰異時塚間樹下不三宿者，何反無聞焉？方其滑棐疏穤，一單三椽，正因者莫不廪然反觀，惕然内求，絶意死生榮辱，外形骸於死灰槁木，志節獨苦於塚樹間不相下。充其所學，飫其心初，不愆先聖決定明訓，然後以其所覺而覺他人，答此信施。昧者反是，苟安宅形，冥冥烏鳶，念念臭腐，坐馳於庸鄙洿雜。今夕何夕，颯然白首入生死輪，出没異類，靡所底麗，展轉酬酢，無有窮已。於戲！釋籛岩迥，燕坐石冷，赤城華頂，萬八千丈，我念昔者峻躋巍陟，日死魅區【一二】，草腥虵落，百世之下，道震吴越。舉此話頭，夜欵古鏡。惟此古鏡，是則是傚，苦心松筠，制行冰檗，不獨居此堂無媿焉，抑又率人臻無媿之地。欲鑱余文，余則有媿。紹定四年良月旦，潼川北磵記。

崇聖院記江陰

常距江陰逾百里，無拓提，衲子暮夜投逆旅，與商賈雜。秋潦冬冰，宿再或信，實戾三尺，而百丈所呵，尤不小貸。剎樹於此，中流一壺也。丹丘智觀早出於外，見聞頗習，惕然不啻飢溺，歸白父母，願得所當予之産之直。父母予之，卷而來兹。既營薙髮，益自克苦，裒錙銖，積分毫，相攸爽塏，插草成梵剎，凡所當有者，次弟而集。作於紹定元年。越二年【一三】，白禮部，給臨安府錢塘縣崇聖院廢額，甲乙焚修，以待雲水。訪北磵隱居，倫次其事，乞紀歲月，則謂之曰：「天地間寧欠尔把茆也？今夫人之子，子曰伊吾上口，必曰釋氏熾，王澤熄；王澤熄則害中國，蠹四民。又何汲汲此役，嗾其喙哉？」觀曰：「子何見之晚也！六駙渡江，扈而至者，矍起為侯伯，戚里内侍，賜寺恩寵厥父祖，金碧照耀西湖南北，操鏝入其門，一世閲幾興廢。洎煙冷燈燼之不嗣，與夫豪力盗據而不復振者何限？我之所作，拾其殘弃之餘，移實荒寒寂絶之地，俾緇白不相紊，避三尺、百丈之禁，孰曰不可？子獨不聞荆國王文公云：『方今亂俗不在佛，乃在學士大夫沉没利欲。』歐陽氏則曰：『修仁義以勝之，仁義勝，吾死無憾。』」余不懌其言，不能敚也。

興聖寺大悲閣記 華亭

具千手眼若兩目兩臂而不自多，登地已前未易議；運兩目兩臂若千手眼而不自少，等覺妙覺則多多益辦。過此以往，則佛地無量。聖身歷塵沙劫，作所難作，辦所難辦，從聞思修，入三摩地，獲二殊勝。始一目二目而千萬目，乃至八萬四千爍迦羅目；一臂二臂而千萬臂，乃至八萬四千母陁羅臂。目自鑒覺而不知鑑覺，手自執捉而與執捉忘，各安所安，不相違礙，手眼可盡，其應無窮。如風行空，吹萬不同，或不鳴條，濤山撞舂，及其止也，土囊孰封；如月初上，清涵萬水，影分無數，月豈有二，及其入也，銀闕罔閉。如春在花，如意在弦。意兮不傳，春兮不言，倥侗小智，斟酌聖量【一四】。如囊流螢，擬熾燎原。又如敲空，欲諧金石，不知人人圓具此妙。借燈王座【一五】，初非高廣，大莊嚴藏，本無関鑰。

紹興九年十月，華亭興聖寺火，千手眼大士巋然瓦礫中，命婦衛氏載之以歸。居無何，夢好女子謂之曰：「盍送我還？」覺而異之，曉香拜像前【一六】，憶夢中女子惟肖，涓吉護其入，寘諸僧堂。乾道初，議整綴殘缺，大參政錢公某實為之倡，寺僧悟相其事，像復完好，光燭霄漢。行恭、惠輝者蹟光所自，得之於蓮趺右趾，聚族而謀曰：「洪覺著靈，陰翊孝治，宜崇閣以尊事。」若雲、净藏、如瑩躍然相和。未幾，恭與雲遞迭而逝，瑩曰：「逝者如斯，志未嘗往也，願借一臂力以畢余志。」自淳熙初，訖嘉定癸酉嘉平，策勤茹苦三十年，乃克承奉大士於中，複道上安三世佛。藻棁燦霞，丹楹煥日，翼然横陳，出雲雨上，諸莊嚴事，莫不偉特。宜考績而嘉成功，故系之以辞曰：泠泠兮載熹，炎炎兮廪而。山移兮數莫移，玉石兮俱焚。玉兮温，其錢之信，由衛而敬。信既孚，所敬者盡。載飾兮載完，光奮夜兮斗寒。碧瓦兮層翬，複道兮雲齊。納月兮璇題，煥金碧兮陸離。同盟兮安之？俟如瑩兮一夔。

超果寺懺院記華亭

懺不在堂，在乎本心至到懇惻。循省往謬，自愧自悔，一洗滌已，永斷相續，纔萌輒夷，毋使滋蔓，以事法顯，事融理偏，是則名爲真懺悔處。功用雖至，已第二月。

佛言世二健兒，一不作，二能懺。不作則自至於規矩準繩，視聽言動焉往而非中，焉往而非正；能懺則發露，發露則克己，己私既盡，白圭青銅一經磨拂，永謝塵玷。雖然，未若不作之爲愈也。懺摩，改過也。改過不吝，聖賢所贊，過而能改，善莫大焉，皆健者也。健生勇，大勇也。義理之勇，非血氣方剛，好勇鬭狠之勇也。不然，疇能一鉏，永盡餘蔕，如焦穀芽，如石女兒。

華亭超果寺火後，獨懺院未復。比丘道元視祖居舊址久矣蓝翳，乃斬蓬藋，剪榛棘。因其姐氏易簀時餘粧在奩，結奩付元，琅琅遺言，務成此叚奇了，了不及其私，慨慷奇男子生死之際不是過。元感其誠，益罄其長，洎猶子某氏之施，市材選良，呼集梓人，作於紹定四年二月二十八。丁丁斧斤，不日成之。高廣雄壯，輪奐鮮儷。懺室嚴密，禪觀靚邃，飯食經行，解衣礬礴，各得其所。然後檀施市田，各為行人了一日入期費，綿綿瓜瓞，與此懺利它自利相終始。因作而言曰：「萬生擾擾，均爲目前之謀；一息惶惶，誰作身後之計。若元之姐氏者，目前身後俱無憾。微元，又孰使承其託？」

九里法喜院佛殿記吴江

塔廟之制，晉、魏所嚴，尚矣。斥像及殿，德山也，既而復其故，何前倨後恭也耶？吾嘗究其說矣，别傳之妙在直指，即吾心見佛性，天真萬悳，無相萬間，皆吾性具見量。方其柄此能事，壁立千仞，設殽函之固，乃以兩雄不俱立為之說，使大乘器一超直入，輩玄覺，向上人，遂有巖頭雪峯勃然作興，鼓行而南，昭昭揭日月。方是時也，斥斯振，仆斯起，是謂不壞世間相而操縱自若也。佛者，覺也。竺云佛，譯云覺，或曰能仁，以仁覺人曰大覺。中雖屢迍，不啻秦火。力排痛詆於雄辯之口而不加損，極崇盡敬於不世出之主而不加益。口舌狺狺，愛憎紜紜，只益自勞，匪戾吾正。

法喜大殿之再造也，偉特壯麗，冠冕衆剎。爰有檀度葉為著姓，富而知教，楷式里閈；寺之文顯、戒詮，素以質實格人，卒賴其族風動信施。五六比丘從而和之，作於紹定戊子某月，越二年二月而成。然後惠日師永造佛及侍衛，如七金山，十八開士序列左右，使見聞者若天台悟旋陀羅尼，於法華見靈山，儼然未散。既識其實，而系厥辭。辭曰：空王嗣芳，遺像有嚴。世出世間，載仰載瞻。踞芬陀花，若聆其音。即而扣之，寂寂若瘖。謂其果瘖，則爲謗佛。曰其有聲，厥聽斯惑【一七】。有無兩忘，其聲琅琅。石湍激風，舌相廣長。偏覆大千，説塵沙偈。偈無數字，字無數義。沿字尋義，入海筭沙。得一實義，如空中花。空花無蔕，義眇眹兆。歸根反初，十日並照【一八】。雲斂義天，洞然八荒。巍巍絶言，海印發光。

喜祥樓記通泉

事神如事親，神則享；薄親而厚神，神則羞。然則佞神非孝也，聰明正直者弗享。或曰：「敬鬼神而遠之，既聞命矣，未聞孝。」則謂之曰：「孔子稱禹曰：『吾無間然矣，菲飲食而致孝乎鬼神。』未有孝乎鬼神而薄其親者。」此蘇悦之之拓地遷廟於爽塏，龐正黼之倡衆飛樓於空碧，遂獲男子之祥而昌其後，盖得事神如事親之道。作於嘉定丙子九月十四，越兩年而成，輪奐不減白崖。白崖今曰玉屏，隔江有唐拾遺陳子昂廟。余少時往來廟下，望玉屏如削，樓觀插嵌，岩如化出。某年月日，厄於火，新廟未見也。少陵杜工部過射洪，作詩五篇，至今山川爲之晶明。拾遺讀書堂在金華山，并故宅則擅其二一，語不及神，至今黯然有遺恨，抑重文德名節為風俗勸，略諸奇偉壯冠之觀耶【一九】？辞以補其闕，俾修歲時之祀者歌之。辞曰：「雲生兮洲西，樓迥兮雲低。練繞兮屏開，横翔兮水中坻。翼翼兮天四垂駟，晴虹兮跨凌煙霏。絢兮陽精，慘兮陰機。人歌吉祥，物無癘疵。豐潔兮盛粢，社酒兮淋漓，撫長江兮載釃。

澄心院藏記通泉

佛所説經一味之雨，三草二木所澤各異，根差性殊，豈雨之咎？車軸之滴，匪海莫容，大心溟渤，乃克堪受。涵攝其義曰藏，運行其説曰輪。舍藏無以蘊其奥，非輪無以發其用。第二義門特出巧思，制成八觚。八窻玲瓏，面面層室，以貯琅函，以絢金碧，以擬覩史；大莊嚴藏，樞正厥中，以静以應。一機潛發，飄風疾旋，若翻地軸，使海水立，盪胸决眥，倏尔如砥，曰此權道，會心以境。

嘉定五年三月初十，通泉澄心蘭若殿以寘藏，十二大士瑠璃光熾，盛光幻出環堵岩石間，儼然大光明藏。各質所疑，又疑東方塵刹神力斷取，聞輒意消，况見者耶？此祖意覺證善巧所自出。法堯先造大部四合八百四十卷，祖意覺證又足以五千四十八卷。是役也，動以萬計，倒橐不留一簪直，餘出諸施者。落之於嘉定十五年七月二十三日。十年間関【二〇】，亦勤矣。

噫！經來白馬寺，止四十二章；先覺諸賢華竺接武所致者，半滿未具，取一闡提。生公受擯，再譯法華；什師蒙耻，壁觀沙門，則有楞伽四卷；新州樵者，止聞金剛半偈，小龍湫破句讀於海眼任灌，家未終軸。於圓覺藏乘之備，莫盛於斯，宜極玄臻奧，冥心契初，眂前日相倍蓰，曷反寥敻無聞焉。雖然，舜何人也，予何人也，有為者亦若是。余喜澄心龍藏無缺文也，亦作是説。

鶴記常州天慶觀

鶴可狎乎？九皋戛然，不可狎也。曩常乘軒倏然而來也，何故回初度？學回者畢至，鶴也胎仙，庸知夫弗與回翥騰下上於瑶瑟三疊而婆娑焉。或曰誕，或又曰百獸率舞於擊石拊石。樂之和也，與天地旁宣。人和發於天地間，而胎仙格又奚誕？若夫玄裳迅飛，縞衣翔鳴，步虛古壇，寥陽廣庭，瞭斯覿，聰斯聆。是日也，歛陰縱晴，聳瞻萬人。

長興獄記代人

天下之至平，莫如天子之法，側持則欹；古今之常道，莫如聖人之經，不通則泥。囹圄則盡其情僞而後付諸法，引經以參證，僎不失其當。子廷尉時，天下無冤民，用是道也。後世獄市若龍斷，豪墅則鬻豪，巧誘則鬻巧，利啗則鬻利，禍怵則鬻禍，苟可以利己害人者，靡不為也。死於箠楚，死於桎梏，死於凍餒，死於疾疫，堂堂之生遂為瘖瘂無所申愬之死，天子之法適足以黼黻其私。

余試兹邑，諸老先生懼余不足任此繁劇，則謂之曰：「昔為此邑者，亦人耳。前政之善，吾師之；不善，不由也。苟擇其易，將難者誰屬乎？」既至，視板帳棼如絲，會稽之籍爛如糜，訂之所聞，則老姦猾胥支辯蔓説。静而求之而不得其眹，眇而索之，慘淡意象差一二相應。既而軒豁呈露，盡得其要。俗雖悍，不鄙夷之；訟雖嚚，不淹回之。信稍孚，凡所以固陋者，一日必葺。獄寖圮，岌岌欲墜，囚繫在其下，輒慄慄。遂痛自撙節而一新之，俾不幸而至是者得其所，示以字民者加惠於此，一本於誠。以吾之誠格其所固有之善，相警飭於一家。由家而井，由井而鄉，由鄉而邑，仁不勝用矣。然則悍俗之與嚚訟抑有瘳焉。是役也，作於某年月日，逮月日而落其成。

校勘記：

【一】開運四年　庫本作「後晉開運四年」。

【二】緊尔正直　「尔」傅本作「不」。

【三】藻澤萬彙　「萬」傅本作「高」。

【四】走飛來北礀　庫本作「飛錫來北礀」。

【五】昔昭默大士云　「大」傅本作「然」。

【六】元豐七年十二月二十五　庫本作「元豐七年十二月二十五日」。

【七】作怒猊反擲石飛峙　「反擲」庫本作「狀矗」。

【八】與清凉行仔圖振厥緒　「仔」傅本作「存」；陸本原作「存」，後改作「仔」。

【九】久受勤苦　「勤苦」傅本作「窮苦」。

【一〇】豈專在黍稷穜稑與夫禾麻粟麥　「粟」庫本作「菽」。

【一一】非人間世短脩延趣之謂也　「趣」庫本作「促」。

【一二】日死魅區　「區」庫本作「匿」。

【一三】越二年　庫本無此三字。

【一四】斟酌聖量　「量」陸本原作「量」，後改作「賢」。

【一五】借燈王座　「王座」庫本作「玉座」。

【一六】曉香拜像前　陸本原作「晚香拜像」，後改作「曉香拜佛像」；庫本作「燒香拜像前」。

【一七】厥聽斯惑　「惑」傅本作「感」。

【一八】十日並照　庫本作「十目並照」。

【一九】略諸奇偉壯冠之觀耶　「冠」庫本作「麗」。

【二〇】落之於嘉定十五年七月二十三日十年間閡　原無「日」，據庫本補。

北磵文集卷第四

澄心寺華嚴閣記 通泉

佛富貴具諸雜花，雜花富貴備諸大莊嚴藏，不得其門，則重重帝網，歷歷鏡像，無邊刹境，何自而覿？閣名華嚴，作而象之。然則行布圓融，理隨事徧；圓融行布，事與理融。理事一如，事事無礙。而土木金碧，較奇薦巧，曲盡人為，豈能彷佛！是故童子歛念，六扉洞開於慈氏彈指聲中。及其既入，六扉還闔。譬如壯士屈伸臂頃，果圓曠劫，不覺不知，身徧諸樓閣中，一一樓閣皆有弥勒，從初心至究竟處種種事，得妙法門，與諸前聞，如海一味，得此味已無量差別，無量藴奥。翻瀾之問二百，建瓴之答二千，於此味中，染指可了，是謂童子一生成佛。

淳熙十五年，澄心院比丘覺如建大閣，造善才南詢百一十城，與所詢知識於其上；繪二十五圓通於其下，則師照、智演爲之。微三比丘願力所成就，何以格檀度樂施而懋厥功也耶？越幾年，落其成而系之以辭。辭曰：陽晶升雲【二】，岑樓先明。溟渤潮生，畎澮後盈。月印萬水，罔間渭涇。風鼓衆竅，飋飋同聲。法霆始震，蟄户撤扃。意大乘器，即觀厥成。如日之升，如海之渟。如月皎皎，如風泠泠。矧乃中下，其智挈瓶。既自滿假，又臧厥貞。各衒其照，爝火腐螢。揭來會中，瞽視聵聽。遂使巨鏞，噎于寸筳。是閣之作，惟儀惟刑。盍於是中，破塵出經。

長興箬溪樓記代人

舊亭枕谿，因谿得名。某年月日，某建縣，有重客，館穀必於是。閱歲滋久，屋老弗治，流爲旗亭，躪蹂不禁，寖圮寖斥，椽差梠脱，藩垣委頓。吏困簿書期會，加以悍俗嚚訟，汲汲剖决，日不暇給。及瓜者欲去未行，逆旅狹隘，回翔意緒，庸免悠然獨酌，栩栩半炊之嘆。於是喟然，口與心語曰：萬室之邑，舟車要衝，因仍固陋，若是其至也。乃紓厥思，規橅於胸中，未以語人。一夕，風雨仆亭，若相厥志，豈天地間物乘除於數而存諸其人耶？抑山川之霧思革其舊而新夫清淑之氣，以振厲文物耶？於是準直市才，俾其樂輸，鳩工於豫，不敚其時，撤亭而葺樓若干楹於亭址。作於某年月日，逮某年月日而成。略其巧，堅以圖其久；去其麗，壯以圖其固。學宮再新，相與面勢。練澄漪漪，半樓夕霏，鴛鋪翼翼，崇簷曉碧，市聲遠耳，萬竅風止，卞雲露青，雙瞳電明。部勒山川氣象，成一都會，可以拊長筵，展清流，策休暇餘景，婆娑吟嘯，商評得失，求無厲於民，以告夫志尚與我同而登斯樓者。如護吾廬，嗣而振之，俾勿壞，因作而歌曰：安得大裘長萬丈，與君都盖洛陽城。再歌曰：安得廣厦千萬間，大庇天下寒士俱歡顔。某也魯，敢用前聞，以俟來哲。

善拳圓通閣記宜興代人

徹心心忘，執忘自戕。辨見見泯，執泯亦尔。瞿曇所以宣初開示如來密因，為新學修證之本。策勳密因，安住大乘，勵大乘器，擇圓通機，應圓通根，以教阿難及諸四衆。文殊承旨，領此妙選，二十有五，登地亞聖，各陳昔因。補陁大士青錢萬中，餘雖審諦，弗當其根。是故大士獨任斯託，眼既聞聞，耳亦見見，六用互舉，非證不識。此方教躰，其惟音聞，聞性精明，所入常寂，風陘偃溪，礫抵庭竹，若合符節，如空涵空。自昔至今，得此門者，其數無量，終盡未來，巧曆莫數。閣名圓通，盖取諸此，俾圓通根從此中入尔。時北磵從座而起，駕言出游，步向上層，式瞻輪奐，倚楹晚眺。賀燕未乳，求友鶯老，悠然一聲，啼破幽寂。方是時也，普門不鑰，洞開六扉，八窻澄鮮，昭晰萬象，塵刹幢盖，嶷嶷原隰，窈窕澗壑，嵌谷邃竇，山雲溪月，莫非大士，小白花岩，自它受用。境界種種，殊勝種種，莊嚴如莊嚴藏，宏博壯麗，不勞彈指。如大圓鏡，物來斯照。如帝網珠，交光相羅。影見重重，無在不在。則是閣之作也，直顯勝妙家風，革人險隘邪偽，同歸廣大之正。惡習日賁，善日穎楙，更相漸磨，丕變風俗，帶牛佩犢，知所深恥。是道也，佛四智中成所作智之所成就。予佳住山某闖此妙而發明之，故申之曰：透山兮泠泠，蜿蜒兮沕瀰。璇題兮宿雲，呵護兮山之霧。

大軍倉廳壁記鎮江代人

倉敖基兩漢，餉道不絕也。淮東一道，貔貅萬竈所仰給，厥任重。非錯綜精練之佐分掌出内會稽，雖有應變宏才偉略，終勦於獨振倉實。今使長總侍某官發軔之地，毫忽利病，罔不備悉。每以獨振惟艱，白諸朝，乞去甲仗庫官，别增監倉一員，依舊銜，止添「兼監甲仗庫」五字，俾事集力裕。若已莅事時，等而上之。逮今使節，駸駸黄閣紫禁而惠被四表。自某官至某官，歷三任，壁記未始建。恐改作之自，久而不聞，遂疏凡居是官者在官之日，與夫爵里名氏，悉書於其下，庶夫往績歷歷可考。

大軍倉庫記鎮江代人

罅必補，漏必葺，風雨飄摇之必支，挈挈惟恐缓。家居者之為，期與子孫相終始。圮西則就東，圮東則就西，移弊居完【二】，居安辟危。往往棟欲壓，梁欲折，乃去而僦他屋。官居者之為，滔滔者皆是。君子則不然，居日必葺，園日必涉，急公於私，操心慮患，泮然有以異是。大軍倉庫屋老矣，脊頹厲風，趾摧潢流。某官不遑寧，白使長某官。朝聞夕報，鼎新於多事之秋，不日而成，比舊益壯麗，于以見使長孚於其屬，恢乎有容，不靳也若此。因作而言曰：魚川泳而鳥雲蜚，豈獨專美於唐三百年之名流也耶？紹定辛卯四月旦兩記同日。

植齋記

山居玉立萬竹，當疾雷破山，群蟄斯奮時，稚子濈濈見頭角，不浹月鬖鬖拂雲亭。在深處日，婆娑其下。客有傅氏某適至，拊竹而作曰：「能自植者也。余以植名齋，盍借竹以識余所植。」則謂之曰：「植，立也。致力於植，則必有所立，確乎不搖。若頹瀾砥柱，行富貴，行患難，綽綽見於事。修身齊家，虛心勁節，皆事也。身修矣，有類乎猗猗介特，不衡不倚，不言而信，不令而行。曰齊家，林林而群，矗矗不亂，正家而天下定矣。虛心若可以受道，道集虛。虛者心齋也。勁節則寒暑不移，有常操也。安節之亨，承上道也。具是四德也，王馬曹拔庶類而君之，指以謂人曰，何可一日無此君？天下後世，至今莫能易。雖然，吾見始植而立【三】，求無愧此君矣，未見不倚不撓於晚節末路不自免庶類俱靡者。善乎詩人之為言也：『不羞老圃秋容澹，且看閑花晚節香。』當與孔子所謂『戒之在得』同一関紐。微此君，孰與論夫植？」

碧雲藏殿記宜興

余眂碧雲崇明篆旬有七日，會諸耆老及久於其事者，商略一家之政宜所後先，咸以經藏為缺典。不覺喟然曰：經，佛言也。言，心聲也。在則人，亡則書，不尊所聞，何以見佛心？非藏何以庋經，非殿何以舍藏？矧事不辟難，勞人自逸非是，是役也緊我職。取材之待用者振之，不足則市之，雖樸樕弗弃。斧斤一施，輪奐在目。作於某年月日，越明年九月日落其成。然後屈衆力於藏，雕礱涂湅，付擅時精巧者。八觚稜稜，玲瓏八窻，實以琅函玉軸承厥終。於戲！梵釋之居，殿止有嚴，堂止有容，廪出内庖，舂炊剪齊，衆法會稽庶務，止於所司。賓客檀施奔走給侍，止厥攸處。

貴堅好，不貴侈靡，與其過制，孰若適中。樓層閣崇，戢戢璇題，凉觀月榭，炫耀浮俗，得非聚人而役之？何以聚人？曰財。財豈天雨鬼輸，必首之不可必有之怪説，申之以不可妄冀之甘言，盪莽忽荒，詭誑譎誘。吾不知古龍象屍林塚樹間，逆旅天地，蘧廬千古，又何謂也？

密印寺記湖州

或謂梁武崇佛不永祚，昭明造塔廟不永年。佞佛以祈益，何益耶？秦并六國，欲帝萬世，竟弗再傳。扶蘇、胡亥，壽考安在？不聞佞佛過秦，第云仁義不施，攻守之勢異也。密印，昭明所造，考訂舊聞，索斷碑殘碣無所得。埃壒埋古刻臥廡下，洗刷而起之。彷彿少師米公友仁小楷，西南大長老華嚴公祖覺序：寺僧行昭範銅為萬二千斤之鍾所由鑄，大學馮公檝爲之銘。宏偉典贍，言太子施園造寺，今祠於東厢，為護法主。掌寺事者云：「舊有記，聞諸故老，罔知誰為，碎於廣明之盜，墜典未克舉。盍嗣華嚴公大手筆，俾二大士翰墨文采照耀於蕭寺？寺檀越常選文章貽後世，非暗投也，敢請。」

於是受柬而作曰：此大道場，肇自天監二年。文孝皇帝居東宮時，用祇陁太子故事，以園為施。時富名流江揔、沈約在帝側，豈兩公文字乎？石泐於會昌例廢時，抑燼於張雄猖獗時，或廣明盜所壞，皆莫得而知也。樓殿崇崇，冠冕衆刹。跨龍庭，面檇李，翼車谿，枕青墩。梁曰報恩，唐曰咸通、悟空，吴越時曰吴興，皆禪居，我宋錫今額。會昌之禁解，鹽官安國師嗣子如縱昌厥由緒，克觀厥成，土木金碧，壯麗於前日。既老而寂，無着嗣子德會守成規惟謹。張雄肆虐，罵賊而死，白乳湧數尺，行欽與其屬三四輩整而完之。至是三學比丘未始乏，為天台賢首之學者相半。曩聞清裕者神異卓絶，里社所嚴。神異吾所不道，由梁逮今，逾八百載，成虧有常數。武宗之廢，武宗之廢也。張雄肆虐，張雄之虐也。撥之廣明，亦莫不然，固已雲散夢掃，吾密印自密印，主之者存焉耳。

辞曰：嘗聞蕭梁，以弱為仁。仁吾不知，弱是用評。景臨天威，顙不及仰。惟其能然，夫豈弱喪。文孝夙慧，衡鑑古制。英蒐奇獵，珠貫瓊綴。手開僧園，如祇樹林。呵禁不祥，池湯城金。弃德作威，身殞威逝。德明惟明，芳流世世。曰縱與會，真奇男子。縱舉百廢，會罵賊死。握拳透爪，嚼齒穿齦，易地皆然，不忝厥生。尒德尒心，洎尒四衆。高躅曷承，企會與縱。

江東延慶院經藏記

教有半滿，藏無小大。般若、寶積、華嚴、涅槃，合八百四十一卷，自五千四十八卷出。近世蜀之昌州不動居士大學馮公以無量壽願，施五千四十八卷，凡四十八藏，八百四十一卷，亦滿厥數。往往梯此有大小藏之目，非古也。藏也者，藏也，涵容融攝爲義。琅函玉軸，則有海宮龍伯之所嚴秘。密意玄義，則存諸其人。爰有大智，破塵出經，會於一乘，如海一味。一盋香積，飽均四衆，貧女寸焰，不遺遐隱。師子手足一金也，江河支別一水也，諦審機器，利鈍隨應，玉象徹底，偃鼠滿腹，各稱其量。乘此大乘，至究竟地，豈丹雘金碧，雕礱塗湅，幻出龍鬼扶持凌空虛之所能彷彿？

時有比丘名曰智日，聞如是言，矍然而作曰：「我之所居，康廬送青，彭蠡闖户。賜號延慶，巧當勝處。嘉定壬午，作此佛事；明年落成，實惟妙演；書四部經，則有智玉。矧二化士，厥惟蘄哉！鐘鼓殷床，梵放薄雲，妙高四朶，夜摩諸天。如風忽旋，如海忽翻，樞應無窮，莫盡其極。一機休復，海湛天碧，八窻玲瓏，塵消鏡空，萬目仰瞻。夙負惡習，不鉏而拔；信萌善穎，油然發生。」

審如所言，則徒取檀施，靡金粟，勤人勞衆，從事於不急之務哉？則語之曰：吾所陳理法界，彼所爲者事也。實際理地，彌滿清淨，云何是中更容他物事？法界中或一其缺，單輪弗馳，隻翼不飛。理隨事徧，則逢原左右；事得理融，則千差一照。理事無礙，事事渾融，則藏與經非一非兩，及破塵者三無差别。

陳致政施田度僧記

施僧欲其四事具足，一意参扣；餉僧俾正命充滿，邪解弗作；舍僧解風雨飄摇之憂，浴僧拂妙觸宣明之跡。至於度僧，則如上種種，盡在於是。教必尊僧，蓋佛祖所自出。度僧，度佛祖也。責佳實於良苗，非雨露之所滋，耘耔之及時，必槁於烈日，萎於雪霜，又何所妄冀？區區舍家，林林服勤，稍穎異者皆良苗，非恩霈自天，則一伽梨亦何所妄冀？故叢林有賢勞之澤，等而上之，逾一二十寒暑，乃能得就。令得之，必四十五十，筋骸盡瘁，欲求如佛祖因地勤苦精敏時所爲，心至力殫，何以至大究竟，爲大福田，發生富貴壽考，報效檀施毫髮？反常如經所云，可怖可懼。爰有信善致政陳公，洞見此理，捐膏腴三百畝，歲度一僧，芳聯世世，自一至多，傳無有盡。推此願力，亦無有邊。天竺巍巍，靈山未散，此廣大心與山俱高。蜚閣廣堂，助增壯麗，光明懺摩，婁歲隨喜，是不可不書也。

噫！塵勞之儔，各知資生，財知其豐，勢知其崇，業知其廣，位知其穹，孰非爲子孫計，若蝍蛷蹐而起。不知積而能輸，輸而得所歸於佛隴教觀，家與佛隴之傳相終始。獲善應於斯文，如公者鮮矣。故吾表而出之，爲區區若蝍蛷之戒。

通泉廣福院記

廣福皇覺院，制度小而寂古。翠屏諸峰，皆歸彈壓。輪藏鐘閣，普門内院，複道翼翼，巋然門闑，立數級之上，煥燦照耀，靡不華好。古殿再新，諸莊嚴事，如開眉目，如被綺繡；又如李郭一交，旗幟十倍精明。紹榮倡於前，祖因、法一、紹粲、惠燈各致其力，相與應和，成此殊勝。法深、宗鑑遠歸自南，層砌重門，兩盡其巧，跨鰲以東，幢刹鮮儷。典午渡江時，異僧來此，鋤荒榛，斬蓬藋，草衣木食而大有爲。十數傳後稍弛，鄰邑惠門蘭若思靜再振於唐之中葉。迨今鐘梵薄雲天，當一方宅心純想、進善悔過之地。

吾廬距此僅一舍，淪棄江海，足跡未始至。端平改元秋，鄉州某寺某僧移書訪問生死，屬予紀歲月。噫！幾千年矣，世果有千年之國乎？歷年之多，莫如三代。夏商之曆莫如周，周之季建空名，惴惴立於地大衆富强有力諸侯之上，年不加少，豈能盡八百之曆哉？揆之操墁杇者之言，則百年之家亦復無有。然則樹一刹於深山邃谷，更歷如此，其久獨何如？由吾師淑諸徒，以戒定慧爲之主，慈忍精進爲之張，正心誠意發其用，以游人間世，利己利物，以成厥志。後世雖未必盡聞盡明，聞者不自棄，自棄者虐也，明者不矜衒，矜衒者賊也。故能通神明，行蠻貊，久於其道而綿世守。若夫焚蕩於强暴，毁斥於雄罵，如風吹光【四】，如刀截風，持危扶顛，以大此宗，以承厥終。

禪龕院毗盧殿記

禪龕爲聞刹，自唐僧文公。文公道振，自杜少陵。由唐而宋，其道益明，自漢中師古修信。師因麟菴悟開繪公像，律者法印請紀其事，刻諸石。悟超者出，凡土木金碧壯麗，皆其所成就。晚乃作毗盧殿，幻華藏世界海，莫不備悉。權輿於淳熙辛丑，越九年始訖事，實麟菴策其勤。乃大作佛事，施百物於同衣而落之。

芝茁龕趾，嘉應荐臻，不可以一二數。人以吾宗人喜言誕厖，故不録。超質而不文，游人間世，惟一真實，以真實故感人也深。苟不合諸心，必言其所不合者，侃侃不小下，雖負固好勝罔不服。故集事先難後獲，不計疾遲，志其成而已。殿之成也，榜曰「毗盧遮那」云者，竺梵之稱，中國譯曰遍一切處。語其遍則無乎不在，其在也無所不遍，大而無際，小而無間。雜花所謂三際悉在無有餘，作而象之，理亦左矣。雖然，盍觀夫遍與在乎？一滴一涓，具十香海，一塵一沙，弥盧咸在。十虚滉瀁而莫見其餘，毫忽微眇而莫知其欠。一椽一瓦，尺丹寸碧，孰非莊嚴。藏大樓閣，得其門者，雖宗廟之美，百官之富，何以加諸。不則，疏不云乎：積行菩薩，曝腮鱗於龍門；上德聲聞，杜眂聽於嘉會。故系之以辭，辭曰：

覺雄富貴，載諸雜花。帝網重重，幢刹振華。天人鬼龍，肅而不譁。一音震潮，洗空萬差。爰及後世，模倣百爲。雲母水晶，琥珀琉璃。匪雕弗塗，匪巧弗施。美奂美輪，雲繞璇題。惟道人超，身如椰子。云胡成兹，大功德聚。惟其有忍，屹若砥柱。百阻不移，以願力故。一殿之作，曰惟艱哉。載賈餘勇，衆善克諧。民之秉彝，本自固有。攝以善境，日勉日懋。

江西後城觀記

旌陽許敬之斬妖，劍血未洗，江西一道被其惠，奠枕者幾何年矣。昔嘗至處，莫不華觀闕、嚴醮事，以系其思。某觀則唐魏鄭公讀書處故基【五】，曾此築壇場、拜北斗。前臺後城，山如髻鬟，水旱必祈，扎瘥必禳，子息必禱，禱輒響答。唐某年賜額爲觀，住持者曰李大業，胡濬哲則爲之副。居無何，遞迭而逝。哀濬文又繼之，振墜起廢，殫力不小懈。胡紹宗則結萬善人，聚施者，興土木，營舂炊，棲道侶，擇其善者分掌出納。既罹兵火，堂宇復整整，稍刷鄉來狹陋之恥。松蓋竹箭，幽草怪石，迥與人間世遼邈。年七十七，則畦芳浚碧，曲水泛罼，養恬育和，泊然頹然，遊於造物之表，壺中有天，以佚其老。吾嘗聞旌陽在時，言其身後當出八百地行仙。尋師豫章江沙，過井口，則妖荐孽人，吾必再出。觀夫樓居列仙，在天地間無別營，獨排患難，殄災異，安生人爲己任，滿足功行，爲鈞天廣樂之歸。昧者昧此，方疾其奉安之侈，不知崇德報功，不如是弗足以揭虔妥靈。辞曰：道固在人，人則遠之。人不即仙，惟仙即之。猗歟列仙，不與世絶。志存生人，隱顯殊轍。巨妖既血，發蔀撤蒙。行不厭高，功不棄豐。劍飛上天，龍光斂日。迨今繹思，尋刻舟蹟。風清玉虛，月滿瑤壇。絳節霓旌，泠然往還。

寂照院記

幢刹盛於典午，大備於蕭梁。佛圖澄、天台顗所造幾百，尺椽片瓦，皆有深重願力，不計百艱而後成。眂長安富貴人崇先香火，非不壯麗，勢穹力巨，氣雄焰熾，咄嗟可辦，畫簷繡棟，絢粲山谷。一再過之，已有間矣；又過之，則圮弗治；甚者逐其徒而家焉，更甚則撤椽梠，挑瓴甋，無所不至。勢力之與願力，遼邈如此！寂照院之作，惠通師因其先富儲蓄基造寺之役，君子謂其不負所託，遠近響應，百堵皆作。殿以舍佛，閣安千優曇，藏載三乘，堂庫廊廡容衆，四事凡所當有，靡不具。權輿於嘉定七年八月，越十三年而落之。淛江横陳，潮聲與梵放相答。吴山萬井，越樹如髮。風帆沙鳥，倏聚忽散。漁樵響沈，可禪可燕；車馬喧止，可誦可讀。延騷吟可以寫壯觀，待雲水可以暫磅礴。一香一燈，皆壽聖人，福兆庶。及其親族檀施之存亡，不留一簪，直使後人三常不足，驕吝不萌於胷中，却步反求以爲道，毋貨殖爲扳貴鑽勢之具，毋諂誑爲王化之地。惠通師，嘉興徐氏子，爲鳳鳴惠雲院清抃弟子，坐幾，臘年七十三。辤曰：

橐宜充耶，或宜枵耶？不枵其充，豈真出家。猗歟所先，豐乃儲蓄。我則捐之，樹刹結屋。相厥攸處，大江之滸。匪侈惟壯，帡幪風雨。有來水雲，悠然憧憧。解腰午鉢，投棲晚鐘。七尺單前，疊足巍坐。月滿璇題，孰與分破。振策舍衛，肅容正觀。

美見宗廟，富窺百官。我作是説，應無所住。拍枕潮聲，是真實語。

明真宫記

寧國明真宫成，雖非真牧開山，而本起之因自真牧。寧國之逢雖自真牧，而其有以自致者，易災爲祥，叓格於中壼，變陰爲晴，曩見於郊祀，密贊慈明，靈異外著，未易一二數。錫號不名，于以示尊禮；革菴爲宫，于以昭寵數；特旨蠲免，于以防誅求；親灑宸翰榜其宫，而雲漢昭回，于以旌其法；裕以倉廩聚其徒，而學徒萃止，于以致其久。非神存棲居，蹟在宫掖，持心純一，與道冥契，何以得此？經樓華閣，左右翼翼，方丈齋堂，各有攸序。簨簴棲鐘，耒耜在田，星冠峨峨，象簡雍容，日洗齋鉢，逾半千指。至於九宫撥南畝之賜，飽學其道者數百。掃建炎殘虜之燼【六】，則武當紫霄一新佑聖上昇之地，長森萬歲、武昌太平、九江壽聖，是三者，不特土木金碧之助，抑奏錫奎畫以鎮之，疇一明真哉！蓋其量大而志平，緣勝而事從，蕩蕩弗偏，泯是非利害之畛，齊物我於各適其適之地，法宜識載，以侈千載一時之遇。俾居是宫，爲是道，清浄齊潔於無窮，贊坤寧聖人，成關雎之義而母儀天下，如漢孝景皇帝、竇太后喜黄老言，卒收修文偃武之效。不然，何以仙游之日，於明真猶拳拳不能忘？寧國勑酬應，上告老之請，以住持事授其徒通妙大師俞守一，明真大師趙守正則副之，井井有條理，如寧國無恙時。寧國真人，王其姓，宗成其名，於真牧爲第二世，瓜瓞綿綿，當有大其家者。

西亭蘭若記

誠禪師號舡子，蜀東武信人。在藥山三十年，盡藥山之道。逮其散席，浮一葉，往來華亭朱涇上下百餘里林塘佳處，意所適則維舟汀煙渚蒲間【七】，詠歌道妙。其言與誌公、玄覺諸老脱略筆墨畦畛處若合符節。識者味其滿舡載月，未嘗不歎其汲汲於得人，以爲不負祖宗計。夾山去後，覆舟而歸，乃知佛祖在人間世，断無他事。西亭三詠，照耀天地，雖乳兒竈婦能歌之。即其言觀其行，㢑㢑所不死者，不與凡輩共盡。自是松澤山水益明秀，至今稱水國名勝。一經品題，千古改觀。妙賢企遺烈，結茆於詠歌處，曰西亭蘭若。樊圃樹藝，一竹一石，皆有次序。菱芡浮實，蘋蓼交映，落帆半夜，荷笠亭午，開扉相延，抵掌嘯詠。冀遇如舡子者，求一言之益而拔俗於千仞之上，使其徒若圭問予所以相遇之道，則謂之曰：「舡子之昭昭，如日麗天；爾之拳拳，如水在地。彼以不息照臨，爾以不息流注，均具不息之道。故曰：『天行健，君子以自强不息。』又何俟一語之益，然後爲得哉？」書以授圭，使歸以告賢。

雲安德英藏記

佛菩薩語無乎不在，窮山邃谷，曠夐遼闃，静勝林野，諸漏永断者所住處靡不有。龍猛一嗅八十卷，則於龍伯宫，茫茫禹蹟，一幢一刹，未始不具。純陁供後，則曰鹿苑初轉，鶴樹終譚。從始自終，不説一字，結集爲經，又復爲律，昭昭揭日月。後之論著，更相發明。合而言之，總曰三藏。琅函玉軸，焕粲心目，其不説者，了無餘欠。雙林大士特出新意，忉利夜摩，及與四朵龍天鬼物扶持凌空虚，載之以輪，發之以機，樞正厥中【八】，其應無盡。自梁至今，説無有終。有大施者，是謂吴桂，住夔子國，聞此真說。既聞是已，宿習開爽，不謀不諏，欲顯此妙，擲金如泥，鳩工如雲。入林選材，作而象之。藏以庋經，殿以舍藏，幻五十三大士於其間，諸莊嚴具，一一稱是。自乙酉春，逮庚寅秋，厥功告成，會建龍華以落之。衲子出三峽，罔不挂鉢問舟，能言此叚奇，想象輪奂，莫不冥見。德英比丘訪予於蜚來隱居，述經始之勤，信紀歲月之請，以侈吴君之施，爲之辭。辭曰：

兩崖束江，萬馬駿奔。灩澦豪據，一涓不渾。遡流以西，江樓對飛。碧瓦參差，子規夜啼。翼然拓提，薄雲梵放。籟虚不鳴，山杳酬響。龍藏斯作，爰載梵文。使聖人壽，轉如是輪。如轉金輪，王四天下。物物化成，賢罄遺野。幻小白花，與彌勒龕。俾一生佛，參五十三。此華藏海，莊嚴殊特。攝散亂心，以殄姦慝。硤山矗矗，蜀江流玉。此輪載旋，何千萬年。

欽山禪院記

建炎末，荆湖南北列刹燼於賊，環千里爲盗區。澧之欽山，在唐咸通爲大蘭若，宜先罹此酷。時人命如葉，州郡閉關自固，坐視剽掠焚蕩，方迄辨曲譚，聊忍須臾。一馬渡江，再造區宇，遺墟掃礫，剪榛棘，圖厥修復。當紹興初，楚安方來，刱僧堂。藏殿、厨庫、大殿、法堂，則枯木誠作於乾道丁亥。紹熙改元，宗譯建三門鐘閣。逮嘉定辛未，善應又營諸天閣五百阿羅漢殿。至是稍復咸通之舊。閲數傳，歷百艱，摧折於奔馳，挫抑於留難，莫知其幾也，僅克成之。其它力弱寡助，遂爲强有力豪據而湮没者何限。先是，枯木鑿池，潴水溉田，使穀不槁。種藕，禁采捕，示人以好生之德。清心亭，古溪橋，則憩遊觀者發奇勝於觴詠吟嘯。土木之役，至是不可以加矣。昔欽山負邁往之氣，死於德山，甦於洞上。昧者以爲躍冶於德山，殆不知其從容駕兩雄之時，反睨□□直前，微巖頭孰能柔其剛、挫其鋭？雪峯逶迤曲折，養其胷中所未發，終至大究竟，後世仰之，如華山三峯，峭崎半天上，清風泠然，可望不可及。故書之，使講古尊德之士，知師友淵源之正。因作而言曰：三峯青中，雄酋三人焉，德可侔，是謂欽山、雪峯之與巖頭。白日西頽，黄河北流，天地所不能老兮，凛乎千巖之秋。

鹽亭藏經紀

非耳目所及，不近人情，苟可以須洞觀聽，雖愚無識知，罔不曰怪曰誕。其事著，其蹟章，十指十目無遯形，則市虎投杼，何自而信？於是有誌怪者焉。某年某月日，梓之鹽亭雲溪洲渚間，黑月夕如晝。溪民皇惑，聞有司，使即光所自發而觀焉。纔一尋許，得經一龕，貯般若、華嚴、寶積、涅槃，合八百四十卷，屬李友賢安奉於家，粘綴完輯，歸於圓覺精舍。道隆比丘造殿建藏，護持維謹。幻十六應真環四壁，千手眼大士居其中，蜿蜓金虬，繚繞朱柱。慶元二年三月十二日樹，嘉泰三年九月十四落其成。予先人弊廬，距此兩舍許。淪棄江海，未始見此殊勝莊嚴。鄰里人來中朝，能詳其說。適契某人之請，爲之記，系之以辭。辭曰：

什公翻經於秦，奘公載經歸唐。竺錫振華，華竺相參，分布海寓，雖三家市把茆鐘梵之地靡不具。較之五竺，十不二三。奘公之西，心傳賢公。賢以七象，載貝葉華，其歸殑伽，遇風淪于河，譯於貞觀者，般若、楞嚴、心經諸部而已。太宗文皇帝序般若，房相國融筆授楞嚴。今茲水滸所出般若六百卷在焉，豈偶然也哉。言，心聲也。瞿曇、太宗之心，卓然獨存於天地間，天地可壞，此心自若也。豈一塵一沙所能錮，終使之潛照而不耀於世耶？揆之以魯壁、汲冢，非人力所能也。

褒能寺記

苕霅間雖蕞爾拓提【九】，輒擅林塘之勝。褒能邇南林，梵放市聲相喧寂。慶元二年，僧彥康白禮部，請今額於故宋少師恭敏公香火寺，首建法堂庫院。未幾而彥康寂。自是殿宇室廬翼翼，脩廊廡庾，庖湢垣墉，四周棲衆之具罔不有。復敞華閣，擬天台方廣，爲半千開士分身應真之地，如佛世比丘日赴四天下，供作勝福聚。後先歲月，則載諸梁題，較千礎萬指大叢林，則具體而微，而一日必葺之戒，庸敢或墜？寸椽抔土，皆自普明出。嘗語予曰：「始予徒手來自鹽官，而僧於此，痛康之緒績弗嗣，遂然五指，継以一目，誓續先志。志大力弱，曰惟艱哉。如蜂采芳，醞釀爲蜜，不務旨蓄，何以集事？珍苑名葩，籬落野叢，擷英獵奇，取不務多，昌厥餘裕。晨露夕霏，沾曝寒燠，日計不足，月計有餘，旦旦勞苦弗憚也。遲其成，割而藏諸，以足吾用。蓋嘗聞諸故老云，錢如蜜，一滴也甜。吾則曰，蜜如錢，一錢不浪費，盡以作此土木金碧、光明殊特大幢刹。吁！三十年矣，九年之弓，精盡於此矣。于以拓壽域，墾福田，俾嘗獵之叢，一色一香，稱法界性，隨其心初，應所知量，根莖枝葉，華果敷實，與此山相終始。若夫掠功以美己，衒能以僥譽，規利以豐橐，肆誕以詭俗，皆非吾所謂道。明雖不敏，不忍爲也。爲我記之，俾後之有此居者，知廈屋之爲帡幪，儆懼修省，爲佛之所以爲佛者，以當施者之心思。」普明之經營結構之難也如此。

證覺懺院記 華亭

佛世淳俗如結繩，過則許懺。一經懺摩，永不復作；再則擯斥，不入衆數。佛滅度後，人無所依，乃詣上座，或詣佛菩薩洎諸天像，作佛在想，收攝散亂，肅莊六根，發過失因，絲髮無隱。祈哀請命，洗濯刮磨，不由往轍。生則自列，死屬後人，掃清積瑕，不留宿蔕，絕輪回根，涸生死流。浙江東西，此法特嚴，長期短期，各有常軌。

於戲！擾擾萬生，逐順而往，順輒弗常，必以逆濟，理逆則舛。如是展轉成就黑業【一〇】，初於涓埃，久而穹深，翻五欲瀾，增九仞巍。愚公漫移，精衛曷填，一跌一溺，沈墜罔測。

於是有菩薩僧作長生懺摩，愍此淪没，晝夜六詩，誓于生生。此錢公某、許公某長生觀堂所由倡，普照寺紹隆比丘所由和。徧扣諸檀，希六殊勝，經營結構，起已廢之刹於闤闠，是難能也。隆滅度，而修定作殿堂、廊廡、厨庫，凡所當有者悉具。然後敞華閣，舍無量壽，環以住世應真，樹千手眼大士，與閣稱。稼有田，樵有蕩。微錢、許振其始，隆何以奏厥功？微隆成兩檀越之志，定何以承厥終？舊寺曰無礙浴院，太平興國二年，施徐可潯舍宅建。大中祥符賜今額，今爲長懺觀堂。一法也，匪濯熱午氣必暍，不浣垢膚腠必酟，何自而知？妙觸宣明，成佛子住，懺浄心垢，悔滌熱惱，穢濁盡除，入清浄覺，莫非今昔正信願力冥契。而宿緣所追，再振法緒，扶此勝幢。惟此勝幢，如日之暹，如月艟艟，與國同休，與天無極。施者受者，亦復如是。

普照寺千僧堂記

堂容萬指，燼於某年之寇，亦既久矣。遠人偉其名，至是務先覩爲快。今也漠然，人以其名在而實亡也，乃與柳柳州鐵爐步志同。按崇教大師祖祥，寺之楨榦，媿此缺典，聚族而謀曰：「有志者勇有爲，樂施者不吝嗇。吾僧於此逾四紀，凡所興建，根椽片瓦，罔弗與舍，我事罔集。且吾生平不妄受，受則必辨禮義而不及私。信稍孚，將有以相吾志，誓鼎新以終吾老。」市材僦工，正信響答，輸貨惟恐後。權輿於嘉定庚寅春仲，輪奐於辛卯季秋。越明年而崇教寂。又明年雪脊界天，璇題闖簷，翼翼前榮，設坐備物靡不具。嗣孫智淵能繼其志而復其舊，成不愆期，美不踰制，惟壯惟固，弗事侈靡。窻牖洞啓，床榻衡直，匪雕匪琢，隨宜加飾。華鯨吼月，鉅鏞橫撞，鮐背在前，犀顱茁霜，栴檀無雜，簷蔔有序，本無位次，如法而住。十利五觀，敢忘講明，以福君親，以康兆民。謂吾素飡，吾飡罔素。於昌明時，密贊潛輔。

華亭南橋明行院記

華亭圖諜載，春秋時，夫差三女子墓田曰三女堽，聲詩則播諸唐令尹詢、宋荆公王介甫、都官梅聖俞。邇堽之刹曰安和。石晉天福五年，蔣漢瑊環堵中芬陁利花擢於陸，聚族而謀曰：「是八吉祥、六殊勝處，盍施諸釋梵家？」遂基此役。楨榦於是者曰本立，病潮嚙岸址，白漢瑊，議徙於此，改曰明行，用錢中令歸朝所請之額。堂宇樓殿，金碧焕粲，雲棲鴛瓴，月行璇題，具如經説，凡所當有，罔不具。藏乘二千餘卷，棗栢大士華嚴合論在焉。鐘梵壓萬籟，爲一方宅心純想之地，遷善遠罪者咸知鄉方。一燈長明，四檀委輸，規矩準繩，有條而不紊。五季方中，水立晝昏，真人應期，民登衽席。聖聖授受，逾二百年，未聞識載，固自若也，云胡慧日求紀述爲！日曰：「故國喬木，其大蔽牛，其高垂雲，可無封植，日冀懋長？風雷之鼓盪，雨露之膏沐，而至此也。一刹百堵，容數千指，功倍封植，惠戒剪伐。人天之所瞻，龍象之所懷，不啻故國喬木。罔知創業之囏難，則將怠乃訓。盍講明以詔後世，不亦可乎？」因其説系之以辭，辭曰：

五季中，民迍邅。沸如糜，號無天。中令君，吴越錢。奮一旅，圖萬全。玉節勁，金城堅。王海國，遮中原。振義聲，開福田。空寂崇，經象傳。幢刹建，泉貨捐。爲艕艨，持危顛。誓子孫，銘肺肝。摛錦綉，包山川。歸有德，同永年。帶如河，礪如山。與竺乾，無黨偏。

校勘記：

【一】陽晶升雲　庫本作「陽精升雲」。

【二】移弊居完　「弊」庫本作「敝」。

【三】吾見始植而立　庫本無「吾見」二字。

【四】如風吹光　「光」庫本作「花」。

【五】某觀則唐魏鄭公讀書處故基　「基」原作「其」，據庫本改。

【六】掃建炎殘虜之燼　「虜」庫本作「局」。

【七】意所適則維舟汀煙渚蒲間　「渚」傅本作「者」。

【八】樞正厥中　「厥」傅本作「殿」。

【九】苕霅間雖蕞爾拓提　「拓」庫本作「招」。

【一〇】如是展轉成就黑業　「如」上本作「于」，庫本作「於是輾轉成就黑業」。

北磵文集卷第五

憙華嚴傳

釋善憙，震澤沈氏子，字無愠，頤菴其號。年十五，白父母曰：「願聽我出家。」家去蠡澤應天寺一牛鳴地，素崇佛，莫奪其志。十六受度，以有明為受業師，法真師會則稟嗣師。訖戒品，飄然振超方之錫。時法真駕圓頓之旨於三吳，負大機器之士，憧憧自遠，惟恐後。公以妙年，方軌老成雋秀，染指法味，窮日夜之力，旁剔遐搜，疑必問，難必通，纖毫不礙膺乃已。日用疏鈔，研墨外，無長大，布不華，一飦不背衆，不過午。五講大經，楞嚴、圓覺則十數徧。撮八十一卷之要，則述法界觀、搜英記序、臺説圖合三卷，以發其奧指。圓覺類雜花而言約，則述會不會篇、續教章、復古記三卷，以統其離。金剛辨非注、金剛纂要記、同教問答合五卷，則以定五教之分齊。破會三歸一、破三宗説、蘭盆辨正、□□□□、評連珠合五卷，則以一異宗之紛紜。皆法真師晚年所欲爲，而噬臍於鐘鳴漏盡。應緣之地，則平江之寶幢，閱十四載。嘉興常樂三年，臨安南山慧因十一年，皆西淛勝處，故得益者衆，皆斬斬有所立。壽七十八，臘六十二。嘉泰四年正月初二，無疾而蜕於慧因方丈。留十日，闍維，舌不壞，骨石舍利入香嚴寺衆塔，遵遺戒也。

贊曰：五竺特葬大浮圖，尊法也。大法漸醨，此土妄一。衲子忝厥生，巧飾其亡，悉力假援，鑿幽邃，擅形勝，以掩其朽骼腐胔。神陰陽家，荒唐謬悠，妄冀夫所不當得，欲利其後，可哀也已。公之所成就，雖扳竺西大浮圖，何慊焉。而決定明訓，廩然在兹，於戲賢哉！

菩提簡宗師傳

戒生定慧，三學必先戒。越戒而學定、慧，邪説也。菩提宗師師簡由戒而求定、慧，遂昌厥毘尼。字仲廉，號止堂，嚴之建德任氏子。少好讀書，少長，學舉子業。

暇日遊景德寺，聞應堂惟定講蘭盆經，若有所感，遂超俗於杭之法顯寺，事景瑫為比丘。受具畢，即往不空，學於法海師。一盋亭午，終日淡如，非勝己不友，非衆法不出。本宗文字，沉潛反覆，雖前輩未發之藴，必了了乃已，一時宗匠盛稱賞。普救寺首座元印師號精律學，諸師畏敬。解后相遇，以資持會正同異，卒然相詰難，隨語剖析，不小竚思【二】，聞者悦服。後見宗芬、宗晏於永嘉，芬器之，留三年。至是總別持犯，雙單止作之疑，無復礙膺。已而歸杭，依論宗大法主智曇師，學唯識百法、華嚴台衡，則次弟與其宗之翹楚者抑揚商略。無相宗印師稔其籍甚，虛第一座以俟。出世於演法寺，其次不空，兩記並行，取舍適中。臨壇歸然，有南山家法。晚居菩提，九年而寂，嘉定元年十二月十二日也。度弟子紹聞、行依，孫曰文秀，得其傳而潛符密證者梵威首選。垂寂之頃，謂行依曰：「平生苦心，以律自嚴，不空了然師知之深，舍是莫可囑身後。」言既而逝，端莊如生。壽七十一，臘四十七。龕留一七日而闍維，骨石舍利歸普同塔。

贊曰：經律論三，一戒定慧。昧夫擊小彈偏，以頓歸漸者，罔不流於諍論。簡以律部自任，而博約諸宗之所同異，故其成就者如此。

無名子傳

無名人與造物游於蓼水之上，生無名子。商周時，應采詩之求，不知其幾世。鄭衛淫，戰國雅頌不作，采詩官廢。會摩騰竺法蘭西來，與烏有生歸焉。或曰：「子名且不有，實將安在？」烏有生病焉。子曰：「象教中微，人心潛怠，主文譎諫，上則二雅，旁法九歌，下雜謡言。託吾虚名，駕其説而正其失，謂余無名，妄也，無實，妄也。汝病之，吾辯之，亦妄也。」生踊躍曰：「然則子罔象之流亞與？」子怫然而作曰：「罔象生罔兩，厥類惟錯。冒吾法爲奇貨，飾佞壬，廣厥類，愚無識知，卒莫逃君子之誅。汝何從比余於罔象子！雖子異姓而特蕃衍，敷諸四方，挺挺有祖風烈，隱德不耀，可無傳焉？」北磵曰：「無名子與烏有生名實之辯，辯矣。名且無，烏乎實。所以諷者微而婉，又何俟借風雅、託名氏，然後爲得哉？

兩窮傳

朴翁銛文穎，惡凡子如仇，反譏余涇渭太分，則語之曰：「方將以是告子。」則把手一笑，而忘其病此，反以告人也。他日婆娑冷泉，鵙舌嘲哳，譁而侮之，遂過天竺。逮還故棲，天竺之人依依有去思，以儷語爲謝，其略曰：「獲依虎臥之浮圖，政類鶴鳴於華表。閑吟古句，青山豈礙白雲飛；却憶先師，老步只堪平地去。」屬余賦解嘲，所謂不能助桀，遄至吠堯，一窺豹斑，五窮鼠技。含怒蓄怨，於彼其久也；覆巢墮卵，於吾何有哉。

嘉定甲子冬，尸玉几者祖冷泉故智，將不利於我。正論橫制，厥類妥尾。朴翁述其事，寓狸不執鼠，寄四明地主李雍之云：「堪笑主人偏愛惜，容它籠裏咬鸚哥。」則又囑余曰：「兩窮併述為佳傳，留與叢林作笑談。」昔老坡南遷，遇歐晦夫於合浦，誦梅都官贈詩云：「吾家無梧桐，安得久留鳳。」坡亦自誦送老泉云：「歲月不知老，家有雛鳳凰。」謂歐曰：「梅二丈目為鳳者，例窮如此。」嘻！鸚鵡也窮且尔，矧為鳳，尚何加焉？

北磵曰：「小人道長，莫如六宗。六宗不除，禍天下後世，何時而已哉！東西壤斷，不啻十萬里。風殊俗異，小人滋蔓而難圖，若合符節。彼蒼者天，盍亦殄此群醜，庶乎畏天之威，于時保之。」

重刻永明壽禪師物外集序

能使所居山大於天下鼎望禪苑，永明與？達觀盧公之於雪竇也，空寂蘊奧，公尤為先知，出人間世，為龍象，任祖宗九鼎之寄宜矣。開禧初，余登會稽，探禹穴；陟華頂，度石橋，闖曇猷逸蹟；雁宕攬勝，訪客兒蠟屐揚飆處；回乳竇，觀千丈飛雪。住山石橋宣無言與余登中峰，公昔著書地。老頭陁出公肖象，碧眸廣顙，氣凛凛如生。屬宣整飾，書余贊其上曰：「客吟燈殘，猿啼月落。衲帔蒙頭，千岩萬壑。起破凡夫為等覺妙覺，齊大小乘於錢索井索。縱大辯於談笑，寄虛懷於冥莫。所謂百軸宗鏡之文，太山之一毫芒【二】。巍巍堂堂，偉偉煌煌。非心亦非佛，破鏡不重光。」兹又得此集，附益於毫芒。然則公非用力於騷雅者，亦不在多少間。獨喜某人講明舊話，重刻以壽古宿，為書於僧統寧公序後。

仁王護國般若疏後序

仁王護國般若疏，天台之極言。言，心聲也，天台之心在焉。循聲而得心，忘心而得法，庶乎小酬百蘛，顯晦淪於遐陬海隅，復歸中州也。見而不誦，誦而不通，通而不説，説而擇授，均得罪於此書。嵩山晁騎尉序之為詳，北礀申之爲約。雖涓塵增溟嶽，不在乎多少間，其於宏贊，弗以異學二乎中，則同出一轍。嘉禾古石蘭若傳教行彬重刊，以永其壽，爲書之。

注心經序

蕩相明宗者，大般若經之極致，而司南沉空滯寂也。凡六百卷，卷凡幾偈。偈無量，故字亦無量；字無量，故義則叵量。如是展轉，各無量數。欲彰其目，必提其綱；欲窮其量，必執其度。不則塵沙要奥，廣大玄閟，雖巧曆莫能悉數。心經之譯，二百六十字，苟得其要，如上所陳，若指諸掌。推而廣之，不知六百卷浩乎其博也；斂而藏之，不知二百六十字藐然其約也。提綱執度，舍是而無所凖的也。然則此經，般若之靈扃也。心之所之，法之所由也；心之所止，法之所歸也。天地之大，萬物之富，一稊在庾也。若夫不知復不足以見天地之心，隘此心不足以語此經之方，迷此經不足以知此心之妙。即一而三，即三而一，三智大觀，於是乎在。孤山造疏數千言揭此經大明，淨覺則肅徒振旅，全師而攻之，百年宗徒，未卜孰詣。宗印師作，哂乃末流無所適正，異其所異而同其所同【三】，將締其言而一之。賫志而死，元粹嗣其志，旁羅契經，冥搜玄文，參諸往哲，斷以己意，句析章分，會殊而同，理貫義條，反違而從，孤山之説必明，淨覺之難必通。夫今而後，自本然衆相見無相空，即蕩然大空識真空相。因指得月，得月忘指，月與指俱忘也。不忘者，忘乎哉！

集注圓覺經序

覺而不圓者有矣夫？未有圓而不覺者也；圓而不覺者有矣夫？未有覺而不圓者也。昭昭日用之間而不知也。一性圓具，不知故不覺也。性之所具曰圓，圓也者，凡愚不虧，聖神不盈，自本自根，與生俱生。圓同太虛而無欠餘，太虛同受而與之俱。良由習與性離，情與智違，背大明，即大闇，悠悠長暝，不了此覺。縱復亦了，覺而不圓。惟其不圓，其證亦尔。遂有修證之目，為三根利鈍，所以別也。所修者何，修此者也。所證者何，證此者也。所修不同，所證則一也。

故曰：一切衆生，皆證圓覺。非覺之以妙覺，則止於其所覺；非圓之以至圓，則止於其所圓。自四十一地以前，皆止於其所止，而不知夫所由止。不修何以達其證，不證何以明其修？亡證而亡修，而妄冀夫所謂圓覺者，是今日適越而昔至也【四】。修而後能證，證而後能忘，則十二大士未始有問也，十萬大衆未始有聞也【五】。六塵不濯而清淨，四病不藥而瘳也。静、幻、寂，非一而非三，單、複、圓，無前無後也，如是乃至圓。裹三世清淨平等，皆光明藏也。

圭峯發明此經，造疏數萬言【六】，反約於廣博浩繁之中，略為別本。由唐至今，廣略並行。西南學徒，家有其書；江、淮、荆蠻，稍若不競。天台再造於五季亂離之際，皷行吴越間，作者輩出，嶄然見頭角。由是二家之言，肝膽楚越，彼所宗尚，我得排斥，我所宣演，彼得指議。異己之卓識，與共環堵，必群咻之，務其說之不售；同己之固陋，遠在萬里，必群嗾之，欲其喙之必信。使二家之道不淪於必爭之口者幾希。古雲元粹師所以憤悱慨慷，集注此經而示其同也。以本宗之義，發他宗之言；以他宗之奥，揭本宗之玄。本諸其理，不本諸其宗；參諸其心，不參諸其人。黨非其同，伐非其異，平持其衡，婉立其言。俾滯於一曲者，知夫師子手足一金也，江、河、淮、濟一水也，毋求異於圭峯，亦毋以求同也。異其所異而同其所同，非一人之私所能也。

送張少良序

文章不學而能乎？曰唐柳子厚始以童子有奇名，李長吉七歲長短之制動京師，今也有諸？曰括蒼張少良十五六時從父學稼，方春耕破霧，漫不分畦畛，輟耕而歌曰：「似雨元非雨，如雲不是雲。翻疑天與地，渾沌未曾分。」鄉先生常秘丞建聞而奇之，内諸塾，已而賓諸庠，今爲名諸生。富春秋，將偉其衣冠。嘉定二年春，相遇於丹丘巾峰之陽，朴茂沉默，直亮簡正。鄉不遇常，亦豈遂自弃於耕稼之伍？吾不佳張之遇常，而佳其不忘常；又不佳常之得張，而佳其始卒於張。異夫相驕相諂，弥縫為市道也遠矣。其去也，書以識相遇之歲月，以爲贈。

送一上人持盋序

平地登雲，南北一舍强半。梨洲瞰仗錫為平野【七】，遠如之，峻陟則倍蓰。在昔單丁，今有衆。一踵門而言曰：「育王太白衲子，古洙泗比，以萬錢汰舊學。萬錢何從得哉？梨洲門不暇畋，有來轍容我，則持盋出山，高原使來相勞苦。」余聞而笑曰：「梨洲失之矣。歲荐饑，妄一夫據把茆，足以傲睨高蹈，以振其賈。鼎望且學其為，梨洲胡不爲與？雖然，我知之矣。智海云：『僧者，佛祖所自出。拒僧，拒佛祖也。』芙蓉則曰：『可粥則粥，可飦則飦。若去與留，在彼而不在此。』高原之心有是夫？」一曰：「然。」然則不可以不書，以振梨洲學古之志云。

清白堂叙

歲荐饑，所至散席。靈隱印萬指，厭餘，而百堵皆作。忽中飛語，會稽之籍，毫析厘剖，無參差。宮講大監劉公靖之曰：「請自今以清白稱。」播于聲詩，和者不約而同。噫！魏文示樂羊滿篋謗書，燕惠遣騎劫代樂毅，士無賢不肖，入朝見嫉，山林奚爲哉！是諸君子昌之以言，隱然有不得其平者。書之爲清白堂倡疇叙。

送夢書記序

詩人于君實問予識天台夢乎，予曰：「天台舊遊，夢想常在。」于曰：「吾問夢書記。」予曰：「書記今備數，非夢也。」于佛然而作曰：「浮圖曰夢，掌天台宗徒之記。子何愚甚蔽甚耶！」則應之曰：「吾非不曉子問也，古無書記，自積翠老南領徒行脚，叢林稱之。後世嗣其遺響，僅得積翠之一体，餘則百步半百也。吾冒其名屢矣，未嘗不惴惴自憐也。吾車覆矣，蹈吾轍者翹楚乎容止，誇大乎語言，行行若出積翠上。不待兩端，則黔之驢。人以其不足道而去之，猶喋喋不已。使同類謂彼不已，若故去，故謬以應。孰謂子攻我至此極也，豈毋望於洗空凡群，張吾軍哉！」于曰：「矧若子言【八】，豈特此已。儒吾之宗，釋汝之氏，仁義本根，禪教源委，彼以其真，我以其僞，姑且置之，萬事勿理。夢則固異乎如此，尊師友，識禮義，孜孜問學，進而未已。」他日與夢語，乃以于言爲是【九】，私自謂：「入亞夫之營，視棘門灞上如兒戲尔。」因語之曰：「鄉所望於空群者，子其勉之。」夢起避席，頓首曰唯。

送上天竺月光遠歸四明序

四而喜，三而怒，衆狙也。加之以非常之寵而不喜，臨之以無故之辱而不怒，斯人耳。吾於月之東還也，以是二者勺其淺深【一〇】，則曰：「曩來自東，今還自西，造化也。昔當其舒，今當其慘，喜怒何與。中山之拔，謗書已盈篋，其子可信；方織而投杼，事久論定，真毁譽者出。甚矣！才爲妬媒，能為忌囮。彼以我爲才能，不奪不饜，媒囮是徇。若幸顧我，何戚乎容，是豈知我浩乎中也。」則謂之曰：「我將駐若之轍於兩竺間，俾志衡、台。」問奇字，刁刀、魚魯、毋母【一一】、青盲相承，月曰：「噫！勿祟吾咎，含沙摇毒，中而未已。虚舟飄瓦，悠然不知。彼有畢弋，又倚城社，萋兮貝錦，以成文章。詩人嫉之，投畀豺虎。豺虎不食，其嫉弥甚。造化寬假，以華其歸。城南吾廬，有琴有書。自艾自懲，自卷自舒，飛光須臾。高山蒼蒼，流水湯湯。以遺其音，以思古人，以獲我心。」

送高九萬菊磵游吴門序

少陵得三百篇之旨歸，鼓吹漢魏六朝之作，遂集大成。離騷、大雅，鏗然盈耳。晚唐聲益宏，和益衆，復還正始。厥後爲之彈壓，未見氣力宏厚如此。駸駸末流，着工夫於風煙草木，爭妍取奇，自負能事盡矣。所謂厚人倫，美教化，移風俗，果安在哉？山陰菊磵高九萬得句法於雪巢林景思，於後山爲第五世。嘗出唐律數十篇，活法天機，往往擅時名者並驅爭先。加以數年沉潛反復，樹離騷、大雅之根，長漢魏六朝之幹，發少陵勁正之柯，垂晚唐婆娑之陰。擷百氏餘芳，成溜雨四十圍，俾困頓於風煙草木者息陰休影。方有事於吴門，吴號多士，趙静齋子野、盧蒲江申之柄此能事。第往，必以吾言爲然。

頑石序

欲叢林復古，必綜核名實，名實正而叢林不振，則正因可毀，大乘可焚。修飭諸其内，而略諸其外。抱道懷義，特立不撓。譽不喜，毀不怒，不曰有常，不曰君子，實將焉處？將有人焉，肅威儀，懷佞壬，正辭氣，事容悦，不曰鄉原，不曰穿窬，實將焉居？故君子務實，實振名，名不振實也，審矣！咨尔頑石，是儆是戒，庶乎粹藴，奮乎頑質，實而若虚也。實若虚，此余所無媿也。

送四明賜越州源珪往華亭序

若知驪龍之頷，有明月夜光也。夫非逶迤曲折，巧運其智，極九淵之下，與之相周旋，終莫得所欲。不然，虀粉之不暇，敢妄冀徑寸哉！寐而得之，非得也。道非九淵之下，甚迩而不遠；非驪龍之頷，甚易而不難。苟無其方，則遠近難易，或相千萬。二三子来自東也，東州師友尋訪殆盡，復將問津於華亭。是行也，須其寤而探焉。

字三子序

開禧丙寅仲春既望，予自鄮還西湖，解后二三子於冷泉之上。扣其所從來，乃知其爲天台者也。幾月而後去，其去也，請更字于予。予曰：「字所以代名，師友命之耳。更之背師友，非是。苟徇子，又安知它日不復更於它人，而反吾言耶？」三子相視而笑曰：「子何見之晚也。天下之所同者理也，理之所在，則終身踐之。苟未至，必至而後已，子烏乎辞？」遂命珪曰瑩中，俾鑒諸内而略諸其外。命源曰叔進，俾不舍晝夜而朝宗于海。命賜曰無言，孔子曰：「賜也不幸言而中，是使賜之多言也。」賜也於是觀焉。珪也，源也，舍是而無所繩準。三子有得焉，則予不幸言而中也；言而中，是使予之多言也。

送陳原父詩序

壬申季秋，永嘉陳原父侍仲氏解四明定海少府之組，借榻於北磵數月。束書外無長【一二】，蕭然如僧。奮然有志當世，日與此邦之彦遊，歸輒三鼓。余未嘗不遲其歸，原父歸亦未嘗不至予卧内，言是日所與游與所爲所見而後寢。自首及末，風雨不渝，且未嘗見其評論人，議己者不問。予游四方，得見有常者盖寡，若原父非有常者耶？男兒有志事竟成，非有志者耶？其往也，素齋領客載酒賦詩，餞之於江滸盧氏小圃。予亦賦，諸公訝予獨醒，以序代罰。

送柴生謁東嘉吕守序

慶元丙辰，予在鶩之小嶺，有偉衣冠来謁者，曰：「我漢太尉棘蒲侯裔也。」越明年，復見於貿山，欲緇其衣，求益於余，余顧何有哉？去年秋七月，用岑太華悼佛智大士故事，作詩吊全【一三】，不以示它人，而輒見投。憐其暗投也，則幡然竟去謁宜獨，將因宜獨以見呂東嘉。是舉也，適足以濟前日求益、暗投於余之兩失也。既得所依歸，而不志所求，吾恐其失倍於前，既無以昌其行，又無以濟其需，命之曰：「子之謁東嘉郡侯，侯固好義。郡文學吴越錢竹岩，天下士也，與侯道同氣合。子無意於六義之旨則已，苟急於此，舍是無獲焉。」

無極序

或謂太極、無極之辯，起於無極圖，豈濂溪務爲後世争端耶？昔游康山卧龍菴，見劉淳叟擘窠大書亭柱曰：「是日與朱南康論太極無極，吾謂太極無極，非古人意。」裴回四顧，恨不見劉子而畢其説。有以無極自號，余使之坐而問焉，曰：「若知無極之極乎？盍以我告。有以我告，有極也。如其不知，則知耳將北面質若之不暇，何暇為若説。若歸而得之，得而忘之【一四】，則太極無極，是古人意，非古人意，不俟問人而判然胸中矣。」

潯溪疇倡序

經子史傳記皆序，下至雜録小説亦莫不然，序棋序飲序畫，未易一一數，然則於倡疇為尤宜。畏齋何智夫暹次家食，容與三益，笑塵間二三友賡倡迭和以相勉，使書其後，序所以申導志義。詩者志之所之，發於言而義在，玆尚何序？

贈儒醫聞人晦叔序

觀中朝名勝贈儒醫聞人晦叔之作，因作而言曰：儒與醫，二而一，一而二。醫之誤，一人耳，儒之誤，誤天下後世。獨能兼之，諸公所以亟稱亟揚之。余病愚懶，根盤錯古野，發其用，工如林，乃不一讎。請嘗之，欲觀兼之之妙【一五】，又從而申之曰：儒則儒，醫則醫，果能一之，大章者夔，愚輒毒已，圖蔓莫冀。萬金試良，請從隗始。

元谷禪師語録序

慧日目齒兩種不壞之藏，既銘之矣。越二日，復見此録。此老臧心不施，心苗發生，以無作有，脱間漏架。如猩猩屐，如刃上蜜，又如深穽，文錦蒙羃。其曾中毒，故能中人以毒；曾落穽，故能陷人以穽。吾於是泄其密機，使觀者知需水蠱室，毋飲涓滴，破絮敗繒，勿行榛棘，康逵八達，平等超越。

五洩留題集叙

佳山水如王佐才，可就不可致。天秘未籥，隱德弗耀，非胸中丘壑，捫蘿陟險，履嶔蹈嶔歡，極幽邃，窮遐隱，何以發奇怪之藴？暨陽五洩，越絶佳處，相攸者默，唐僧也，編茨拾橡，不啻大厦廣居，食前方丈。洞山諸老嶄然見頭角，自是始有五洩之名，喧傳淛東西。由唐而宋，名勝接武。把麾而至者，自集賢校理刁約始，所謂

「近模雁宕形容小，遠較廬山氣勢高」，乃其詩也。持節而至者，自尚書主客楊傑始，則曰：「堪咲興公游未到，都將佳語賦天台【一六】。」自是枵岩虛竇，嵌石倒磵，奇詠芳什，翰墨相照映，往往蝕苔蘚，著薜荔，日遠日益漫。某人萃而哀之，欲鋟諸梓，示游觀者，使其新思油然而作。然後闕五汲，問兩源，濯縣水，躡飛磴，襲諸賢逸蹟，釘兩公舊題，援毫而賦，賦罷而歌，勺泉以酹此山之靈，而勒回俗駕，或未已也。

禮書記歸葬弟序

志學而貧益崇，玉其成也。貧而成，初何傷。付用舍於行藏，捉衿肘見，弦歌在床，貧也，非病也。賜也逡巡而返也，視其高車駟馬，不啻桎梏。古潛禮從余學貧而青於藍，昆弟之喪俟其舉，戛戛乎其難哉。噫！死喪之威，兄弟孔懷。歸而勉之，當有相者。

月巖序

一喜怒，汰念慮，風絲萬緒何自有？發不中節，損中害和，澄湛之体果安在？將有大勇，却步反顧，内則見我，外不違物，方是時也，巘前月升。縱其所如，漫不復理，蕩而弗反，靡所底麗，方是時也，巘前月沉。方其升時，天籟自鳴；逮其沉矣，天籟自瘖。巘中禪心，冰枯雪深。

開先性語録序

圓悟等閑道出四箇字，道：「言如枯柴。」道：「盡陳尊宿。」近時據曲録木牀三日五夜，努得箇上堂四句偈，以顛爲倒，以逆爲順。因邪打正，必曰因正打邪；指鹿爲馬，必曰指馬爲鹿。反是謂之順朱，噫，不知朱順耳。此弊僅四五十年，餘波末流，渺不可遏。開先老子提倡一編，度火金虞其或變，度海囊虞其或滲，反覆指擿，了不可得。異時商榷，一言半句，言猶在耳。今非吴下蒙也，兵車會同，請辟三舍。

月潭序

一漚不作，際天一碧，磅礴地維，天爲其底。鑑萬象而不有其照，涵十虚而不有其廣。霜蟾驅轂，玉輪碾空，空澄水寒，景在萬水。崇山嵌巖，石壁土囊，鈎獲其明，而不分景。云何能然？以非水故。因作而言曰：月在潭，景自天。形吊景，光漣漣。潭以虚爲任，月以虚為眹。惟其然，物以虚應。道集虚兮，物莫我違；既堅礙兮，尔其咎誰。

鏡潭序

鏡鏡空，潭涵虚，空虚無眹，鏡潭無滓。鏡忽塵，拂之則明；潭忽雲，豁之則清。可以觀悳，可以鑑止。人知鑑夫止水，而莫知其鑑夫所由止。惟止能止衆止，止之爲義大矣哉！緜蠻黄鳥，止于丘隅，知其所止也。知夫所謂止，雖雜然前陳，摐然旁午，弗俟制而止矣。於是觀德，德亦大矣。惟鏡與潭，如空合空，與吾寸淵，洞照無外。噫！曰鏡曰潭矣，又曰心，何區區之名數其多乎！則又曰体同也，量同也，雖名數千萬何患乎？

送鍾賢良序

漢西京取士，設非常之科，待非常之才，如縱綆千尋，縣五十犗，不在鱛魦鰋鯉，瑣屑滅裂，故人才輩出。内則爲卿相，外則使異國，窮河源，笞單于，斬樓蘭。六騑度江，中原戴舊德而歸我者，曰王宣子。未幾登甲科，賀者及門，則蹙頞而作曰：「吾僅費數百金，買麻沙一沓紙，故而至此也，何以賀爲？」或謂其輕朝廷，非知言也，輕場屋耳。永嘉鍾君少負不羈，少長，作舉子業。壯而恥與瑣屑滅裂者伍，十年閉關，夜燈曉牕，愽觀約取，習大科業。成而不試，遊大搢紳間，不小低簪，落落寡合，無餘貲。有兩佳子【一七】，天其或者俾責償於斯乎。老我山林，無用於世，惜有用者不爲世用。豈拙於用大者，獨惠子之與漆園吏也耶？

送永嘉黃上舍

簞食瓢飲，不改其樂，其樂也全。華冠縱履，能安其貧，雖貧不病。彼結騎聯駟，朝燕暮趙，奮三尺喙，馳聲譽，利富貴，沈痼於游説，何其遼哉！百世之下，言聖門者，兒童能判賢不。石崇入太學，見顏原像，謂王敦曰：「人生當使身心俱泰。」敦曰：「子貢去卿不遠。」吾嘗謂崇之禍自「身心俱泰」始。永嘉黃上舍貧遊江湖，非好遊也，將交四方賢雋以自廣。牛腰行卷，含雁蕩花木香；眉宇清整，帶龍湫煙霞秀。嘉定初，予居丹丘巾子山下寺，臨海長曰某者，其諸父也。表表卓絶，政尚簡，入寺行散輒忘返。智父似之，知其爲永嘉文章家，代有偉人。積學而厚蓄，約守而靳出，若農之望歲，則大有之獲可量也哉！天其負耕，吾不信也。

易紅丸子爲神奇丸序

市井所謂紅丸子，雖策寬膈消積之勳，特時暫耳。今此則異於是。羶膩凝停，壅隔翻逆，血滯氣積，効驗立至。售雖廣於士大夫，未孚衆，易名曰「神奇」，取楚漆園吏神奇化臭腐、老坡聖散子之類，庶幾新見聞而利及人也遠。譬夫水並流，孰不善渭而惡涇；泉分酌，孰不賤貪而貴廉？豈特水哉！釣渭之叟，志除暴亂，安生人於釣絲，謂之釣則不可。歇後鄭五喜滑稽，玩人物於流俗，謂之相亦不可。由是觀之，名不能美物，物能美名；名不能美人，人能美名也審矣。藥更是名也，吾恐其混殺廉貪、渭涇，賢不肖無別，而失其濟危急之實。

靈叟序

古靈提撕古佛堂，藥厥受業師之沈痼，謂其不識證則不可【一八】。至於劑砭，則非瞑眩，謂其識藥則亦不可。且靈光洞耀，其身在光景中矣。將使同在其中者超絶景蹟，豁然青天白日，難矣哉！古也號靈叟，抑有取於靈乎？天下孰無受業，受業豈無師者。苟取於靈，當取其未發足南方已前。不然，吾恐刻鵠不成反類鶩也。

信翁序

海具八德，吾取潮不失時為海上人別稱，曰信翁。祖云佛法大溟渤，非信莫能入。不入則安知夫傍無邊，深無底，廣大涵育之量？百谷東注不加益，虛受也；尾閭泄之不加損，持盈也。學者知此，則揚子雲所謂終至於海也。不然，溝澮皆盈，而不知其陋，曰吾海也；倏然而涸，始悟夫不信不學，以至夫噬臍。故吾嘗以信與學告夫相從者，兹又以告吾海。儻未喻厥旨，盍觀柳柳州東海若，反復尋繹，與吾言同異何如。

捺海塗序【一九】

過剡必先問戴公廬，指點阿猷回櫂處，賢不肖然也。蓻清飲淥，濯纓濯足，賢益賢，不肖亦有瘳，則溪山人物遞發奇蘊。或以縱適自賢，登名士之目，視天下治忽若風馬牛不相及，以有爲爲不足爲，卒至於不可為。吁，何時哉！溪居緇褐某翁者訪余來碉陰【二〇】，扣其所存，曰：「將不以事物經意自賢邪？抑山樵溪叟爭席，專此勝邪？是二者皆非吾之所謂道。」曰【二一】：「子何見之晚也。不畊不桑，殆不知吾用吾力甚於畊桑之難也；不工不賈，殆不知吾用吾智甚於工賈之勞也。閱古高僧史，得開田説大義，服膺焉。殘山可隄，剩水可陸，軀海若，活餓殍，當不啻千萬。什一以供吾千指洗鉢，于以泚食前方丈尸素怠事之顙。子何置我於碌碌無用，因人成事之域哉！」吾聞其言，若先得我心之所然者。申其志，道其義，策其勤，為是説。

送觀書記序

合而離，從而違，苟不愆於義，離合從違皆中也。誾誾不為從，侃侃不爲違，夷險百艱適於義，交道之正也。反是必強笑語詇媚以相悦，飾僞貌佞壬以相下，進則詭隨，退則揣摩，苟合詐從，伺隙俟間，起而乘之以相賣。聞一善言，見一善行，冀其協贊以澤人利物，難矣哉！晚得吾觀物初，從容於大中，尊所聞，强記覽，未見其止。睡再鼾，吾伊聲猶在人耳。偕來虎巖，當妄庸争敓甫定，掉頭舍我而它之。吴越家林深眇，一枝可以憇勬翮，去不俟留，還不俟速。懼其去而忘還也，則謂之曰：「琴川苕谿，一葦可航。日損日新，勿謂蜚廉慵而不我告。」嘉熙戊戌春下澣，北磵序物初而與之别。

無外序 閬州遠書記

盡己以盡物，物斯應；物應則虛受，己則冲然漠然，游於孰己孰物、洞表裏、一邊幅之地，振大方之轡，允蹈於其間。胸中天地，無復畛畦，而備於我者，眇中邊背鄉之殊，蓋道之所在而已。因作而言曰：「反觀匪内，遐眺匪外，而我與物等此大塊。」嘉熙戊戌，北磵書。

石樓序

「一炷清香滿石樓」，大覺焚龍香、應量器後，乞還山林，進頌詩於慶曆天子末後句。幾二百年，潼川普明比丘摘「石樓」二字以見志。石樓得非岑樓之謂歟？仙好樓居，抑有慕焉，則莞爾而作曰：「欓谷成陰，去作金鑾上客。」黄太史序忠國師也。不知風葉擁趺，同条先識，豈巖間半芋，付深夜讀書，十年宰相，可同日語。圓通却萬乘詔，遣弟子行。或以爲尊法有體，未若一舉萬里，勿以累大覺之爲愈也。當宁虛心方外，將蒐巖剔野，可無蘊經濟、甘隱約者出，其治豈四十二年而已哉。石樓自名，蓋惜圓通不知出此，而大覺歸山林之晚。書其言，使後世知石樓之自。

校勘記：

【一】不小竚思　「小」庫本作「少」。
【二】太山之一毫芒　庫本作「如太山之一毫芒」。
【三】異其所異而同其所同　原作「同所同」，據庫本改。
【四】是今日適越而昔至也　「昔至」庫本作「北轅」。
【五】十萬大衆未始有聞也　「聞」庫本作「問」。
【六】造疏數萬言　「數萬言」傅本作「數十言」。
【七】梨洲瞰仗錫爲平野　「仗」上本、庫本作「杖」。
【八】矧若子言　「矧」庫本作「審」。
【九】乃以于言爲是　「于」上本作「予」，「是」傅本作「自」。
【一〇】以是二者勺其淺深　「勺」庫本作「酌」。

【一一】毋母　原無「母」，據庫本補。

【一二】束書外無長　庫本作「束書外無長物」。

【一三】作詩吊全　「全」庫本作「余」。

【一四】得而忘之　「而」上本、庫本作「則」。

【一五】乃不一讎請嘗之欲觀兼之之妙　庫本作「乃不一售嘗試其技觀兼之之妙」。

【一六】都將佳語賦天台　「語」傅本作「話」。

【一七】有兩佳子　「佳」原作「惡」，據庫本改。

【一八】謂其不識證則不可　「證」庫本作「症」。

【一九】捺海塗序　上本作「溪翁納海圖」，庫本作「溪翁捺海塗序」。

【二〇】溪居緇褐某翁者訪余來磵陰　「某翁者訪余」原闕，據庫本補。

【二一】曰　庫本作「翁曰」。

北磵文集卷第六

玉泓銘

碧雲菴在洪崖西雲峯東，近唐處士陳陶故廬址，多石，堅而難攻。嘉定十一年季秋九日，四明僧如潔落菴之成，得泉於堅址中。翰林直院留公元剛適來自匡廬，名之曰玉泓。方不逮尋，深半之，旱澇無盈縮，甘可飲，淨可鏡，於茶為尤宜，莫原其自。或曰人與泉感，聞者輒笑。噫，是誠可笑也。卓錫而得泉，久矣爲誕；拜井而水湧，久矣爲信。信與誕相尋於無窮，而莫之或辨，豈忘言者所以不言，有待於知言者耶？銘曰：「堅方方，碧漪漪。雲生隅，月剪規。」鑿而得之，或稽或疑。然則是泉也，固在兹，固不在兹。

泉禪師高原銘

或謂水出高原，曰高原則萬斛泉源不擇地而出，又何謂也？或曰，高原陸地，不生蓮花。此彈偏擊小之辯，皆非吾之所謂道。爲之銘。銘曰：「峻極兮層稜，躋不可登，吾非雲顛。迥闐兮塪窞，杳不可瞰，吾非九淵。」雖然，彼習夫崇深，曷嘗舍旃兮不扳不援。弦直兮砥平，哀今兮匪中而邊。正因兮急難，思鶺鴒兮在原。

彰教石雲板銘

兩朵雲崎，中可貫，考之清越而渾圜，刻詩五十六字，曰莫翁題，不書姓名。寺無耆宿可訪，訪諸野，曰：「建炎初，雲居隆藏主來住此山，過湖口，得於民。」或曰徐氏舊物。二説未知孰是。寺蓋李氏有國時徐魏惠王墓田。王，温第六子，名知證，字義明。距寺七里，有江南翰林學士常夢錫所撰碑，太廟令王崧所書，屹立驛路傍。

元祐元年，龍圖學士蔣之奇制置江淮荆湖時所作碑陰，則在寺。物之隱顯固有數，嘉其瘖而復震，銘曰：「切堅兮采英，剪雲兮賦形，在縣兮審厥聲。聲聞於人，人惟聞聞。寂寥兮歸根，塵消兮不痕【二】」。

張公井銘

由彰教而東一百三十九弓，曰張公井。公不知何代人，當時奚爲者。缺甃瓴甋不古，疑其去今未甚遠。深不及丈，冽而甘，宿不滓，宜茶宜墨宜釀。歲大旱，十里仰給。病者投一錢，煮藥輒瘉。舊有亭，樵牧躪蹂，既弊不復理。丙戌仲夏望，住山人北礀淘井勺泉而銘之。銘曰：泉瘉疢，人以泉信。信必孚，相與爲命。余病愚，泉不瘉。曰余弗信，泉弗余予。潄而瀹，以樂其樂。

慈感寺蚌珠羅漢銘

某年月日，苕溪漁者剖蚌得珠，而側視左袒應真肖象，契神僧兆夢之徵也。臨流忽墜，淵涸珠明，水齧簷趾，嵌空嵚嵚，岌岌欲壓，示人以顛隮之急也。傳記雋永，聲詩清越，皆南渡第一流。珠璧照耀，俾耆割烹，養口躰，起惻隱之仁，知大德曰生也。爲之銘。銘曰：「精洞太陰，是孕厥靈。靈應不虛，現如是身。涎液不濡，長揖鼎俎。雲沉方廣，弗入衆數。彼漁伊何，箕裘在漁。先獲援手，夢仍合符。潢洿漫流，膧朧印蟾。汩汩自渾，稜稜弗潛。澄瀾渺瀰，碧甃空洞。半肩伽梨，萬目神竦。」

明無礙銘

明無礙，吾孤雲權之子，以諸父事余與朴翁兄銛。朴翁稱之曰無礙，屬余着語。後十九年，始克爲之銘。銘曰：「毫忽不透，物則礙膺。泮然物消，伏膺以懲。惟其拳拳，此病始大。夫何能然，礙蒂獨在。畦空畛虚，欲萬籟瘖。只益自勞，直寸枉尋。地窄天遒，拘窘跋疐。必也逢源，此外無地。」

幻菴銘

達上人曰幻菴，文昌喬公行簡爲書之，請銘於潼川北礀某。銘曰：「有覺有幻，的生箭集。諸幻消亡，覺尚焉立。八窻玲瓏，十虚内充。惟一精明，復何所容。以無所容，故無所却。知幻即離，自急其縛。我説有覺，與無覺對。是則名爲，如幻三昧。」

福聖曇禪師通菴銘法門行諸父。

通之爲道，常不在君子。或曰：人衆者勝天，天定而後勝人。余則曰：天不可勝，而未嘗不定。作通銘。銘曰：「君子固窮，故通。小人反是，通而終窮。是故君子守道而謹終。」

臨川王正叔嘯隱銘

懷壯圖，嘯長舒。自樂蘧廬中之天地，豈特以天地爲蘧廬。學道兮自娱，飲水兮飯蔬。是謂立天下之正位兮，居天下之廣居。

簷隙銘

顧余宧古屋，塗垍陁剥，簷隙庋器用者數板，下設小榻，開數櫺，納月疏風。作於斯，息於斯，非𤄊酢事物於外，亦必於斯。銘曰：「適斯陋陋，吾愉愉；安斯隘隘，吾舒舒。善斯獨，非吾所謂道；正斯立，昌吾居乎。」

瘞獒銘般若作。

某之仲氏有獒，黧文，名黧，獰而警，不以善吠為良，夜聲先群，晝食後衆。仲用恕躰柔，黧化之。季之狸虎文，曰斑，以輕翾捷疾嬖。季畜之經年，狹穴洗空，挾寵以暴非其類。它獒磔之，血濺黧首。季勇復讎，擊黧首而斃之。仲趣援黧，噬臍矣，徹食終日，瘞以弊帷蓋。過余，道所以然，曰：「吾傷焉。吾傷者三斑化暴，死暴也。斑死暴，益季暴也。黧化吾恕，盍死於恕乎？」予曰：「何傷乎！吾敢賀而不以弔也。恕本仁，一物不得其所，若己推而納諸溝中，閔閔焉，閔深則愈恕。廣而充之，仁不勝吾用。暴虐之慘，甚於燎原，雖自己有所不暇顧，於黧何有？黧死恕，得死所矣。」仲氏矍然而作曰：「然則不可以不銘。」銘曰：「黧與斑，化其主。暴死暴，恕死恕。恕有光，暴自取。緊襟裾，不遄死。」

白牛銘思谿作。

施力養人，惟牛為能；負力於牛，惟人寡恩。故君子不忍觳觫，以小易大，飲以清泠，遠洗耳處。比及後世，王澤寖息，淫祀肆作，椎擊屠割，享非其鬼。濫觴嶺海，蕩汩中土，靡然成俗。蚩蚩之氓，老羸易少壯，堂堂馳駈，使就鋒刃。壯者既羸，亦復若是。當其貿易之時，其死已兆。不見舊主，徨徨欲訴，苦不能語。謂其不語，是自欺耳。視大白之塚，巋然榛棘中，抑有感焉。某年月日，圓覺寺造僧伽方塔十一級，以尺計者，頂踵拔地三百六十，塼甓土木之運緣半天。微大白，孰能舉之？塔成而斃，嘻，殆於此矣。某年月日也。寺之陰不越大界相，得爽塏，營其葬而策勳焉。後若干年，某來住山，聞諸故老，為之銘。銘曰：「舍尔畊，勞尔生。弗踐青，金地行。牟然鳴，中黃鍾。頹然臥，蟠玉虹。忘其勞，食其力，成浮圖，十一級。身溘然，功巋然，與浮圖，相永年。」

佛手岩善住禪院鐘銘般若鄰封。

扣無盡，應無竭。持寸筳，致其噎。惟洪其撞，厥聞乃鈜。聲沉響消，反聽絶聞。聞性斯泯，聽亦超瑩。是故此鐘，寂而常震。

濁港東禪寺鐘銘

大扣大鳴，吼鯨震霆。弗考弗擊，云胡弗聞。聞性常住，湛水不痕。由一精明，見六用根。淮山崇崇，谷虛有神。於昏曉間，互應迭陳。繄尔大器，晚而後成。獨山範金，使北碉銘。

布衾銘

衾而布，儉而易營，或曰詐。不得已而去，於斯二者何先？曰詐。儉也者，吾師也。左祖公孫，右祖司馬。

卭竹杖銘卭、端、歙、尺為竹岩先生錢常熟作。

心貴虛受，節貴不露。尔窒而露，君子所惡。維其持危，相與却步。無黨無偏，遵王之路。

端研銘

非華池不竭，非干將虞缺。璞少文，玉方切。

歙研銘

沉玄雲，升玄津。穎也策勳，如新發硎。

界尺銘

惡圓曲，尚方正。直而剛，重以填。

小菴銘

菴以小名，志其大也。大而不可容，故小之，小之為用大矣。至大至剛，浩然之氣也。充塞天地而莫測其際，寓諸尋常而莫得其眹，養之至也。不然，渙散乎其大，必乖離争犯，詭譎顛倒，而無所不撓；膠轕乎其小，則促縮拘局，窒礙窘束，而無所不觸。亂小大之宜而失諸尋常之中，何自而知夫小而得夫用哉。故曰：小之為用大矣。為之銘，授住菴人，使由吾言而志其大。銘曰：泉濺濺，火始然。或浮天，或燎原。匪微兮，曷著焉。

肖巖銘竹岩長子

清明在躬，群妄停擾。斡旋一氣，颼飀衆竅。事存萬變，理絶雙兆。削平畛畦，强名曰肖。

㡌篴銘

流金燎天，其酷無敵於天下；勁節廩姿，獨當柄用百其身。如縷不憖，楮生夾輔，盡綿薄為掎角，雖未即殄其炎炎，奉揚仁風，亦足以慰彼黎庶。

竺源銘曇藏主

一滴曹溪，發於中天，迤邐於江西一十八灘。餘波瀰瀰，襄陵懷山。窒何有於濫觴，障何有於頹瀾。雲何心乎故岑，水何心乎舊咽。九河奔湍，渺然毛端。吾故曰：「統之有宗兮會之有元。」

勝叟銘潼川定首座

目定曰勝，取人衆勝天之勝爲之張本。則謂之曰：蒼蒼而穹者天也。無聲無臭，品彙以亨，四時以成。亨之以誠，應如谷神。緫緫蚩蚩，其類寔繁。汩序亂常，天紀妄干。嘲春哳秋，嘈雜喧啾，喙息弗停，擬萬竅號。氣革候變，金行既肅，族類竄匿，愍然皆瘖，跡絶景消，泯默至死。天籟常鳴，無從聞聞。於戲天乎，不戰而勝。凡所以賀戰勝者，冠盖相望，雖愚夫愚婦，知之天，而不之人。吾故曰：天不可勝，而未嘗不定。則又諗諸其衆曰：「天何言哉！」

物初銘 四明觀書記

寸田鏡空，蕩然十虛，雲沈翳消，其應無外，道之所在而已。夫道未始有物，物亦惡乎有夫道。道之所載，惟物之靈，神而明之，存乎其人。萬生紛綸，汨乎吾前，莫不了厥端緒於毫忽未兆。弗祈先物，而物莫我先。吾固曰：道之所在而已。銘以訂其說，銘曰：「混且殽，紛以綸。曰無蒂，何從生。生無從，去冥際。動中滅，靜中起。微退思，與却顧。當云何，洞化母。全者天，天地先。觀物初，如是觀。」

無盡銘 潼川藏知客

典吾賓者曰藏，號無盡，爲之銘。銘曰：此靈覺性，太空同受。十虛無垠，均量齊壽。凡厥有生，天地共盡。先天後地，獨存者性。外取風月，用雖不竭。畫蛇著足，既著復刖。身椰子許，曰小天地。求諸吾身，是謂直指。

紫巖銘日首座

芝生於巖，巖以芝得名，曰芝巖。芝澤而紫，又得名於色。善毗尼者日，取「紫巖」扁其居，且託其宗著其學，侈其別稱。何擾擾其名之多乎！或曰：「一法千名【三】，應緣立號。子本家兵法，何自畔而作是說，擾亂我邊陲，俾我巖間風煙雲物不得寧？」將不戰而屈之，申之以誓吾旅云：峭者巖，紫者芝。芝名巖，巖不知。日之隱，此巖下。音戸。婁斯名，振厥嫮。名匪實，嫮亦空。如何其，貴德充。德日新，巖益高。德不修，芝如蒿。伊紫巖，式芳武。懋厥功，永終譽。

彝齋銘

龔某曰彝齋，有取於「民之秉彝，好是懿德」。問彝於予，爲之銘。銘曰：「彝民之天，民之秉彝，天常卓然。惟帝降衷，於此下民，兩忘黨偏。守之以正，謹而勿移，其歸則賢。習與正違，遂遵別歧，小人之歸。千里之失，始於毫釐，豈不爾思。思而來復，不移一絲，夫何遠而。」

舊扇銘

疇曩旱三伏，港弗澌，物不滋，爾宣風而暍者醒。炎炎今如昨，圖任舊，惟爾諧。思濯清泠者，具爾瞻。嗣乃續，長使奉揚之柄在掌握。

晦岩銘昺知客

振耀而九烏斃，潛伏而九淵炤。息陰以居洞窺，煥若日中疾歸。儻恍杳邈，是故君子用晦而守約。

石門銘智上座

垝垣勿踰，匪穹即嵌。循垣得門，惟石岩岩。罔闢其敞，孰快斯覩。憤悱在余，發機轉樞。

仲舉銘德侍者

德輶如毛，民鮮克舉。孰能舉之，惟仲山甫。古往可復，仲也豈無。睎顏之人，亦顏之徒。

晦岩銘

爲衡台之學者曰慧明，强記覽，知名於衆，號晦岩。爲之銘。銘曰：智，燭也，燭諸理，遐隱無或遺。善用智者，罔不若是。智其智，弗時其用，過則罔不殆，離婁子所以弗若罔象之爲愈也。

檀木白衣相贊

嘉定十三年正月人日，瞻禮白衣大士像於永嘉楚上人，嵌空玲瓏，水鳥翔集，絲粟眉目，芒穎爪指，衿佩冠纓，諸莊嚴具，靡不稱是。眇而眡之，了了可數，補陀風煙，悠然在前。反是則無邊身爍迦羅母陁羅，亦莫不然。乃知蚊睫餘地可拓，掌中世界可擲。是道也，存諸其人，作贊以授楚云。

斤斯運，堊斯斲，鼻不傷，立自若。臻極之技，與物不二。惟其不然，一理萬致。我觀此像，殆非人爲。就能爲之，技不宅微。矧此匠氏，應以此機，應以此身，化巧幻奇。曰余眊然，兩眼如鏡，弗能審觀，獨以耳聽。反聽絶眹，對此殊勝。小白花山，下瞰巨浸。

慈感圭老請贊無量壽像十四章，章四句。

十力取土，曰清泰城，又曰極樂，與苦濁鄰。厭苦知樂，不毫忽間，一念勇往，即念而瞷。惟憶惟念，匪疾匪遲。憶而不忘，念兹在兹。如求亡子，如喪考妣。如疢需石，如渴需水。以如是故，嘗何遠人。人人亡羊，入生死輪。法法惟心，心亦非心。鄭衛嘈雜，水鳥樹林。悠悠漸修，頟頟闡提，同攝罔遺，妙在不疑。疑則疑城，日劫倍蓰。東隅既失，桑榆可冀。粤若二仲，達圓頓機。路壅般舟，手自剪夷。池戠哉芬陁，社結名勝。一十有八，是修是證。天台嗣響，的傳自衡。和者如雲，調高倡宏。六朝逮今，衣冠緇褐。愚夫愚婦，爰同此筏。哂乃二瓠，載沉載浮。去窒即海，善柳柳州。見月因標，執指成咎。舍有相佛，觀無量壽。

不動居士馮濟川畫像贊天竺印所藏。

乘本願輪，游諸世間。芻豢空寂以致其實，桎梏冠冕而行其權。在宗廟朝廷則和而不同，于以見大臣之節；位方伯連率則威而不猛，于以見刺史之天。鄉居則讀鄉黨篇而無媿，家齊則揆家人卦而罔愆。若夫大小藏之施也，則各以無量壽願王為之數。筌忘在魚，蹄忘在兔。魚兔兩忘，忘亦忘所。乃知施者未嘗施，而受者未嘗受。至於五千四十八卷，初無一語。

永明壽禅師畫像贊

客吟燈殘，猿啼月落。衲帔蒙頭，千岩萬壑。指破凡夫為等覺妙覺，齊大小乘於錢索井索。縱大辯於談笑，寄虛懷於冥莫。所謂百軸宗鏡之文，如太山之一毫芒。巍巍堂堂，煒煒煌煌。非心亦非佛，破鏡不重光。

天樂趙紫芝畫像贊

一點虚明，八窻玲瓏；萬波不渾，百川自東。殆見其灑然乎外，孰知其淵乎其中。謂其襄陽漫仕，曰吾不爲南宫；謂其江湖散人，曰吾不爲龜蒙。烏在乎儀刑先進，而丹青太空。

竹岩爤翁錢德載畫象贊

凛乎吞八面之敵，清哉拔千仞之俗。盤錯不足以試銛利，霹靂不足以示淵默。若夫佩鏘鏘，冠巍巍，臨深濯纓，憑高振衣，豈非雜夫塵滓之市，而遊乎方之外者耶？

東坡畫象贊竹岩家藏。

帝哀先生，為天下忌，速反其轅，卒不憖遺。遂騎箕尾，而分天章，雲漢昭回，衣被八荒。載駈六丁，收拾文字，神京遐陬，旁羅曲致。落人間者，太山毫芒，寒者綺紈，餒者稻粱。取彼譖人，勿畀豺虎【三】，既粱其餼，而紈其袴。豢以人爵，俾敏厥修，息公之譖，承天之休。

二桃殺三士贊竹岩家藏。

大匠不弃櫟社之木，良醫不遺烏喙之毒。務急吾用，不一而足。苟適其時，雖弃必録。方其用時，有正有奇。顛兮吾扶，危兮吾持。相道巍巍，二氏似之。哂乃齊相，曾不尔思：夫三子者，謬以力勝。勝力以德，孰敢不敬。徒喪厥德，以致其命。一念之忍，桃乃其穽。欲濟緩急，圖任嬪嫛，爪牙不銛，其如之何。盍觀相如，伸秦屈頗，隱然長城，無庸干戈。

三教贊

此三勝流，一笑聚頭。其道不同，曷相爲謀。至哉儒先，問禮於李。李從竺乾，逮真實際。商隱於李，白眉㝡良，曰師師師，其來自唐。車適大方，萬里一轍。差之毫釐，肝膽楚越。

蔣山冲癡絶寄初祖達摩并馬大師畫象索贊

穿耳耳未嘗穴，缺齒齒未嘗折。北度一葦，可航西歸。隻履自挈，或謂之空劫已前中流砥柱，或謂之拈花已後金口木舌。又曰正宗別調，又曰直指曲説。皆非吾之所謂道也。若夫求大乘器，走十萬里，俟人作興，器豈大乘？夙負先覺，禮聞來學，學而知之，既遠且邈。負是四者，吾恐五竺之鐵，不足鑄此錯也。

金雞毒，一粒粟，未踏殺人，已先趺足。一十八灘兮障回死水，八十四人兮淹浸弗死。洪都兮泐潭，宗風兮肆凌厲，一波動兮萬波起。泒兮支兮滔滔者皆是，更無一箇識玄旨。只有歸宗較些子，檢點將來，玄沙道底。

孤雲畫象贊

閑如雲，寄寥邈，帖水不痕，行空無脚。笑從上掃跡生跡，嗟後來以縛解縛。於其中間，卷舒自若。釘釘却，懸挂却，老倒南陽，猶欠一着。

下竺印畫象贊

窣然短衣，嶄然插犀，歲晚寂寞，奮此一夔。膠名相求之，則萬言不直杯水；外形骸索之，則半芋美於紫泥。憲章左谿，鼓吹荆谿，使人復見古道顔色，舍斯人其誰歸。

明教禪師五種不壞贊并引

劫灰之説，大三灾之一也。天地所不能免，況天地間物哉？明教禪師闍維不壞者五：曰頂，曰耳，曰舌，曰童真，曰數珠。萬行成就，三灾彌綸，自若也。作五種不壞贊，用公書遠公影堂故事云。

頂骨嶢然，隱若伏犀。於烈火中，凄其廩而。古鐵錚錚，燼餘不熱。擊石拊石，迭中音節。舍利團綴，素魄冏如。湛湛凝露，累累貫珠。豈無它人，欲見其頂。月行太空，蛙沉坎井。

去窒而聰，去塞而通。於無數聲，齊萬竅風。風止聲消，音響寂絶。谷神不死，聽火焰説。説無所説，聞無所聞。烟滅灰飛，所亡者存。以是耳根，示尔四衆。厚德宏功，千二百種。

宣明心聲，若出金石。汹湧辯河，不滲涓滴。書獻天子，天顔屢改。一笑歸來，此舌猶在。韓吾不非，吾奚以為。韰吾不夷，吾奚以馳。一生事了，有死無憾。身隨劫燒，紅開菡萏。

童真出家，死於童真。出没卷舒，一堅密身。嗟多欲人，曲為欲説。於其根中，出火自焫。猗歟哲人，哂乃覆轍。以古爲鑑，以身代舌。火炎昆岡，玉石俱焚。石付百粉，玉兮温温。

的的紫栴，茸茸素絲。自幼至老，念兹在兹。譬夫一龕，繞以十鏡。此燈長明，一印印定。定則離念，反而自求。於無求中，以敏厥修。物初有終，法無有盡。是故此珠，横絶煨燼。

賢首國師贊高麗指堂請作。

心部根本，身嚴雜華。赤象青牛，跨竺越華。半滿字則五其等差，殊聲響則一其紛拏。使登門之魚，駕際天之濤。陋潢汙行潦，而觀海若之谽谺；瑣屑滅裂，又安知鰋鯉之與䱛魦。

强齋高使君金書諸經贊

澱藍蘸楮，屑金作字。去字與楮，經果何似？曰此諸經，即楮與金。續父厥志，寫佛語心。惟佛語心，粤如父志。一點畫中，具無量義。字可悉數，義則無量。欲了其源，冥去來相。强齋大士，年八十餘，目如心明，作蠅頭書。於一蠅頭，分可為二。塵毛太華，弗巨弗細，佛神力故，初不作難。是故北磵，作如是觀。

兩螟贊御前梁楷畫并引。

一螟逐蟻，一螟攫飛，不及而擲於地。攫而擲，翾而舉之，二蟲請以戰喻。翾毋忘於射鉤，攫毋忘於在莒。

又

蟻戰酣，螟襲其後。非大嚼，盍反相友。夢好忽同歸，一麈何足疑。

荷屋常不輕畫象贊

芰荷為屋，芙蓉為裳。芳茝紉佩，落英貯粻。熏以石林書傳之香，瀹以太華玉井之凉。濯人間，煙火氣，毋干吾，丘壑姿。洎夫錦心之與綉腸，發卍菴之韜略，示我武之維揚。適妙喜國，拓吾故疆，安在乎廣莫之野而無何有之鄉。

義鑑堂畫象贊

魁吾軒昂，耿介孤潔。大珠縞夜，輕雲拂月。作成潑天，問端來前。只似釘頭，難予敲折。東山發源，雙峯卷衣。把大蘇狂瀾，障而東之。微此老孫子，已而已而。

高麗指堂講師畫象贊

巖巖指堂，破塵出經。惟其能然，曰聰慧人。隄圓頓之頽瀾，會中下於通津。横説竪説，匪虧匪盈。全提半提，匪壞匪成。夫是之謂全体之用兮，全体之真。

妙湛禪師月巖舍利贊并引

無盡居士銘雲居三塔，其略云：「腐胾朽骼，匪我罔是宅。萬行熏蒸，骨如玉如金。」金玉，舍利也。妙湛中公火後舍利如此，為之贊。

及笄洗粧，一花一香。舍父求度，回度厥父。父子學空，機先有鋒。父死閞法，鏌鋣出匣。歸奉其母，孤山之滸。示生有滅，笑與母訣。火後舍利，粲如繁星。如金之晶，如玉之明。堂堂月巖，如空行月。何庸留此，自暴醜拙。

下天竺薌林法師畫像賛

伽梨擁肩，不舍夜旦。革履梏足，炎熇不跣。迹迩世相，而不動不退；心惟玄奥，則唯止唯觀。四辯湧兮瀾翻，四筵擁兮冰泮。特旨住山，靈山未散。洗舊講榻，萎花新换。至於戒香逆風，騰播林野，吾嘗比之波利質多羅天樹花，此之謂也。

陶司户畫象

宅廛滓，拔千丈之俗；倚梅竹，託三友之交。稠人廣座，則惟静惟默；凉天佳月，則或推或敲。問津榮途，姑欲行志；於志得時，反求諸己。

自題頂相

謂有爲，吾奚爲？謂無爲，吾奚不爲？待悟而勇為，絶學而無為。於戲！盡之矣，非吾為。

王梁山畫像贊

從事毛錐，壯夫不爲。置書學劔，弓號馬嘶。不斬樓蘭，夫何自欺。堂堂梁山，襟利帶夔。帝軫遐方，詳延瑰琦。良馬素絲，組以五之。維賢作牧，任以撫綏。撫綏伊何，恩斯勤斯。豈惟懷恩，亦復畏威。庶靖氛埃，以偃鼔鼙。昔人可師，感夜半雞。哂乃阿瞞，横槊賦詩。

台宋傑首座畫像贊

性具染指，鼎味咸在。容膝歸休，日用三昧。不動口，不饒舌，人無聞聞，吾無説説。翻嗟普眼，弗見普賢。為渠去却，眼中金屑。複道行空，白銀爲闕。

野月贊

廣寒殿，洪崖井。輪有晦朔，景無畦畛。悠然隨所寓，婆娑弄清影。莫羡江樓清，江樓塵汙人。

姚別駕命作四箴 渥

吏悍民怯，其途則殊。等而眂之，氓疲不甦。清明在躬，執中以居。御民如兒，御吏如奴。謂吾寡恩，我不姑息。謂吾遺直，我不自得。畏則如虎，敬則如母。廣而充之，天下刑措。右慈以容。

以寂止喧，八窗闃然。寂而忘喧，珠澄濁淵。不住喧寂，而逢其原。其靜有餘，其樂也全。山林市朝，不見畦畛。失之毫釐，大小異軫。惟全乎天，意行則往。心遠地偏，非一非兩。右静而勝。

身躰髮膚，賤傷貴全。多慾自戕，傷孰甚焉。彼美聲色，或謂如鴆。必其胸中，所樂者勝。古夏后氏，娶於塗山。樂不在娶，隨山濬川。禹何人也，予何人也，晞顔之人，晞驥之馬。右養生也寡慾。

古者罔罟，以漁以畋。後世粒食，罔罟可捐。一鱗之沉，一羽之縱。推吾此心，仁不勝用。方寸之淵，較縮與盈。悠然翻濤，溺馬殺人。好生之端，志其大者。大德曰生，默運元化。右好生也不殺。

堅窮壯老二箴并引

余至宣城之清流丁山，窮老日益甚。因范曄書，有取於馬援「丈夫為志，窮當益堅，老當益壯」，作堅窮、壯老以自箴。

何以禦窮？曰益堅，不則濫。是故君子固窮。出輒途窮，途窮則返。居輒技窮，技窮則思。辯輒語窮，語窮則默。謀輒智窮，智窮則止。窮諸理，盡性而已。右堅窮箴。

益壯以佚老，壯色日零，新新代謝。曰不在是，在所養者。物莫我嬰，物莫我化。善乎楚丘之為言也。使我當諸侯，出正辭，吾始壯矣；不則死矣，尚追車而赴馬。嗚呼！近之矣，猶未也。右壯老箴。

高秘閣金書心經頌并引

東禪明覺院比丘妙信創華閣，舍補陁大士。判府秘閣高公年八十九，飛步登閣，早年夢像，若今所造。施玻璃瓶，承以白金藕花，其餘佛事，一一隨喜。金書心經，欲寘大士心中，而身相已具，罔契心初。蚤暮懇切，寶脊耆然，獲本妙心。十目驚嗟，嘆此創見。蜀人北磵居簡比丘謬振頌聲，一十四章，章四句。嘉熙元年二月初九日。

大般若心，即天地心。區區冥求，滄溟索針。爰有大智，金書作供，欲充佛身，妙發機用。佛塵沙身，無乎不在。作如是觀，墮世間解。離世間解，復何所求。於東拓提，一瞬協謀。塵沙佛身，初湧出海。小白花開，物物三昧。願以所書，印厥心地。此念始蘖，玄覺斯契。寶脊耆然，虛鬲以俟。若符合節，如龜從筮。微此大智，孰考其眹。惟神而明，函蓋相稱。我觀此經，非金非字。而此寶脊，未始啓閉。緊正法明，曰觀世音。澄五濁瀾，如一月臨。臨茲大智，净徹無垢，介以景福，介以眉壽。

謝林元之議命

不知命，君子奚為？未知生，夫子不忽。義命所安之地，死生自樂之天。庭葉報秋，記山中之寒暑；嶺雲分暝，變户外之陰晴。適此間情，成君奇術。

王練師問道之在天下猶川谷之與江海

域中四大、王與道居其二，吾一之。一之何如？曰王以道尊，道以王行。道失所以行，則稊稗瓦礫也。王不以道御天下，寡助也，獨夫紂尔。苟以道則皇極建，百度新，綱常振，遐陬寧。雖然，豈獨王哉。一身小天下，苟昧是，晝罔不冥，瞭罔不盲，履嶮不痞，臨穽不却，所謂無黨無偏，何自而知？若夫富貴利達，貧賤患難，皆身之川谷江海，流行停淤，而道之樞機户牖，旋斡權變。故曰川谷江海在天下，相道之在人，則天下同。百姓日用而不知，故君子之道鮮矣。

戒鼠

北磵足跡半天下，習尔情狀，尤得桀黠之情，故爲尔忌，而未嘗忌尔。所謂幾辟罔罟，固所不忍為，孰謂尔以吾為可欺？晝跳梁，夜穿窬，飲食服玩，皆尔傷殘之餘。凡在吾室之君子，謂吾信不孚，不能格爾暴，則將舍我而它之。彼既舍我而它之，吾亦豈能安吾居。爾之遠君子，近小人，孰甚焉。甚矣！永某氏之禍，商監不遠，勿謂吾不爾告。

戒頻伽

頻伽踐木偶，抑無知乎，將踐鷹鸇。木偶，君子也，君子虛與道冥，入鳥不亂行，入獸不亂群，怒而加誅，不啻黃帝絕梟鏡之類。汝毋陵善而騣騣梟鏡之樊，庶幾逭君子之誅。其果不悛，木偶之禦侮，畢弋從事，覆巢破卵，可立而待。

水利

以轂橫谿，搆軸於岸，比竹於輻，發機而旋，非深湍無所事。後重而前輕，俯仰如人意，井可以施其巧，此車、槔所以別也。水梭窾如，上架而縻之，當畎澮之衝，溢則出，涸則納。三者用於蜀吴。車曰龍骨，方槽而横軸，板盈尺之半，納諸槽側，而貫之鈎鎖，連環與槽稱。參差釘木於軸，曰猨首，蹙以運其機。澗溪沼沚，無往不利，獨不分功於橰。橰梭一人之力，龍骨則一人至數人，車則任力於湍，隨崇卑之宜。雖灌溉之功豐約不齊，其得罪於鑿隧抱甕則鈞也。

不爲善

雞鳴而起，舜跖之辨，縣判於所為。為善而倣利，舜之徒可爲跖，非吾徒也。吾善且不爲，爲利乎！或曰：「不為利，斯可矣。不爲善，非跖乎？」曰：吾固有者善也，焉往而非善。無爲也，非不爲也。孜孜為善，油然幾微於有為，何以異於爲利。欲其為之，務隱也。故曰吾善且不爲，為利乎！

吴江性上人擬濠上游

「鯫鰅躍清池」，郝參軍所賦。南蠻謂魚曰鯫鰅。桓大將軍云：「作詩安用蠻語？」郝云：「千里投公，得一蠻參軍，當不用蠻語耶？」吾愛其「躍」字風致，以訂楚漆園吏濠上酬辯，賦濠上游云：「非鯫鰅，夫何疑。子非我，吾何知。惟其不知故不疑，而全夫天倪。潛而躍，悠然兮樂夫樂。」

寫神

使人偉衣冠，肅瞻眡，巍坐屏息，仰而視，俯而起草，毫髮不差，若鏡中寫影，未必不木偶也。着眼於顛沛造次、應對進退、顰頞適悦、舒急倨敬之頃，熟想而默識，一得佳思，亟運筆墨，兔起鶻落，則氣王而神完矣。少陵云：「褒公、鄂公毛髮動，英姿颯爽來酣戰。」所以美曹將軍也。張横浦則曰：「孔門弟子能奇怪，畫出當年活聖人。」所以詠子温而厲，威而不猛，恭而安。人鮮克知此妙，故重爲商評之。

贈醫卜風水方生池州

病有醫，死有歸，卜而息疑。負是三者而游人間，世人舍我而安之？夫如是，三鍾十束，異乎支離疎之素尸。

管城子

或謂管城子鋭而夭，非知言也。文場掉鞅，詞林奏技，舍子則誰與？子則沾溉餘潤，點發新奇，卒成其志，功其懋哉！故知有用於世者，一日爲壽，不則百年為夭也審矣。余鈍而無用，視子則有媿。

撲滿子

吾與孔方兄絶交久矣，至於貿易所須，則又未能與之忘情。貯以小罌，遲其盈，將示以持滿之道。往往未盈而輒出之，其出也又貯。夫制作近古者，一二以求其類。諭之曰：一老者，天下之大老也。其父歸之，其子焉往？惟其然，是以不匱。始悟絶交之非，賦招隱。

床屏

以方正之質，受屏翰之寄，使檽風野馬不得涉吾竟，隱若敵國，功懋而不言。雖然，必有存焉者耳。灰冷弗然，木槁弗腴，則屏翰在此而不在彼。鏡虚忽塵，水止忽瀾，外禦其侮，竟何所事？譬夫指鹿之禍，不在長城，而在望夷；伐國之憂，不在顓臾，而在蕭墻之内也。

鼎缺

陶之精者曰秘色。有鼎焉，立不倚，介而特，宏其中，虚以容，膚滑弗塵，質古弗華。童子置缶，缶兀而鼎缺，則曰剛禦剛矣。夫如是，則大者缺，小者折，精者折，麁者缺，故鼎缺而缶完。余聞而悲之，悲夫剛不以柔濟，鮮不若兹鼎。干將鏌鋣，剛不可犯，虞缺耳。書諸紳，為不善用剛者戒。

芙蓉楷禪師辯

或謂芙蓉禪師剛介失中，號服是拒，隷名刑書，甘民其衣【四】，遂使林靈素逢彼之怒，乘間而入德士之説，易於建瓴。噫！齊東之言也。天子方鋭意神仙方士，儀、秦之辯，良、平之智，不足折其妄；燕、趙之豔，晉、楚之富，不足易其好【五】；哀天下之至珍，集天下之大美，不足變其耆。前疑後丞，豈無股肱之臣？可諫矣，枘鑿齟齬也。左輔右弼，豈無心腹之任？可静矣，冰炭背馳也。是時靈素頤指如意，衡從惟命，豈俟逢怒乘間，然後進德士之説哉？公居浄因，惡夫末流冒辱倖榮，行險黷貨，禪講號服，録正鑒義，裾方頂圓，附城麗社，不啻囊探。更誇迭矜，謂之内降，商直榷賈，不閡朝省，貽玷盛明，罪在不敬。真賜逮已，我則固辤，孤束自許，不與衆共，死生患難，又皇暇恤。淄川之濱，弗類人境，翩翩風帽，練練縞衣，丹霞鹿門，首為之發，横翔捷出，以大其家。粲然麗天，耿耿霽月，洞上厥緒，兹焉中興。鄉也與俗滔滔，不振不厲，即患難之途，徙瘴癘之地，非失其本心、倒行逆施者不為，公爲之乎？公之光明盛大，寂音傳在焉，兹不重出。是作也，一以刷公之謗，一以補傳載之略。

道法師逸事

大丈夫者，富貴不能淫，貧賤不能移，威武不能屈。公寄命螻蟻，試身雷霆，不奉明詔以改德士，威武能屈乎？黥而流之，為道州徒，九死之濱，過午不食，詠歌至化，若出金石，貧賤能移乎？削名刑籍，復還舊物，賜官分禄，簡在帝心，曰往欽哉，去汝黥涅。公念先帝，不敢毀除，帝曰：「此翁至老倔强。」富貴能淫乎？方林靈素假道士服，禍基播遷，易緇於黄，天下從之，不則竊負而逃，槁死林壑。公獨緇衣立俟斧鑕，視身如葉，護法如城。聖恩寬大，不即誅戮，非至誠其孰能與於此哉！蒙後公而生，觀公所成就，奇偉峭絶，真大丈夫事。再拜右繞，辭而吊之。辭曰：

黥可息乎？身據鼎耳兮，息之則殞。黥可去乎？恩如春風兮，去之不忍。一念之忍，迄於蒙塵。黍離闕廷，塗炭生靈，髡天下僧，又安足云？邈哉道州，隻影問津，一笑生還，天清地寧。衆蠖斯屈，老臂獨信，隱若敵國，賢於長城。蠢尔靈素，不正典刑，雖百粉兮，痛奚以平。九里清陰，蜕骼是舍，草枯自春，光奮不夜。後世何知，婆娑其下，其額有泚兮，其容則赭。油然興起兮，如聞伯夷之風者。

答踈寮高處州論激字

踈寮論選詩用「激」字。江淹「曲櫺激鮮飈，石室有幽響」，待下句然後精神，已襲魏文帝「流飈激櫺軒」。未若陸雲「通波激枉渚」，一句中「激」字便警策；盧諶「中原厲迅飈」，「厲」字有感寓之思。曹植「清池激長流」，殆不若劉楨「曲池揚素波」，則「揚」字有風致。潘岳「白水過庭激」，又在青山外矣。余取陸雲「激」字，盧諶「厲」字，劉楨「揚」字。

釋言

丁巳良月十四，宣州太守倏然去，余賦詩以餞。郡博士高公炎晦未語余曰：「子犯清議，君子不予。」予乃拱而俟，則曰：「守去，子譏之。」余曰：「流言止於智者。今之所謂太守者，古諸侯也。制千里之命而屏翰王室，譏之則速咎，非風任失心不為。矧若子之言，『五袴一錢』、『父母二天』，皆譏也。」或曰：「子以其決場圃之訟，失分守之正則去，此趙必表貨殖以誤守，於守何有？守以詩挽子，子不次韻，乃以『尾未大時猶可掉，瀾於頹處益難隄』之語謝，而實譏。」余曰：「分守在天下，主之者存焉。正不正在彼，不在此。」烏乎！憾不次韻，尊之也。謝而陳情，則言之者無罪，聞之者足以戒。故明斥枉直循私以誤守者，惜清明之玷也。余詩凡八十字，序凡四十九字，請隻字洗刷譏評遁逃隱伏處。使余言當其實，中也；溢美過也，遺美則不及，過與不及，失中也。曰譏則不可。序曰：「遽聞决去，此二踈、淵明事也，莫不起孤風峻節之慕。勇不自制，遂賦古調末章，輒致雙壽堂中玉顔難老之禱，躐等而忘其僭。」詩則曰：「懷哉小隱侯，如水秋練練。又若廉泉廉，練江靦言面。」謂練江澄潔，廉則過之也。「一介不取人，振滯亦賑貧。」則不妄取予，振拔淹滯，賑恤鰥寡也。「秉彝不可敓，有實無虚名。」則惠人以實，出於天稟，而得名不虚也。「我欲借寇君，九虎限天海。」欲借留無路也。「茫茫穹壤間，誰是寇君代。」重詠借留之思也。「行行拜新渥，新紉紫荷橐。」守以亞卿歸自藩屏，必簪筆持橐也。「何以為雙壽，揚州一雙鶴。」祝其壽富康寧，頡頏雲霄也。所謂「一錢太守，雙鶴揚州」，乃閭巷歌謡，吾詩何與哉。「欲對此君仍大嚼，世間那有揚州鶴」，「有客知碑來薦福，無人騎鶴上揚州」，老坡一再拈出也。祖述前聞，古也，曰譏，何譏尔？吾固曰：流言止於智者。

外物

商盤郜鼎，古鐵舊畫，至於珍怪百物，無益於寒飢。當其爲用，樂寒飢之功，往往稻粱毳褐不相下。君子學以志其道，必專心致志，屏去紛雜，制之一正，朝於斯，夕於斯。專則勤，志則恪，勤與恪有時而勦，則沈昏困頓，潛蘖於其間。是以游焉息焉，雜然前陳，醒心耀目，講明其制作，品第其真贋，策粹和整，冲漠調暢，其筋骸張，日新緝熙光明之本，然後與之相忘於無窮，罔留情於毫忽。物自物，我自我，物我俱適也。物與我俱適，則指染寒具，鐵擊珊瑚，而佳思何從而沮哉。

贈輝書記

天台輝書記，來自徑山琰會中，銜袖新句，多警策，就余求益，不知益我實多，而無以益之也。麟角鳳嘴，子有之矣，非煎膠無以見其妙。如不然吾言，試續既断之弦，知余言之不尔罔。嘉定癸未秋。

贈刀鑷工

天台刀鑷工初來杭，余髮方壯，鬢矗矗如蝟。試其技，瑟瑟如蠶食葉，若無刀焉，余則賞其輕。聲聞兩山間，至今彈壓同技。余間関四方，歸湖上，鬢髮俱槁。復試之，其心手兩忘，運轉挑剔，略不經意，則又賞其巧。噫！工之技昔輕而今巧，余之鬢髮昔壯而今槁。壯槁者誰？北礀遺老。

贈立上人

東陽立上人以書抵余，衮衮數百語，鋪陳志義，援引古昔，責我以警策後生。是以年大爲先進，而空踈如木偶者爲有道。則謂之曰：子言是也，信之於我則過矣。子學教矣，是欲以語言文字而達夫道。今又習禪，則必忘夫言。忘言之言，豈讀誦云乎哉！且又以他人之言為警策，猶惡影畏跡，而疾鶩亟馳，不知息陰處靜之爲愈也。況余空踈如木偶，何以酬子之辯而求以稱子，則所以益我者至矣。反其言而忘之，則所以益我者益大。

贈陳生

寫字與刻字孰難？曰寫字難。晝被忘穿，臨池忘緇，專心致志，僅彷彿古人用筆意。公孫氏劍舞，觀者得草聖之妙，彼順朱耳。或曰：「鑿為筆，鎚代腕，欲顏則顏，欲柳則柳，勁鐵瘦蔓，出筆墨畦畛【六】。與夫游刃肯綮，砉然中桑林之舞，十九年若新發於硎，何以異？故曰刻字難。」往復競辯，侃侃不相下，欲解其紛而未能也，則謂之曰：「昔人夢鹿，子知之矣。敢用是而中分之，曰二難。」丁亥九月幾望，丁山法堂紀歲月，郡刻工陳文頗臻妙，策其勳，吊其貧，書以爲贈。

挂屨

余明年七十，大夫致其仕而挂冠時也。昔為比丘，裂冠矣，乃挂屨。或曰：挂屨何所據？曰：木平師挂屨於江南後主之榻，休影息迹，不復至榻前覲，清凉大法眼賦牡丹諷諫矣。今年六十九，六十九年之非，多蘧伯玉二十載，而無伯玉之知，視屨則有媿。因作而言曰：一生幾兩，遐想阮生之高；兩舄對飛，恐入齊諧之誌。吾屨之陋，蒲踈而凉。匪仁弗履，懼迷其方；匪義弗蹈，懼賈其良。允履允蹈，粤惟考祥。寧跣而視，俾勿傷。寧坐而忘，俾勿僵。寧策其動，永矢勿忘。息而筋骸兮遂而行藏，挂之墻隅兮戒余面墻【七】。

言歸

或病余「不用隨時之義而落落也，不顧人之是非，擬古浮圖文字駕説【八】，犯其忌，子之徒怨汝詈汝。謂其詈之，妄也。前日之仰睇，子今睇下【九】，將其業成進子，而子不進，乃嗾夫詈也。則牧兒爨婦知其碌碌【一〇】，徒貨殖，麗城社，飾諂以暴非其類。吾非木鐸也，詎排鑠金以明子志哉【一一】，盍歸耕以頤所謂浩然者？」則謂之曰：甚矣，子之痞我也。人各有夫志【一二】，志，古的也。曩明教大士鐔津公著書數萬言，輔吾教，抱成書于嘉祐天子【一三】，贋浮圖厥類惟錯，掎角而攻之。方開闔延敵，輒循墻而遁【一四】，怨詈尚何足云。且貨殖驕人，憲，貧也，非病。附嚴以傲物，象，傲也，不悌【一五】。孰逃君子之誅？於吾何有？故園一鉏地，道阻且長。朝夕以思【一六】，九折羊腸。陸誰余梁，川誰余航，止誰余舍，行誰余粻。使我鑾鏘雲【一七】，追飄風乎，乘飛車兮遡瀧；使我飭供頓、邁逆旅乎，孰先饋之五漿【一八】。肇聆子言，如鍼膏肓。靜而索之，莽乎忽荒。盍歸乎來兮，無外大方【一九】。

示照藏主普州

半山老人讀游俠傳，謂全萬卷云：「將此身心學佛菩提，何難之有【二〇】。」殆不知學佛菩提之與遊俠，易地皆然。槩而言之則可，據實理論【二二】，則適越而北轅。除是生而知之，方有少分相應。自無憂樹下【二三】，周行七步，目顧四方，已是學而知之。鏡潭藏主語別，令舉似諸方納粟【二三】，將仕、校尉、禪師，且道它學什麽人。

杜祁公病婢帖

奢膏肓，儉瞑眩，瘳之。祁公瘳其子之奢，天下化之。功成名遂，既壽且康【二四】。窮居盛行，儉德金石，反覆丁寧，發於婢子。防其子之駸駸習侈【二五】，靡墮家法，欲策勳於瞑眩也。

祁公子美帖

婦翁鈎畫遒勁，於冰過清；甥館行草掀舉，比玉尤潤。晉東土以東廂坦腹蕭灑爲名談【二六】，恐不足語於吾慶曆之盛。

跋頂山珂兄刺血寫蓮經

能生不能教，親也，教必從師。師以德，親以恩，知報則知道，舍是吾何觀【二七】。刺十指，寫三周七喻以爲報，匪報也。盍思瞿曇未説，毛穎未血【二八】，文采未發，經在何處？若三七日思而得之，無絲毫別。夫如是【二九】，則七世父母師長，同見靈山未散，非汝欺也。書經後二十三日【三〇】，慧日北磵書。

書楊補之梅

寓素於玄，質成烏有；責芳於影，夢酣黑甜。展卷臨窗，色香俱在【三一】。柄此能事，屬諸逃禪。詠姑射真，湏春風手。先驅醉穎，珠玉在側【三二】；後振采毫，覺我形穢。

書楊慈湖帖

奏院崔公爲定海之政，慈湖楊公之弟、之甥、之婿在邑學。其致書定海【三三】，以夫三子也，而曰「簡之所以不得已，上浼記曹」者，胡不得已哉【三四】？或曰：「公不輕下語，盍遺夫言，參其意可也。」嘉定君相一德【三五】，舜、禹、皋陶所不逮，公猶有薦相疏。方是時也，莫不謂其得已而不已，是豈知公哉？或者之言，余有所未達。書於公貽定海帖左俟達者。【三六】

校勘記：

【一】塵消兮不痕　原無「兮」，據庫本補。
【二】一法千名　「名」上本、庫本作「古」。
【三】勿畀豺虎　「勿」庫本作「投」。
【四】甘民其衣　「民」庫本作「赭」。
【五】不足易其好　「易」庫本作「變」。

【六】出筆墨畦畛　宋本闕「畦畛」二字。案：以下宋本闕字者，因年月久遠而致磨滅不清，傳本所采底本現國家圖書館藏宋本，傳本。空格或直接接續下文處理之。今二本闕字者，皆出校勘記以示之。

【七】挂之墻隅兮戒余面墻　宋本、傳本闕「戒余面墻」四字。

【八】擬古浮圖文字駕説　宋本、傳本闕「古浮圖文字」五字。

【九】前日之仰睇子今睇下　宋本、傳本闕「之仰睇子今」五字。

【一〇】則牧兒孌婦知其碌碌　宋本、傳本闕「孌婦知其碌」五字。

【一一】詎排鑠金以明子志哉　宋本、傳本闕「詎排鑠金以明」六字。

【一二】子之寤我也人各有夫志　宋本、傳本闕「子之寤我也人」六字。

【一三】輔吾教抱成書于嘉祐天子　宋本、傳本闕「輔吾教抱成書」六字。

【一四】方開閡延敵輒循墻而遁　宋本、傳本闕「方開閡延敵輒循」七字。

【一五】附巖以傲物象傲也不悌　宋本、傳本闕「附巖以傲物象」六字。

【一六】道阻且長朝夕以思　宋本、傳本闕「阻且長朝夕以」六字。

【一七】行誰余粻使我蠻籥雲　宋本、傳本闕「余粻使我蠻籥雲」七字。

【一八】邁逆旅乎孰先饋之五漿　宋本、傳本闕「乎孰先饋之五漿」七字。

【一九】盍歸乎來兮無外大方　宋本、傳本闕「乎來兮無外大方」七字。

【二〇】將此身心學佛菩提何難之有　宋本、傅本闕「佛菩提何難之有」七字。

【二一】槩而言之則可據實理論　宋本、傅本闕「言之則可據實」六字。

【二二】方有少分相應自無憂樹下　宋本、傅本闕「相應自無憂樹下」七字。

【二三】鏡潭藏主語別令舉似諸方納粟　宋本、傅本闕「主語別令舉似諸」七字。

【二四】功成名遂既壽且康　宋本、傅本闕「功成名遂既」五字。

【二五】防其子之駸駸習侈　宋本、傅本闕「防其子之駸」五字。

【二六】比玉尤潤晉東土以東廂坦腹蕭灑爲名談　宋本、傅本闕「潤晉東土以」五字。

【二七】知報則知道舍是吾何觀　宋本、傅本闕「知道舍是」四字。

【二八】盍思瞿曇未説毛穎未血　宋本、傅本闕「瞿曇未説毛」五字。

【二九】無絲毫別夫如是　宋本、傅本闕「無絲毫別夫」五字。

【三〇】書經後二十三日　宋本、傅本闕「書經後二十」五字。

【三一】展卷臨窻色香俱在　宋本、傅本闕「窻色香俱在」五字。

【三二】先驅醉穎珠玉在側　宋本、傅本闕「醉穎珠玉在側」六字。

【三三】之婿在邑學其致書定海　宋本、傅本闕「婿在邑學其致」六字。

【三四】而曰簡之所以不得已上涗記曹者胡不得已哉　宋本、傅本闕「涗記曹者胡不」六字。

【三五】參其意可也嘉定君相一德　宋本、傅本無「意可也嘉定君相一德」九字。

【三六】自「也莫不謂其得已而不已」至文末，宋本、傅本皆闕。陸本自外物後諸篇皆屬卷第七。

北磵文集卷第七

跋陸永仲題江貫道寒林圖〔一〕

陸永仲題江貫道寒林一幅，梵蓬居藏護惟謹。貧約奉母，貿易斗升，終母之生，百紙殆盡。年八十八，始以此軸遺圓方外。自題曰：「方外佳友也，非暗投矣。」余讀至此，嘆其辦菽水，紓顑頷，白眼奇蹟，鑿方枘圓，但知愛親，不知愛畫。顏平原粥盡乞米，後世有乞米帖。梵蓬居以畫市米，當時謂之市米畫。顏貧于忠，梵匱于孝，法當配顏，傳諸無窮。若永仲云：「結囊勿浪出，寒具染凡指。」方外其從事斯言。

跋穎德秀書文賦後

異時觀老坡與參寥一帖云：「見穎上人數紙，不覺驚喜。雛猊奮鬣，已過老彪。」及觀穎書柳鬼傳，遒婉而勁，文賦尤老成。穎書此賦，毋慮十數本，篤於文也，第未見其文。余不解書，喜蓄前輩逸蹟，每得一帖，則必曰奇技也，豈彼能，我獨不能？奇玩也，豈彼有，我獨不有？夜以繼日，思竭吾力，兼而有之，然終不能有。或曰：「我安用是為？治人者勞心，治於人者勞力。人將勞吾力矣。外物則德全，玩物則德喪；物將喪吾德矣，所有不既多乎？」余敬受教。

跋穎大師書韓愈師說

柳柳州謂韓退之抗俗作師說，而自避師名，有取孟子「子歸而求之，有餘師」。穎德秀書師說，其亟於就有道而求正，亦若為老坡書文賦，志於文也。

跋智廣字

負唯識百法之學者曰智廣，字大用，廣大矣，用宜稱是。少長而名，長而字，禮也。又從而爲之説，何蔓焉？帶為夔所憐，無足也，畫者足之，反使之不成帶。寢其説，忘其字與名而反諸其身，反身而誠，樂莫大焉。夫如是，然後可與論用大。

跋五公帖

或謂前輩貶米南宮字如仲由未見孔子時，吾未見其貶也。秦淮海飄飄凌雲之氣【三】，見於觚牘。參寥謹嚴而踈蕩，稱其為人。無爲子【三】、辯才師字雖不工，率意信手，拔俗千丈。西菩僧舍故紙中，得此五公，豁然眼明。

跋小米畫

毫素傳衣，蕭然名家。彷彿樹杪，溟濛水涯。吾不知雲藏山耶，山藏雲耶？

跋六代傳衣圖

自老胡，至老盧，一金襴，一瓦盂。蔓不可滋，蔓滋難圖。遂使芽蘖，千差萬殊。曰法曰心，自相抵捂【四】。矧乃繪事，唐捐工夫，加以語言，毀譽太虛。繫影載馳，捕風載驅，一之謂甚，其可再乎？

讀陽坡許昌朝墓誌銘劉淳叟舅氏嚴太伯銘。

六經之尊如天【五】，自得之妙如日。以自得之妙，發明六經，則日麗天而纖毫無隱。以六經含融自得之妙，則天行日而周流無迹。陽坡居士用力於此【六】，收日損之益。及其登卍菴之門，如漚滅全潮而同乎渺瀰【七】。蒼顔皓髯，語高頌寡，不得與民由之。有子為不死也【八】，可以尉夫九原之思。

跋虞仲房隸字

丹丘林詠道出虞兵部書杜工部李潮八分小篆、王宰山水圖兩篇。隸法壞自公始，然亦自成一家。搏搦騫騰，鯨鵬撮摩，夭矯容與，煙雲卷舒。數十年間【九】，豐功厚德之所載識，借公爲重，不專在翰墨也。不知公者，獨以隸古稱，豈知公哉？昔歐公以墨君稱文湖州，而其篆、真、草、隸皆入神，道德文采，光明照人。荆公誦其詠鷺，歐云：「與可拾得耳。」好賢莫如歐公，而以墨君失之文湖州，後世謹無以隸古稱公，而蹈墨君稱湖州之轍也。

跋雪竇老融牛軸

畫牛至戴嵩，能事畢矣。雪竇老融，則又出於規矩準繩之外。晴春自牧，如超方之士，得友得師，心平氣定，有日新之功。露地而眠，則飽道足學，片石深雲，燕晦自若，不動聲氣，物來斯應，新生之特，不受控勒【一〇】。方其解衣盤礴，想像乎尋牛訪跡；其既成也，庶幾乎人牛兩忘。已而不復自惜，與好事者共之，不見筆墨畦畛，則又何以異夫轉位回機，聖凡所不能測。或者以秀關西讓龍眠之説繩之，不直老子一笑。

跋橫浦帖

橫浦不喜東坡，晚自嶺外歸，始誠服焉。手書其韓愈廟碑、讀孟郊詩、送琴聰序，無慮十數。舊在閩中，見於韶石諸孫，帋尾有大慧題字云：「橫浦喜書此，使韶藏護惟謹。」今復見此叙，字差小於鄉所見。横浦小字不易得，尺牘之類亦且大。把玩不忍置，雖無玉蕤薔薇，冷泉芳栢，可熏可濯耳。

跋沈大卿德和修淨覺塔記

某年月日，大卿沈公悳和重修淨覺岳公塔，紀歲月，詔後世。岳師四明禮公，而輒難禮，反復數千萬言，弗務勝，務歸於是而已。四明倘未死【一一】，未知鹿死誰手。東坡謂莊子盜跖等篇，真若詆孔子【一二】，實陽擠而陰為之助，適與楚公子之僕相類，以為弗愛公子則不可，以爲事公子之法亦不可。吾於淨覺、四明，亦若是說。綿綿新學【一三】，亹亹譏議，覃及孤山，曰山外宗，獨未見如兩公者出。忽觀沈記，油然起余，屬學四明者刻諸石。噫！安得淨覺、孤山九原可作，與之商評山家、山外之所同異云。

書橘洲跋育王僧圖後

雪竇弗作，晦堂灰冷，遺質而耆文，滔滔者皆是。蓋嘗笑橘洲，跋育王僧圖云：「佛世比丘，皆龍虎變化，後世皆黄茆白葦。」抑有所激而云尔。始圓上人欲走江西，學佛照鄉語。時盍語之曰：「少林嘗走竺西乎？」必曰：「未也。」則又語之曰：「子過少林遠矣，使後世謂吾不解禪，顧不偉歟？」

跋貝多葉二

嘗觀此葉於焦山行，行老而西歸，死於綿之雲蓋寺，以遺漢嘉鄧秀烈。鄧墓木拱矣，復見於升上座，因作而言曰：譯場不作，竺錫不至，鶴峙蛇驚，愕聽眩眡。一葉之書，與無數葉，葉葉之義，字字融攝。盍觀其義，而遺其言。所觀既亡，其亡亦然。古之至文，鳥跡科斗。今不復古，竟亦何有。惟道人升，好古癡絶。焉從得此，於鄧秀烈。華竺二文，一之者人。孰爲此言，北磵隱淪。右爲升維那贊。

像存乎氎，教存乎葉。籥雲載馳，止於建鄴。奘蒐遺文，以十象馱，龍伯取將，半淪兢伽。今之所存，皆其零落，殘圭断璧【一四】，此經自若。經無攸全，義有攸往，維義與經，非一非兩。吾不了義，又不識書，乃於字外，洞明心初。右爲舟老贊。

跋大參樓攻媿論征僑帖

餘姚龍泉寺喚仙閣，舊題有「征僑」二字。客屬普滿珣公問於文昌樓公，公答之之帖云云，又云「終未見二字所出」。吁，公胷中多書，若十數世豪貴家畜藏珍【一五】，固有會稽所掌，既富且夥，豈窶人子日生所讎，目閱手數，旦旦知出納之地哉？蓋嘗見於大人賦「厮征伯僑而役羡門兮，詔岐伯使尚方」，甘泉賦「雖方征僑與偓佺兮，猶彷彿其若夢」。顔師古曰：「方，並行也。征姓，北僑其名，仙人也。伯與北聲訛耳。」豈公未見相如、子雲賦乎？吾固曰：公胸中多書【一六】，豈窶人子日生所讎，目閱手數，旦旦知出納之地哉！開禧元年季秋旦，北磵某書於貿山三錫堂。

題彧侍者牧牛圖

牧牛看牛，嬾安大仰，無所用吾力也。佛印四牛，畫蛇也。梁山十牛，蛇足也。自得六牛，足屨也。按圖索牛，猶索馬也。嬾安大仰，逸響遺韻掃土矣。舉圖而捐之，不見全牛，而頭角全露。至於人牛兩亡，入鄽垂手，皆此牛也。昧夫在御而它求，何獲焉？

跋嶼山葛魏二詩

嶼山非聞寺，近海不數里，餘姚在其左一舍强半。宣和間，待制葛公次仲、丞相魏公南夫尉餘姚時，留句壁間，寺因有聞，而後生益懋勉。吾不識兩君子，徒誦其詩，得其心，其功在太常，事在太史，文章在天下。後世不以富貴稱，而稱其文章，不與富貴磨滅，如流俗臭腐，而與此山俱傳也如此。

跋嚴太常帖

潞國公及里門則步，謂父兄行輩，不敢不敬。其年德俱邵，而與鄉人齒也若此。及觀太常嚴江陰家居尺牘十餘幅，親故往來，詳緩周密，莫不曲盡。十八擢第，七十而致仕，僅有先人之廬，而禄止一傳，善人報效何嗇哉【一七】！四世孫為釋子，曰法傳，出以示予，書而歸之。

跋嚴太常編傳燈

節傳燈，非儒者急務，能急於斯，非達性命外印組不滯一曲者，其孰為之？或謂蚤年登科為不幸，以其仕則不學矣。太常丞嚴公十八登科，官居餘暇，取傳燈千七百則，佛祖機緣言句之切於日用者【一八】，蒐英獵華，手抄巨編，老不釋此書。易簀時，説四句偈遺子孫，一語不及家事，所成就者可知已。

跋後谿劉西清贈艮傳二帖

艮傳嗣講行脚，皆後谿西清劉侍郎德修指南。傳歷百城，自初友從別峯來至慈氏，樓閣門開，所見幾人，所得何法。若謂有得，負吾後谿【一九】；果無得耶，亦復若此。至於無得之得，亦莫不然。夫如是，則後谿所不死者，與童壽紫金色臂同一關紐。

跋龍門元侍者血書華嚴八十一卷作八卷

龍門佛眼侍者天竺覺元上人血指細書華嚴八十一卷為八卷【二〇】，外看經人名氏一卷，錢塘薛大資昂作記并跋，圓悟大士、馮大學濟川皆隨喜賛歎，後一一莫非名勝。衲子不知講明，續帋嗣書，蕪翳先進，庸言俗畫，駸駸不已。雖圓融行布，無所不容，然魚目驪珠，必先分辨，遂別作一卷，首書薛公記跋，継以圓悟、馮公，一一名勝，其真蹟則存諸經後。余則題諸卷末，虛左以俟如薛、馮者，一以致尚友古人之心，一以旌忘軀報母之孝，一以遵勿輕未學之戒。

跋九峯了應潙山警策後

彭門九峯了應比丘使山陰，正受比丘作歐陽率更楷法書潙山警策，欲鑱石以示人，俾人於端楷心畫中識古人懇切語，如食瞑眩而起沉痼。曩余客吴興，見名相之學者讀此書，置書而作曰：「鄙野迳庭，不足取也。」則語之曰：「吾猶病其文采爛然也。揚雄之文佶屈聱牙，終有俟於後世子雲。若潙山之鄙野迳庭，亦俟後世潙山矣。」

跋山谷緑茹賛真蹟

山谷草聖不下顛張醉素，行、楷弗逮也，然皆自成一家法。如王、謝子弟，不冠不襪，雖流俗人盛服振衿不如也。右緑茹贊，疑其宜州腕力潛微時作，不然，何以綽約柔緩也如此。

跋查菴懷淨土疇倡集并馮給事歸去來詞

般舟三昧【三二】，心法也。生人固有之善，一為習所移，則貪殘其俗，險很其聚，磨蟻旋復，莫究端緒。習真濟勝，責獲稱習，出乎爾，反乎尔也。善苟不移也，瑶砌幢刹，瓊沼泜岸，胎菡萏，聽樹林，即塵蜕塵，心想純熟，生死由是，楞嚴所謂心存聖竟，時復冥現。先覺曲示方略，授繫念之要於上上種性，雖殃積禍稔，垂訣之際，苦相在目，教以十念，惡習立轉。夫習與正人居之不能毋正，猶生長於齊，不能不齊言也。習與不正人居之不能毋不正，猶生長於楚，不能不楚言也。賈生之言得之矣。正不正在習，而九花五濁，遂風馬牛不相及。

跋平江寧上人孔子廟堂碑

書學廢，識書者益尠，韓愈稱：「羲之俗書，吾所以望後世者益狹。」虞書孔子廟堂碑，唐人駸駸晉人者，南北壞斷，雁跡實繁。此本盖亦未易得。嘗自其殘缺處而求其全，沈潛往復而遺其全，然後殘缺之大全，了了在目，雖有智巧，不得而形容於語言之間也。

跋青羅山翁示子帖

右數語，所以開示子孫者至矣。思其所示而求諸，將見子充然家有哲匠，而驟於外，吾恐家雞野鶩之誚，復見於此。熏曰：「吾祖死矣。」則謂之曰：「亦思其所示乎？」曰：「思之。」則又謂之曰：「爾祖未始死。」

跋鄭宗聖博古考義

用器求古，器有真贋，古人意安在？然則古意終不可求歟？古之盤盂几杖有銘，循銘辨器，觸類求之，贋與真了了吾目中。譬水飲者，不俟傍睨，知冷暖之節。鄭宗聖東髮好古，資盡於器，搜經史，探傳記，旁羅曲采於圖書欵識【三三】，又質之於博雅前輩，悠然得之於心，作博古考義數十卷。一名一物，皆有本據，沉潛反覆，老而益勇，盛世苦心之士，絶無而僅有。所謂吕榮之辨，以吕氏榮昌為發，宜重加詳而我告。

跋清真亮老所得勾獻可孟藏春詩

蓄奇玩，衲子所深戒，懼喪志也。然寓意不留，意何傷乎？亮清真得小米雲樹半幅，桃原太守勾獻可久假而不歸，留詩以為謝，江東部使者孟藏春次韻補其虚橐。舍畫而得詩，與耆畫何異哉。雖然，殆不足與暢法師白玉麈尾同日語。

題皎如晦行書後山五詩

皎如晦寫陳後山送竇講主，云「暫息三枝論」，恐「枝」字不當從木。支，姓也，天下博知莫如三支：謙、亮、識也。從木有據乎？抑筆誤耶？下云「重參二老禪」，指趙州、臨濟也【二三】。「二老曹人寶」，亦曹人公在曹歸徐時也。皎作「二祖」非是，蓋初祖至六祖自有名。「三支」對「二老」宬切。半山老人每以方語對方語，梵語對梵語，後山用是道也。

題惠崇柳塘春水

鴛鴦容與於老柳煖煙春漲中，便覺瀟水湘波，回塘曲渚，欸乃一聲，悠然到耳，而忘其為畫也。

跋東坡海外三帖

一帖喜五仙雲構落成，一帖市雲母煮膏，見公衛生有經。謂其求長生【二四】，恐不見後一帖。樓攻媿跋此帖云坡彭祖廟詩云：「空餐雲母連山盡，不見蟠桃着子時」，今有十斤之需何耶？

書璧書記詩卷

余未識永嘉璧，交游中多有詩贈之。乙酉春仲，璧自吴門過余於西湖南宕客舍。是日新晴破陰，欲與孤山泉石相勞苦，携璧與數友步兩堤，掃天樂趙紫芝梅棘於湖陰，拂竹岩錢德載舊題於江湖偉觀。唤舡絶湖，尋寒泉趙叔迮。暝歸，賦唐律貽璧，囑其藏。諸勿輩名勝珠玉【三五】，使我覺形穢。

跋諸尊宿帖

翰墨不足論諸老，然皆可觀。若曇與訥固擅書名，佛智老禪又自得筆外意，韓子蒼評大慧書如古錦囊。師子非老於研墨者，未易語此。

跋陸放翁帖

鏡湖一曲，皆翁吟嘯提封，翁所自有，非若賀秘監請而有也。遂與山僧巷友争漁樵席，翰墨淋漓，人争得之，是三帖遂為勤上人所藏。

跋圓悟真跡

元惠悟宜人語，在建炎初元仲夏，老子間關江淮煙塵時也。一言一語，務開晦昧，正人心，揭正眼，曾無繩毫自為安適計。盖佛祖在人間世別無它事，惟此事耳。自此歸雲居，尋歸少城，婆娑大隱。得人雖不若全盛時，潛符密契，若惠悟者，未易一二數。攬此舊墨，使人拳拳。

跋圓悟書

圓悟老人自雲居還蜀，瑄無玷侍香，覺華嚴掌記，元徹菴首衆，于以見三朝人天龍象，駈駕豪雋，而與鄉人處，曲折詳盡如此。一再讀之，恍然鄉黨篇中見孔子。

老融散聖畫軸

自普化金華至蜆子凡十輩，意緒情態皆不失傳記所載，非高懷逸想，經營盤礴，不見筆墨畦畛，若老融自成一家者，未易模寫。曩留四明寂久，間得之，好事者輒取去，今僅存觳觫一帋。議者以其微茫淡墨不足以永久，遂目之曰罔兩畫。行輩中壽此山一時名德，作詩尚奇澁，時號梵語詩。良金華玉，市有定價，浮俗不知也。因書融卷後，解嘲壽云。

跋禪會圖

經史無禪字，往往時君世主樂從方外人訪此字義，則必據問為説，問其字輒不識，其故何也？字，蹟也；義，宜也。遺蹟而宜義洞然，心初未畫之文爛爛經史中，絲髮不隱，使自見之，聖益聖，賢益賢，執而泥，抑將瘳焉。善畫者狀意以顯義，自唐肅宣文、後唐少主、潮朗刺史、老龐翁嫗兒女，難疑答問之情態意緒了了在目。終之以靈照昆弟坐亡立蜕，或謂了此義者，止於坐亡立蜕也耶！夏蟲不可語於冰，夫是之謂。

跋杜濠州詩藁

權風煙，柄月露，判薰蕕，一喧寂，彈壓今古，駈駕萬象。寓思於嵌谷邃竇、邊雲墟霧，巖扃鐍而司其籥。騰踏震耀，詘信變故，觸物遇事，挈騷、雅之矩而為之發，鏘乎玲然於天地間，八音相表裏。良金華玉，豈龍断廛滓市人能定其賈？世興伯仲以文章鳴，文固不相下，詩則清深秀整，不為斬絶刻削，澄渟涵蓄，馳騍作者閫奥，人謂白眉寂良。間関戎馬間，悲歌慷慨，一昌於吟，嶄然行輩中，落落不諧俗。瞳瞳雲錦，莫知其幾，一班仄管，庸盡全豹，徒識相遇之歲月於其後，命之曰讀世興杜子忻吟草。

跋譚浚明所藏山谷岩下放言真蹟

放言放於規矩準繩之外而不失規矩準繩【三六】，然字亦放，若孔子從心時不踰矩矣。往往不識此等氣象，故有軟語之譏。公自黔涪起廢，舟泊灩澦，鄰檣二客乘月吟嘯，曰：「今代無詩人，魯直軟語定不能寫此奇偉之觀，盍聯句賦此？」其一曰「千古城西灩澦堆」，其次曰「上陵下浸碧崔嵬」。酒數行，悲嘶不已，而苦澁不續。公朗吟云：「曉濤激噴萬丈雪，夜浪急回千里雷。」二客詰姓字，公曰：「軟語魯直。」客媿謝移櫂。右五篇字字有法度，為公非家藏，今為譚浚明所珍。寶慶二年清明，北磵盥鳳泉展玩於介亭之陰。

跋誠齋為譚氏作一經堂記名去疾，字更生，一字浚明。

致力於工，成於工師者，庸工也，必得之於規矩之外；致力於書，成於經師者，族儒也【二七】，必得之於文字之表。工則良工，儒則名儒。譚氏世儒名門，艮齋謝公書其一經堂，云為家之甘棠，自是名談。誠齋楊公則曰，不家於藏而身於藏，則幾矣。余舊賦張氏萬卷堂詩，略云：「萬卷堂中浩如海，胸次洞然無芥蔕。曈曨初日上闌干，坦腹便便日中曬。」敢妄意誠齋同哉，盖其與人同者如此。

跋卍菴法語

右三百餘字，孰非昴故中千百年死語【二八】，死語活弄，十倍精明，信不與當時將死雀就地彈者相碌碌，况今碌碌者耶？時為之語曰：「妙喜長書，佛眼普說，卍菴法語，天下三絶。」

跋後谿敬堂詩卷

後溪不學般若，任運與修多羅合，其用敬堂韻贈照，有「金篦刮膜」之語，又云少陵令人回向心地初耳。北礀遺老書其後云：「後溪不可推過。」

四明至淳上座寫華嚴經施開元寺跋

根本部略則四種，廣則無盡，無盡中復無邊，乃至不可説，轉回入四種。行布圓融，各安本位，各離本處。不同不殊，無壞無雜，不動本際，平等無礙。八十一卷，一嗅無遺，百一十城，不移寸步，逐字寫過，未嘗動筆。尊者童子，至淳上人，是則名為三無差别。

書坦禪師塔石

育王塔廟作於晉，革律於我宋，再傳而禪林始具体，而微公來而大備，宏略兼善，不遺秋毫。尤究心老病孤弱，豐功懋德與此山俱傳。既息幻影，瘞于鄮之西麓，歲清明日羞蘋藻作供。於戲！塔不逾尋，老屋打頭，風松笙鏞，雲蘿屠酥，泉清石潔，流芳不歇。退居違古，壽藏欺世，妄庸成俗，各自為計。一朝寢疾，凡所以給侍奔走，已若不相識，目未瞑，橐分罔均，攫拏起争端，臭腐與狐兔俱。故吾申之，為不自量者戒。公之名章傑句在方册，盖出上方岳之門，而内交於雪竇顯，尤謦拔可紀者，半山老人詩在焉。

書尼刺

比丘，釋子通稱也；尼，别男女也。七佛前無尼，創於耶輸陁羅，得度於釋迦妙總，文。法華稱耶輸陀羅比丘尼，傳燈載尼惣持、末山尼了然，妙喜書中有尼無着、妙總，皆尼之傑者。了比丘事，比丘所甚難，尼尤難也。佛祖寖古，贋浮屠為亂階，嫵態媚辭以欽師，所謂出家乃大丈夫事，非將相之所爲，使尼均稱比丘，昧者靡然從之。名稱不正，胡往而非不正？祖云「男女有別，草木無傷」，孔子曰「必也正名乎」。正名，天下之大分也；別男女，天下之大倫也。於戲！三學寂寥，律部尤甚，波羅提木叉遂成具文【三九】，而波逸提、突吉羅未易議。然則奈何？曰：「請以梵壇治之，冀其自化。終不反也，然後請命於波羅提木叉，而從事於波逸提突吉羅。不然，何以制外道梵志、尼揵子等之所譏議云？

跋歐陽率更九成宮醴泉銘

貞觀初，歐、虞、褚、薛以王佐才弄翰，追配二王，謹嚴瘦勁。歐陽絶出，流落天壤間者何限，獨化度寺記、醴泉銘宜為珍玩，習之者往往失其韻致，但貴端莊如木偶，死於活處，鮮不為吏牘之歸。贋刻誤人，人亦罕識真，忽見此本，殆未易得，反復數日，書以歸之。

跋涪州圓上人母氏遺書

哀哀母，蒼蒼天。子失母，渡失舡。有生不歸，有蒲可編。咨尔涪州圓，二者宜擇焉。二者一得一亦捐，千古萬古凜在前。不獨見母求母憐，祖塔深鎖空山煙。塔中四辯蜚濤瀾，與萬象説常熾然。

跋趙正字士䅣帖

「山谷貶宜州，全臺攻蘇黄門，元祐籍中子弟在官者黜數百人」，正字趙士䅣報參寥書中語。噫，前輩論小人以國予人，必空國無君子，非鈎黨不可。陵遲至靖康，縣官蒙塵。國家再造，往往姦血尚澤遺類。抑君子之殄小人，其難也如此！

跋秀紫芝帖

參寥諸孫尹公嘗從秀紫芝游，秀掌吾大慧祖記，婁與橫浦諸名流談，往往墮其煙霧中。異時張魏公駐師利、閬，用其雜耕渭上之策緩諸道餉饋，有用之才也。答尹帖中語，皆非參寥、覺範所能道。偶見之於啓上人，喜為之書。

跋常熟長錢竹岩詩集

竹岩爛翁錢悳載問余曰：「子於詩，以前輩誰為準的？」余曰：「以自己為準的。」竹岩笑曰：「子何言之誕也！」余曰：「事與境觸，情與物感，發之於言，惟志之所之，不至學孫吴，顧方略何如耳。」竹岩曰：「矧若子之言，陶、謝其猶病諸。雖然，陶、謝亦人耳。少陵號稱詩史，又曰集大成，老坡比之太史遷，學崑体者目之村夫子。或又謂文章至李義山特一厄，學郊、島則工於一二新巧字，謂之字面，已見笑於商周庸人小夫。余用力陶、謝，博約少陵，十數年所得於風濤塵土中，古律相半。盍為我觀之，欲觀子者好與我何如。」時括蒼太守安信諸孫希明欲刊諸郡齋，於是擇其警拔者得三之二，合二百五十餘，名曰竹巖拾藁。嘉定紀元重陽後五日，北磵某書於丹丘般若精舍。

跋錢彭叟吟僊傳

天地間奇詭莫若吟，吟果何事哉？蕃抝約豐，課有責空。蒐攬情狀，挑剔萬象。學詩學僊，功成蜕蟬。紛紛後生競浮靡，文淺率，欲謝晻黮、乘滉瀁而友倏忽，闖吾彭叟傳載，弗望洋向若，吾不信也。因作而言曰：聲成文，文成音，逸響兮沉沉，悠悠我心。

跋汪龍溪彥章殖齋記周知丞宗聖祖

吾取諸老跋周氏殖齋記一語，云殖之時義大矣哉。惜哉！龍溪寓以耕也，遂以其子聯翩擢第，為殖之効。回也好學，其志恐不及此，此漢儒所謂經明則取青紫如拾地芥。安得殆庶作於九原，與之論夫學。壬辰閏月二十夜漏下數十刻，北磵某書於殖齋諸孫季舒景魏甫家。

跋孫晉陵帖

晉陵無恙時，索詩索字，應接不暇，不獨展獨笑一限。「展獨笑一限」，帖中語也。六一翁送詩與梅都官和【三〇】，家人云「好時好節送詩去擾人」，是不知太守之樂其樂也。

跋蓮社圖

此圖之作，始於龍眠李伯時。余則喟然而作曰：「理亂不関懷，利害不入耳，迭評遞品為佳士，不捄覆亡身隨戮，辱不為也，非不能也。遂使此一十八人放於康山之陽【三二】，鑿池種藕，授詩譚易，為般舟之學，身土俱厭，冀西向之歸。吁，茲何時哉！」

書元次山惡圓惡曲後

阿、即墨皆齊邑。阿譽日以聞，王使人視之，其政厖亨。阿大夫及其左右所嘗售譽於阿而致譽於王者，圓轉曲從，既阿以及其身。即墨政美而無譽，王使人視之，乃受賞。圓，詭隨也；曲亦尒。詩曰「無縱詭隨」，方正者所惡，如惡惡臭。元子作惡圓，又惡曲，曲與圓一耳，何兩哉？未有能圓轉不能曲從而能小人也。惡圓曰：「寧方為皁，不圓為卿；寧方為污辱，不圓為顯榮。」吾以望夷之事訂之，然後知秦空國無方正之君子，有則寧方為鹿，不圓為馬，寧方為死，不圓為賊。賊臣雖暴猛，豈不折堂堂弑逆之膽而自喪其魄哉！姦邪凶惡其國乎！於戲，不有君子，其能國乎！

書劉蜕文塚銘後

天下文明，涸為華川，萎為春妍。時危則鄭衛日淫，風雅日瘠，蓋聲音文物為禮樂之容，禮樂興衰関時政，觀風者不敢忽。劉蜕文塚銘，巋然於梓之兆率寺，距吾廬不數舍，觀者莫不慨其所為，嘉其志一而氣老，逶迤多態，言盡而意有餘。十五年得二千一百八十幅，當時不加采用，至今四百餘載，遂為人代之羞。貞元、元和間詞人咳唾珠玉，若蜕之英体逸調，世果盡知與不也耶？其自序曰：「然自振無力，終知者甚稀，豈非不獲人助乎？穀梁子曰『心志既通而名譽不聞，友之過也』，何必聚而封之？」由此觀之，則其中礨魁不平，待天下後世有餘憤，安知來者遂無類己者出，發而明之？噫，三都未成，人已欲覆瓿；法言未振，俟後世子雲。不知不慍，君子之事也，豈未聞君子之道乎？或曰魯壁、汲塚，龜從、筮貞，不華厥躬，或華于人。探吾破囊，襲古芳塵，將用晦而大明，闕何病於幽扃！

書米老書高麗稱孔子佛

余為佛者，有為黄老者出此索余著語，於是徧閲題跋，皆中朝富貴。人莫不知尊其師，而以佛為諱，見於行事則往往相戾。吾欲尊吾師，吾師弗俟吾尊而尊也。曩尸宣之彰教，造法堂上梁，其略云：「人其人，廬其廬，矧愈之强為辨也；尔為尔，我為我，於惠也初何傷焉？」兹於斯亦作是説。

題瀟湘八景

少時誦寂音尊者瀟湘八景詩，詩雖未必盡八景佳處，然可想而知其似也。忽展横幅於飛來濃翠間，詠少陵所謂「湖南清絶地」，便覺精爽飛越。

題廬山圖

曾見廬山，是謂不負眼。識其面目，弗俟步屧煙霏，臨眺寒翠。出奇品評，取巧圖寫，舍是未必不若毛延壽之於歸州女兒。偶閱此卷，殆庶乎萬一。

跋瑱師所作飲中八仙圖

飲中趣，詩人歌之；詩中畫，畫者臨之，可以止矣。題跋者方争妍取，角其力於八仙酣適之地，若非眈其所耆，若路逢麯車，則必欲坐詩窮於作歌者之間閔浣花、瀼西，突不黔而後已。北磵不敏，請避三舍。

跋方别駕味道記黄叔向檥舟

檥舟，有待也。記之者能道其意中事，從而發其藴者稱是。半淮吹腥，豐豕嘯類，餘波末流，無所不至，纔可以解矣。運一耳目，均諸同舟【三二】，風怒雲黑，水立晝暝，不約而同，若左右手，飛廉海若，無用夫勇，則於吴起掉舌，魏文恃險，果虚語哉！

跋西嶽降靈圖

降靈筆墨自龍眠，此圖之工緻，開卷即知爲龍眠老手。布置人物，雜以鬼怪，洎妙麗乘跨，皆不失幼長貴賤之序，進退向背之宜。雲中卷舒出没非全完，而全完出人意外。至於毫芒瑣屑，出策勝，疑其爲老劉，或其徒劉朝圭所能。盖嘗見諸白玉樓畫於臨川陸伯敬。伯敬，象山之子，自言得之於荆門，而毫芒瑣屑，出奇策勝，與此無有二，可珍也已。紙絹之壽，千年半千不足計，不幸落浮俗富貴家，藏以十襲，肆羽魚宅於中，與塵壒俱盡，豈若遇名流時一鑒賞之爲愈？譬夫朝聞夕死，豈不佳於十襲一千半千載，壽於羽魚宅哉！

書泉南珍書記行卷

學陶、謝不及則失之放，學李、杜不及則失之巧，學晚唐不及則失之俗。泉南珍藏叟學晚唐，吾未見其失，亦未見其止，駸駸不已，庸不與姚、賈方軌！「薄靄遮西日，歸雕帶北雲」，題金山也。永嘉詩人劉荆山抵掌而作曰「應是我輩語。」暇日裴回孤山南北宕，吊天樂墓田，憩參寥泉，論鍊意與鍊句、鍊字之别。噫，適然得之者，意何鍊爲？書曰：「爾有嘉謀嘉猷，則入告爾后于内，爾乃順之於外，曰斯謀斯猷，惟我后之德。」凡二十九言。詩則曰：「訏謨定命，遠猷辰告。」八言盡厥旨。詩之嚴句與字，均若渾鋼百煉。書以遺珍，識是日慱約。

書鏡潭照藏主水墨草蟲

鏡潭照草蟲水墨出奇，便覺蘭陵畫手，風斯在下。當如伯樂相馬，取其神駿，遺其牝牡玄黄。

題水墨狸奴

鼠不仁，執之尤不仁。寫生者增其獰，益重吾之好生。

題龍眠控馬圖

銕腕趣，銕蹄蹄，行如雲，立如玉。誰寫神駿，一空冀北。矧乃御者，非賤工也。

跋甜畫

寫生最難，形容其難更難。題跋亦難，不問工拙又難，順情胡寫又更難，胡寫了欲人不笑倍復於前數難，思其所以難而却其請，而求免見訝，難矣哉！

跋樓雲卧詩【三三】

晚唐之作，武盡美矣。李、杜、韓、柳，際天濤瀾，注於五字、七字，不滲涓滴，鏗鍧畏佳，盡掩衆作。或曰晚唐日新，唐風日不競，莫不譁而咻之。淳熙初，四明張武子續遺響，數十年間相應酬者，較蔫麗，眂昔無愧。今出新篇逾百，客窗夜檠，昏花爲之落蒂，清警特殊絶，其尤者吾不得而形容。退之招楊之罘云：「之罘南山來，文字得我驚。」今得新篇，不覺毛髮噤瘁。

跋朴翁詩 葛天民

朴翁詩偈一十五，詩帶莊、騷，偈蛻玄妙。非無玄妙也，如古畫工，投膠於丹碧，求痕於膠空雲鳥蹟，雖離婁子莫得其眹。緇時一，斂髻後十四。緇時非不佳，終不若斂髻後衡從恣横，弗可加以準繩而不失準繩，信手方圓，毛髮無遺。恨好事者徒得其蹟於平時，其蘭亭真蹟獨吾與烏有生相眂而笑。於其泊然之頃，當與知者道。

跋陸放翁帖

予束髮就外傅時，先生長者言蜀帥范石湖、陸放翁賓主筆墨勍敵，片言隻字，人皆珍惜。壯而游吳、越，始克識之。因其與吾蜀别峯、橘洲諸大老臭味之偶，故婁聞謦欬。帖中所謂正法、龍華，皆别峯在蜀開法處，與翁蹣跚勃窣、抵掌嘯詠之地。若季長、知幾，亦蜀之大名勝。翁於數公尤壽考，晚年使子孫選陶、謝警策語於雪壁，拄邛州九節竹，東西而觀之。拳拳於蜀，雖竹策不相舍，貴其有節而重蜀産，若與帖中諸老游焉。

跋陶山帖

陶山謂荆公素不好習書，不欲踏人脚蹟。不特書爾，至於問學，不喜觀左丘明，肯踏他人蹟哉？得時行道，凡所建明，衆所不與，此其特立獨行者如此。右一帖筆勢掀舉而穩重，雖不習書，吾必謂之習矣。陶山、東萊書其後，吾欲分其一，又恐天下奇物不可離其偶，屬恢護持以傳世，後見我必出此作供。

跋甘露滅記韓徐語

了翁不喜寂音尊者，稱甘露滅，自是叢林以字稱。妙喜聞後生稱覺範，輒斥之曰：「甘露滅乃真淨嫡嗣，奈何以字稱？」了翁、妙喜豈相反者耶！送僧序懲尸素而傲睨高躅，針衲子之膏肓；記韓徐語示古宿之緒餘，所謂雪後見西湖諸峯，則不勝踈爽。今於西湖踈爽中書其後，望爐餘雪後諸峯，不啻於寂音勤止之思。

跋四明何道友寫華嚴

五十三人一縷穿，小兒雖小膽如天。百城煙水無重數，買得歸來不費錢。或曰：「書經佛子何道友請跋手書華嚴，乃贊南詢童子，何哉？」則謂之曰：八十一卷，菩薩說十之七八；教主輒出光明以表示之，非無說也。至於雲興瓶注，問答繁作，一生事畢，童子一人而已。塵中消息，屬之誰與？乃知教主放光，菩薩問答，童子南詢，三無差別。佛子書之，不加一點，北礀饒舌，不入衆數。

跋荆溪教藏記

然尊者生荆溪，鼓吹佛壠之道，譬如爲山，始一簣而九仞，後世登絶頂，小天下。

自四明、天竺、孤山、淨覺後，欲覿其趾，或躋其麓，亦未嘗乏，求如淨覺、孤山，未之見。往往讀四教儀未徹，而行舛字訛；未見山家一斑，輒交口指爲山外宗。噫，安得兩公復起，與之論山家、山外之所同異！

跋證覺長懺觀堂舍田檀越名氏碑

輟遺子孫之田作長懺觀堂，菩薩行人加行之資粮，培植祖宗冥福於既往，與買書教子，掃榻延師，同出一轍。非知夫賢而多財則損其志，愚而多財則益其過，隳祖宗之業者，何以及此？其名氏謹刻諸石，俾後之飯于斯、粥于斯、觀行圓滿於斯者知所自。

校勘記：

【一】宋本、傅本皆闕前四篇跋陸永仲題江貫道寒林圖、跋穎德秀書文賦後、跋穎大師書韓愈師說、跋智廣字。陸本天頭記：「自外物至書楊慈帖湖帖十三條舊列卷六釋言後，鈔者誤入此卷，目錄不誤。」

【二】或謂前輩貶米南宫字如仲由未見孔子時吾未見其貶也秦　宋本此處文字殘缺，此二十四字皆脱，傳本同闕。

【三】參寥謹嚴而踈蕩稱其爲人無爲子　宋本此處文字殘缺，「寥謹」、「人無」四字脱。傳本同闕四字，傳本於闕字處直接接續下文。

【四】自相抵捂　宋本此處文字殘缺，「相」字脱，傳本同闕。

【五】六經之尊如天　宋本此處文字殘缺，「六經」二字脱，傳本同闕。

【六】陽坡居士用力於此　宋本此處文字殘缺，「陽坡」二字脱，傳本同闕。

【七】及其登卍菴之門如漚滅全潮而同乎渺瀰　宋本此處文字殘缺，「卍菴」、「全潮」四字脱，傳本同闕。

【八】有子爲不死也　宋本此處文字殘缺，「不」字脱，傳本同闕。

【九】數十年間　宋本此處文字殘缺，「間」字脱，傳本同闕。

【一〇】不動聲氣物來斯應新生之特不受控勒　宋本此處文字殘缺，「不」、「新生」三字脱，傳本同闕。

【一一】四明倘未死　宋本此處文字殘缺，「四明倘」三字脱，傳本同闕。

【一二】東坡謂莊子盜跖等篇真若詆孔子　宋本此處文字殘缺，「子」、「詆孔子」四字脱，傳本闕。

【一三】綿綿新學　宋本此處文字殘缺，「綿新」二字脱，傳本同闕。

【一四】殘圭斷壁　傳本「圭」作「生」。

【一五】公胷胸中多書若十數世豪貴家畜藏珍　宋本此處文字殘缺，「書若」二字脫，傳本同闕。

【一六】公胸中多書　傳本作「公胸中之書」。

【一七】善人報効何啻哉　「效」庫本作「施」。

【一八】佛祖機緣言句之切於日用者　宋本此處文字殘缺，「於日」二字脫，傳本同闕。

【一九】負吾後谿　宋本此處文字殘缺，「負」字脫，傳本同闕。

【二〇】龍門佛眼侍者天竺覺元上人血指細書華嚴八十一卷爲八卷　宋本此處文字殘缺，「元」字脫，傳本同闕。

【二一】般舟三昧　宋本此處文字殘缺，「般若」二字脫，傳本同闕。

【二二】旁羅曲采於圖書欵識　「識」庫本作「式」。

【二三】指趙州臨濟也　宋本此處文字殘缺，「州」字脫，傳本同闕。

【二四】謂其求長生　宋本此處文字殘缺，「求」字模糊，傳本作「不」。

【二五】諸勿輩名勝珠玉　「勿」庫本作「公」。

【二六】放言放於規矩準繩之外而不失規矩準繩　庫本作「放言於規矩準繩之外而不失規矩準繩」。

【二七】族儒也　「族」上本、庫本作「俗」。

【二八】孰非帋故中千百年死語　「帋故」庫本作「故紙」。

【二九】波羅提木叉遂成具文　「波羅提木叉」原作「波羅提木乂」，据毗婆尸佛經、中阿含改。

【三〇】六一翁送詩與梅都官和　宋本此處文字殘缺，「六」字脱，傅本同闕。

【三一】遂使此一十八人放於康山之陽　「康山」庫本作「匡山」。

【三二】宋本、傅本自跋方别駕味道記黄叔向檥舟「諸同舟」至題龍眠控馬圖篇皆闕。

【三三】跋樓雲卧詩　庫本作「跋卧雲樓詩」。

北磵文集卷第八

四月初八疏

優曇一花，五濁離垢；景緯孤朗，八紘無雲。藐粟散王，受命之符，恢覺皇子，聯芳之應。駕紫金畢逋之馭，夢兆殊常；滿白玉蟾蜍之輪，相無不足。萛颭風於八葉，龍翻水於九淵。祥應初分，潔表新沐。負克長克君之岐嶷，豈載生載育之劬勞。嗟珎御之梏身，弃金輪於脱屣。逆旅絳闕，故家雪山。揚鞭逾城，拔劔斬髮。苦形四相，雲泥堅密之身；樂止一生，枘鑿妙嚴之福。閱六年於彈指，集萬善而匪躬。方掉鞅於三空，遂捐軀於半偈。非真精進，即大闡提。與其徐行後長者於慈氏，如來逮如實際；曷若善價而沽諸於城東，老姥忒老婆心。叵測叵量，是則是傚。伏願悤末運迷津者衆，以盡為期；俾未來補處之尊，仰成而已。

臈月初八日疏

六年而成，所成者何事；一日復出，既出而無名。以星明處爲疑，則河清時妄冀。玉樓春透，金繅玄通。謂有得耶，弗授然燈之記；以無爲也，迥超彌勒之先。初喻日出則高山先明，終知根殊則覆盆迷照。不齊物之情也，行健天何言哉。惟利鈍之參差，故偏圓之別異。刹説熾然説，無説無聞；大空勝義空，不空不有。話頭瞥轉，衆目斯張。拈花則微笑隨之，乞乳則深譏至矣。設吾權變適宜之巧，順逆兼資；徇爾顛倒所欲之私，衡從相濟。半字滿字，别傳正傳，莫非塵沙法門，具有智惠德相。泉蒙始達，既三轉於法輪；雷迅不驚，遂一開於蟄户。深心奉塵刹，諸佛如虚空。誓在捐軀，式資援手。伏願祇夜瀾翻珠璧，倘可忘筌；渾儀光轉璇璣，式慙尋劍。

二月十五日佛涅槃疏

傳燈無白日，開長不夜之光明；分瞑作黄昏，見本不常之代謝。與其法固應尔，曷若身先徇之。故於花笑鶯啼，示以鐘殘漏盡。輪希再轉，曾聞吾轉輪耶；道記當成，既見子行道矣。重摩萬字，雙舉輻文。審諦觀於垂盡之時，印後至於忘言之頃。紫金岌岌，一丈六尺煙滅灰飛；明月瞳瞳，八斛四斗珠回玉轉。登地以前則嬰兒失乳，預流以往則逋客迷家。含識以還，不言而喻。踞涅槃岸，既云始從鹿苑，終至跋提河；於法華經，又曰常在鷲峯，及餘諸住處。擬之則失，證而乃知。尚堪薦供，效野人之芹；譬夫存羊，告宗廟之朔。噬臍可媿，揆禮為宜。本師釋迦如來，伏願愍信相思壽量之弗遐，室中宣演；眷優填幻栴檀之惟肖，天上來歸。等越僧祇，長如佛世。

天台忌辰疏

古塔開扉，半座平分風月；靈山在目，三周俱付筌蹄。摧我慢自高之幢，示吾今親證之地。陳隋應運，鑾貊同文。小根小莖，毋望洋向若而嘆；大枝大葉，皆拔茹連茹而征。衆丘繞司命，遜其高寒；諸子駕安車，鞭其觳觫。生民以來未有，愈高太山北斗之具瞻；此舟過後更無，益重浮木盲龜之難值。玄珠休景，智鑑沉光。攬穌酥酪之既成，收卷波瀾而遐舉。象武方絶塵於無何有，鄭聲將亂雅於侏離淫。允賴正音，洗空邪説。謬記刻舟之蹟，輒營諱日之齋。擷芳於沼址之毛，式資明信；展敬於涓埃之效，允答洪休。法空寶覺智者大禪師，伏願有伴即來，招手勿忘於金地；如月初上，分身豈間於潢流。再振玄猷，庶昌厥後。

遠法師忌辰疏

無處繫心，憶江蓮之白羽；買鄰有地，滄籬菊之黄金。豹闕心鏡之九流，蠡酌影堂之六事。大書特書屢書，書之不盡，盡則重書；惟止能止衆止，止則旁流，流而莫止。十七人下風北面，八百年白雪陽春。易明未畫，則直指三聖之同；詩授既删，則曲盡四家之異。示共學則懿揚雄，百川學海；論不敬則符孟軻，莫我敬王。山北山南，野花啼鳥；佛前佛後，慧日慈雲。用則行，舍則藏，波羅提開遮自若；瞻在前，忽在後，芬陁利孕育芳鮮。肯投明月於潢洿，必反斷抗於清泰。爰憑海木，式薦谿蘋。白蓮社主、正覺、辯覺、圓悟大法師、廬山尊者，伏願一刹一塵，即五老舊遊之風月；難兄難弟，揭兩雄分座之儀刑。車不司南，品希直上。

承天造水陸堂榜

小峨眉普賢住止，界開白銀；大精舍慧感護持，功盖緇籍。種德有地，設冥無堂。豈因仍而不為，亦講明之未至。要見聖凡融會，必先輪奐莊嚴。袈裟裹草鞋，道者非修造手；須弥納芥子，使君結殊勝緣。庶補缺文，以嘉成績。惟心淨土，筌蹄九類之苦源；焦面蓬頭，條帽萬間之蔭樾。

泗州生日疏

既是泗州，却在揚州出現；苟非列聖，盍為散聖之歸！蟾規圓印千江，羊角清號萬竅。香花吳蜀，自其小者觀之；雨露塵沙，是謂大成者也。孰不曰萬靈之本，豈止於一國之師。默贊盛明，顯揚湛寂。横空三百尺，障龜山既倒之瀾；踞地十三成，藐鷲嶺平分之榻。矧兹三輔，稱此獨尊，冰雪炎熇，稻粱飢饉。疇大恩於誕慶，同詠春沂；裒小善於微茫，復祈秋稼。

普照水陸閣成設冥一月榜

於一毫端，出現莊嚴藏樓閣；超三際外，豁開險惡道津梁。金山風月平分，谷水門庭肇造。半空横亘，美輪美奂之洋洋；萬目聳觀，如岡如陵之岌岌。恩兼二利，法運四檀。後天先祝於大年，凈供敢忘於幾月？機雲故宅，鼓鐘禮樂如平時；華梵舊章，裘褐稻粱於長夜。

當湖建觀音殿念佛道場榜

白衣幻月輪之相，在佛左邊；黄金開車軸之花，題名萼上。盡是舁經所説，又於方册重書。欲分海岸風煙，來壯湖山棟宇。化千二百五十之衆，施亦如之；想十二萬九千之餘，見而後已。擬超濁劫，合辦西資。應以此身，現此身而説法；示諸淨土，於淨土以求生。看飛檐橫不度之雲，對懸皷狀欲殘之日。自憶而念，同上九蓮臺；從聞而思，共入三摩地。

鹽官慧力寺幹期懺堂榜唐張巡、許遠，宋張九成，皆鹽官人。

過迷真懺，處堂亦奚以為；中悟假名，在我固如是已。矧一身之易集，嗟四衆之難盟。須風雨大厦之帡幪，作釋梵隨身之觀闞。人天交接，事法融通。長短期安用他圖，前後佛皆從此出。波翻五欲滔滔，誰障狂瀾；塵淨寸田蕟蕟，自滋芳稼。鈞天密迩，金地淒涼。盍補缺文，庶幾具体。忠肝義膽，格雙廟之虎臣；誠意正心，符百年之龍首。

慶寧鐘樓榜

平地一聲，欲震驚於天表；重簷百尺，方經畫於胸中。冀先柱石之求，副以棟梁之用。未任獨力，盍扣四檀。陳簨簴於重楹，着教穩審；萝檀蘿於五曉，喚起懵騰。周匝闌干，吐吞雲月。部勒山川氣象，足成刹土莊嚴。鐘到客舡，半夜何妨得句；潮生浦口，遠明尤快觀瀾。壽與樓高，慶隨基壯。

廣照建藏殿榜

百萬買鄰，依祠山之正直；十三聳級，對瑶叔之稜層【一】。横陳湖山這邊，政在煙雨佳處。皮經之藏，琅函玉笈俱收；旋軸之樞，福海壽山齊運。諸緣易就，此殿難成。大力量，大富貴，拈起話頭；阿練若，阿闍黎，敢忘恩紀？神龍湧出，行看八面玲瓏；賀燕歸來，坐待一門超越。

高麗造華嚴觀堂榜

鼎分三觀，静於幻寂居先；根具三期【二】，長視下中為次。是謂真懺悔處，孰非諸勝善人。盡大千刹土之提封，着百億弥盧之日月。期須有制，觀可無堂？敢忘經始之勤，終冀落成之喜。簷匐栴檀，曉露側布黃金；桃花流水，春風兮開翠玉。鏡燈十界，車軸九蓮。姓名題在花鬚，福報收歸果位。

道場建千僧行道閣榜

幽谷徹青霄雲雨，沈沈大厦；清池照瑶席鴛鴦，翼翼層簷。四垂横檻危闌，兩以行空複道。象龍蹴踏，燕雀棲遲。老玉堂仙愛此山看不足，昔金園客謝諸侯弗為高。是真六和合身心，盍住千莊嚴樓閣。泉甘一勺，澹尋君子之交；德懋寸田，願廣善人之施。

寳梵崇壽建閣榜

院是京師舊制，内侍相攸；額懸武肅新題，宗藩請命。欲建妙莊嚴閣，以容上尊勝王。啓翼闤複道之煙霏，拓尺土寸金之田地。童子歛念，睡夢覺蓮花開；頭陁擎拳，所作辨梵行立。自片瓦根椽之始，承千秋萬歲之終。轂走香塵，通八荒之壽域；檐栖翠霧，渺一亘之仁天。既託帲幪，敢忘報效？

育王請雲退谷湯榜

直前横床，示尊事名勝之禮；午後需蜜，忍死檢毗尼之文。起泉石之膏肓，同芝蘭之臭味。恭惟某品黑石蜜，中邊皆甜，祖花木瓜，根性特異。一點都無菜氣，百花具有天香。苦為誰甜，甘分衆妙。小酬沆瀣，是中惟一味醍醐；略講叢林，於斯見三代禮樂。

超山建慈氏閣下作方丈榜開山祖師與宏智同行。

一錫勬游，相攸得雲山之勝；六傳有託，策勳擅蘭若之雄。根椽片瓦，皆願力中來；繡棟甍甍，如畫圖中出。欲借雲霄之便，須開樓閣之門。上以容百城徧歷之方，下以闢二十共談之地。重重無盡，光寒帝網之珠；綽綽有餘，量廣燈王之座。作塵剎妙嚴之事，答乾坤浩蕩之春。旁通教外之傳，仰賛域中之大。

圓明結夏光明經會榜

常轉如是經，盡在筌蹄之外；不省遮箇意，徒膠文字之繁。要結千人萬人，豈但一卷兩卷。桃花三級，看喁喁羽化之魚；金鼓一聲，笑栩栩夢回之蝶。

白蓮花寺翻盖法堂榜寺在風篁嶺下，肇法師誦經於此，蓮生陸地，鴛鴦亦能誦經。

一闡提皆具信根，羽禽何與；修多羅如標月指，龍藏咸詮。高原陸地，不生蓮花；水鳥樹林，皆念佛法。境如清泰，後夜此堂空月明；桃似玄都，前度劉郎在何處？壁疏屋漏，雨震風陵，持危扶顛，因陋就簡。菩薩居四依之次，姑待重來；鴛鵞蜚百尺之簷【三】，行看先賀。

請印鐵牛住靈隱茶湯榜

玉虎何知，先動山中消息；雲龍早貢，首膺天上平章。價雖重於連城，産獨珍於雙璧。恭惟某寵光五葉，一杯分萬象之甘；彈壓群英【四】，數水劣諸方之勝。方圓制度，清白華滋。笑溈源春夢，不到池塘；眷老圃秋容，尤高節操。頰牙騰馥，四河衮衮無邊；襟袖生凉，兩腋飀飀未已。

洞庭君子封下邳，箕裘不墜；洛誦孫父事副墨，文采難藏。試從師友淵源，欲起煙霞沉痼。恭惟某攬雜毒海，設醴奚為；開甘露門，飲河而止。直指單傳，其來有自；俱收並蓄，待用無遺。薦醍醐一味之醇，擷芝术衆芳之助。行精進定，是上藥草，起一生成佛於膏肓；見善知識，如優曇花，尉千載得賢於季孟。

靈隱修前後兩殿榜

入雲表刹，化成南度莊嚴；倒景浮圖，彈壓北高巍峭。桂子從廣寒飄下，蓮峯自西竺飛來。一龕長放光明，誰名弥勒，孰是弥勒；兩地平分風月，有是文殊，即非文殊。欲策勳輪奐之餘，忍袖手顛危之際？扶持得起，同享太山磐石之安；盖覆將來，遂有凌雨震風之託。

妙湛月岩中茶湯榜

枝槁不春，此外如何采摘；樹空無影，是中特地婆娑。小團破新錫之珍，方諸勺初修之月。恭惟某圓頓培壅，山林品題。正其味於森嚴，舌須具眼；回餘甘於苦醲，甌已翻雲。要驗同盟，更無別味。肆辯河之衮衮，疏瀹道腴；導正泒之滔滔，洗空禪病。

耆婆死而百草皆泣，世豈無醫；良遂徹而諸人不知，禪寧負教！不須染指，只貴點頭。恭惟某會獵玄中，笑守株而自苦；獨漁言外，如課蜜以分甘。可無一施，具有衆毒。飲者若諳此味，瞑眩膏肓；學人未達其源，肝膽楚越。

淨光江月閣榜 一宿覺道場。

傑閣凌虚，頗稱松風題榜；小軒總勝，未舒江月衿懷。不須杜老千間，要架元龍百尺。陰晴態度，看江上數峯青；騷雅平章，補天邊一鳥下。盡除菑翳，都著闌干。歌夢生春草之詩，快遠送飛鴻之目。造鳳樓之手段，秦豈無人；視井幹之規橅，風斯在下。

龍井法堂榜

二士共談，必説妙法，際元豐、元祐昌明之時；三人同行，必有我師，駕難弟難兄賢良之選。蜀仙去後，吴僧寂寞；華表歸來，塵世凄凉。要見一堂冷澹，千古分明；還他百世楷模，六種成就。法空為座，可無高廣之床；道直如弦，亦有恢洪之地。青眼皆逢北阮，未稱全提；一瓣竟為南豐，休尋别調。

報恩重修鐘樓榜

簨簴不虛，任大扣大鳴之責；簷楹幾墜，思既安既固之圖。休論卓地無錐，須信擎天有柱。就中獨步，更上一層。半江月在前峯，兩幘雲横絶頂。五鳳造樓手，梓人策相道之勳；踈鐘到客舡，衲子合詩人之轍。

梅屏茶湯榜

攙春小摘，不孤培壅工夫；亭午新烹，要驗平章手段。欲破一規玄璧，如珍萬選青錢。長恐暗投，直須明破。恭惟某轆轤汲曉，露冷銀床；杵臼策勳，香浮鐵磨。與萬象平分秋色，提折鐺自煮松聲。腋凉生可御之風，湯老却未佳之客。被渠搜攬五千卷，何以當之；喚尔懵騰二三子，何濡滯也。

鼹鼠飲河，弗信醍醐海闊；黄蜂分釀，放教姜杏杯深。尋他海上同盟，燕我山中餘瀝。恭惟某是上藥草，雨露惟新；眂小根莖，雲泥有異。舐鼎快昇騰而去，折肱須諳鍊而知。笑諸方五味，不療人饑；試三昧單傳，反攻他毒。非時不食，或送客或拒客，法固知斯；入手便知，能殺人能活人，吾無別味。

西菩寺建五鳳樓榜

佛奚為哉，妄自崇樓傑閣；法如是故，從它善境冥心。人間旅泊，葺一日之居；桑下禪棲，遵信宿之戒。雜花尊貴，宗廟百官之美何以加諸；圓覺密嚴，天地萬物之情盡在是矣。欲舉此役，豈圖偉觀！横陳五朵，如鳳凰來儀；洞開六扉，看龍象蹴踏。蒲牢吼五更之月，留取危層；玉函載三藏之文，却於平地。三千世界徧莊嚴，綽綽有餘；十二闌干普光明，重重無盡。

鄉講榜

火宅只一門，出門便了；髻珠不兩箇，得箇方休。居寂光猶自索車，投夜光徒勞按劍。於斯三者，但說一乘。彈偏擊小，示性具光明；顯實開權，揭山家要奧。歌太平於無象，物共熙熙；嘉豐樂於有年，民生皡皡。吹去萎花，更雨新者，答乾坤浩蕩之春；安住神通，轉不退輪，結香火團圞之社。

錢塘江上寂照寺幹佛殿藏殿僧堂浴室鐘樓兩廊榜

黃金田地，斬新舍衛祇園；紫陌塵埃，依舊長安古路。層雲渺虛徐梵放，一頭低彈壓春潮。欲觀螺髻橫秋，先辦璇題納月。更借琅函出海，却看機軸旋風。高架宏撞，直須百尺；衡眠倒卧，各要三椽。祖師有意傳衣，莫書墻壁；居士本來無垢，謾煮薔薇。咨尔衆檀，成兹六度。插草梵刹竟揮戈，慧日西頽；隔岸越山多縱目，大江東去。

韜光庵修造榜

喚韜光，歸舊隱，安用草北山之移；思白傅，詠甘棠，尚可明南國之教。花偈曾煩招隱，白鷗終不寒盟。排闥送青來，知何日了；問春從此去，更幾時回。宜速加鞭，未堪勒駕。把茆欲墜，隻力奚為。萬間倘遂帡幪，一盋儘歌藜藿。飦猿臺畔，起四三椽栗之翁；布地園中，湏百萬撏蒱之手。

下竺九品觀修造榜

持遠與人同，學惠不師其蹟；劉雷不世出，睎顏亦聖之徒。無初禪天上，劫壞三災；有泰華峯頭，花開十丈。雲横小嶺，洞鏁香林。悉力同心，齊肯室肯堂之可否；較奇薦巧，嘉美輪美奐之莊嚴。浮圖合尖，公案便了。擬議則疑城在目，可容蹉過了黃面瞿曇【五】；承當則净土唯心，終待重來之黑王相國。

仙林火後建舍那佛閣下作戒壇于中殿榜

堯天雲靜，式瞻舜日晶明；佛閣門開，要見法身充滿。梵宇雄雄，稱仙遊林苑；奎文爛爛，旌律部毗尼。劫灰新掃之餘，天道好還之日。横翔百尺，巍然複道之登；平步三層，凛若齋壇之拜。塵刹無非輪奂，京都盡是莊嚴。刀斧不痕，衣盂有託。曲闌衡檻，風雲會處扶持；片瓦根椽，仁壽域中成就。

普照寺修西方佛閣展殿軒榜真懿大師請作。

觀無量壽，開仁壽以同躋；從善導師，知宗師之可敎。矧機雲之故宅，懷持遠之高風。燕唐棣之偏反，種芬陁之芳潔。霜鐘敲月，發萬家深省之初；性海澄秋，笑二瓠獨醒之晚。璇題霧暗，欹側飛甍，雪砌苔封，凄凉老屋。古寺無錐卓地，未免求人；華亭有柱擎天，何妨借力。幻層軒之翼翼，襯重閣之渠渠。答乾坤浩蕩之春，聽幢樹從衡之説。

超果教寺展墻展岸造橋砌路榜

岸趾深移，侵魚鳥忘情之地；墻腰縵繞，拓象龍禦侮之方。雲垂野渡陰陰，路透長安蕩蕩。何妨鑑水，荐橋流水不流；弗用占烏，看人好烏亦好。庶幾前人，無不了公案；抑見超果，皆可種福田。檀度樂然，吾事濟矣。

井亭橋華嚴院重修榜

向來八十一院，等華嚴八十一卷之文；只今千百億人，受菩薩千百億身之記【六】。故址淪於八九，後生習以尋常。晉宋而來，典刑不墜。一日必葺，先資起廢之緣；三椽是圖，未遂守成之計。風雨飄摇既久，塵埃湮没居多。耘它五福之田，作我萬間之庇。井洌寒泉食，似楊枝偏洒之初；珠從合浦還，正舊物重收之後。

神林寶雲誦蓮經會榜

結香火團圞之社，是謂正修；答乾坤浩蕩之春，可容虛度？六萬言之花偈，數百衆之鄉枌，入三昧門，皆一乘法。靈山未散，如天台親見之時；炎丘正然，笑諸子爭馳之際。

中竺造佛殿榜

以大圓覺為伽藍，豈有方隅建立；將此深心奉塵刹，可無位次安排？不須實際，理上提撕；且就事相，門中商略。坤寧見在，佛曾分祇樹之金【七】；天寧應化，身未託把茆之地。看他伎倆，累我兒孫。俟黃河三千年，優曇未謝；多彭祖二百歲，寶掌重来。如南極現則主壽昌，効華封祝則聖人壽。

憲聖太后大行開欑道場疏

贊列聖之休光，虞嬪易老；動曾孫之終慕，周母難忘。爰啓梵筵，上嚴仙馭。大行憲聖太后，伏願藏海三千刹，式資汗漫之遊；神山十二樓，長燕逍遥之地。

二南基王化之源，丕承前懿；五福叙彛倫之本，克享天全。美鍾厥躬，聖動率土。大行憲聖太皇太后，恭願大珠欺月，湛本体之精明；飛佩凌空，奉在天之睿哲。

華亭超果幹田疏

開山打十方，水雲易集；負郭無二頃，鐘鼓難停。且看秧馬追風，不放泥牛入海。合耦相助，斯近古之可書；一飽忘飢，継自今而無媿。犯人苗稼，非我儕流。結千年常住之緣，享五福康寧之報。

靈隱翻盖僧堂疏

未除滲漏，可容一日安居；既已揭翻，豈怕七間閑却。倘有帡幪之託，遂無風雨之虞。行住坐卧在其中，裒君五福；造次顛沛必於是，還我三椽。

覺海鑄鐘疏林浦在錢塘江上。

收拾六州之銕，盡入洪爐；範圍十斛之規，方成大器。仰而為鼎，鳴則驚人。作興禮樂於山林，號令人天於夜旦。群峯答響，不妨境與心空；兩岸皆聞，喚得潮隨月上。

化閻美人冷淘供疏

明月團團，鑾刀細縷；素絲縱縱，雪浪輕浮。典刑見高槐葉之詩，功業擅温淘君之傳。開單萬指，培他五福之基；飽尔百飢，自我一餐之惠。

建三門旦過浴室疏

薄暮投栖，已有客舍并州之夢；黎明徑去，豈無鼇山雪夜之人。不惟妙觸宣明，抑見此門廣大。弗勞斤斧，涅槃三德圓常；重振規橅，羿經六種成就。

化煎笋疏

江漢春曉，抽簪滿林；篔簹夕曛，噴飣滿案。歲晚屢形歌詠，春風又長；雲仍直節虛心，敢辤鼎鑊。太虛有口，也共盤飧。

靈鷲修造疏

千年箕裘，得人則成住；一日鐘鼓，失度則壞空。擬抗衡三竺之雄，冀復還兩晉之舊。補苴罅漏，首法堂翼兩廊；扶持顛危，襟蓮峯帶雙磵。便便惟謹尔，誓將以就緒為期；戛戛其難哉，豈敢言信緣而已！

天竺靈山寺九品觀堂成修法華期懺疏

五欲翻濤，過懷山襄陵之患；諸子出户，免焦頭爛額之虞。欲問津碧甃凉池，先曲突於炎丘火宅。四生路滑，蟻何啻於循環；九品觀成，燕敢忘於賀厦！借法華三昧之力，辦此身心；看靈山一會之人，無復枝葉。

智鎧求僧疏

觸事無心，弗從它覓；明宗有偈，不倩人題。身欲等於象龍，盟敢寒於鷗鷺？横眸看梵字，答未了之恩休；露頂灑松風，見本來之面目。

真如山門檀越二疏

倚門墻則麾之，風生荷槖；出思議之表也，春透梅梢。矧脱穎之難藏，緊敗群之當去。恭惟某心如古竈，内史灰然；足謝黄塵，將軍手污。友古人於既往，振末緒於將零。洗衡楝汗牛之書，革滯殻迷封之弊。市驊騮之骨，來千里之權奇；彈師子之筋，斷衆弦之嘈雜。

學到空宗，謝歸墨歸楊之嘆；民歌至化，尊即心即佛之聞。至於白叟黄童，盡在春風和氣。恭惟某荼如語苦，薺豈非甘；境與人佳，蔗何妨倒。無補而食前方丈，吾不忍乞播之羞；知權而度外直尋，彼安知軼轍之騁。尚堪布地，一笑如給孤園；已辦趍隅，再拜執弟子禮。

印可堂住廣福山門諸山兩疏

珠豈知合浦之渾，去而忘反；璧安俟連城而重，全亦何難。既虛載月之舟，當順回淵之水。恭惟某人落落蜕俗，兢兢履冰。雖捐軀為法，詎敢辤勞；至踐青折萌，未始少忽。振故山于將廢，必然肯來；為此道而扶顛，何所不可。眷玄學葵傾之敬，慰紫荷持槖之靈。尚堪一行，敢怠三請？山門。

因頓入圓，江漢朝宗于海；彈偏擊小，丘陵不至于山。續半千閒世之燈，償百萬買鄰之願。恭惟某人惟一真實，攝諸律儀。統有宗，會有元，辯説無礙；進以禮，退以義，去留適宜。方欲事玄龜六藏，豈謂中青銅萬選。車谿正令，全提又見重新；貧女短檠，分照何妨遥夜？諸山。

代延慶山門蓮社兩疏請奎梅峯

平生所得，瓣香敢負南豐；流俗無根，別調俄從下俚。一夔足矣，衆楚咻之。欲超絶於諸方，革謬悠於雙稟。某人犀眸不瞬，象膽奚為，匪素定而不移，抑貿遷而失據。太原孚上座，笑雪峯畢竟鄉情【八】；清凉觀國師，與荆谿向背宗旨。懸知口授，莫若心傳。殆將務勿勝而勝焉，以俟弗其然而然者。

旋掃刼灰，百堵皆作；別開表刹，一塵不生。横陳竝水樓臺，合致住山龍象。某人戒撿鵠白，心源砥平。振雪曲於夜弦，換萎花於曉砌。眷兹淨社，咸我同盟。授樓煩之詩，景英游於千載之下；種濂溪之藕，題芳字於一花之中。賜以惠然，諒其勤止。右景迂强梅峯爲嗣子，作疏闢之。

赤城山門檀越兩疏

户外都無俗駕，雲關赤城；壺中別有春風，京扁白玉。雅宜振起，亦可棲遲。恭惟某人飽五合陳，醉三大部。辛勤十年讀，自弦自歌；凄凉一把茆，且耕且戰。幼則學矣，長而行之。釋籤流傳，盡得江山之助；孫賦典麗，式增泉石之光。偉兹兩奇，伸此三請。

祖師傳衣，任豈不重；侯國勸駕，禮為寅崇。還它的的流通，副此區區推挽。恭惟某人不住學地，欲闚性天。魚忘筌，兔忘蹄，得何所得；劍在床，詩在手，鳴果誰鳴？自憐出岫之雲，何與點頭之石。諸賢淵藪，請為西晉社之游；二瓠浮沉，願駕東海若之說。

一菴忌疏

四明中微，嗟欲断之縷；五世再振，回既倒之瀾。遂令糟粕之餘，即反醍醐之正。洗空名相，爰立師宗。潛符雖應於心弦，緘授莫逃於己子。如愚不肖，實類難齊。揮斤長想於當時【九】，記劒敢忘於諱日！式資後供，允答先期。某人伏願雙輪載馳，行與願廣，寸燄不滅，人亡器存。見未散之靈山，禮重開之古塔。

代錢氏請超果主人山門檀越兩疏

太虚解講經，源流衮衮；信相徒思壽，瓜瓞綿綿。須善聽於無情，庶永延於正命。某人中青銅之選，青衿影從；擅白雲之場，白衣首肯。賡載歌於伐木，藐六震於飛花。尚口數窮，於心無媿。客帆風送葉，試參水檻之詩；王孫夜簸錢，拈却法身邊事。

先君子再振超果，印實相之；方丈室久虛繩床，梓族來者。起此廢弊之劇，付茲流通之長。恭惟某人樂在心傳，如適華胥氏之國；攻於性具，欲栽清泰土之花。自二威緘授之餘，至諸老縱談之後。悠悠半榻，忍負初機；落落全提，消歸自己。孫又生子，長開六勝地之門；谷可為陵，無忘七聖財之益。

智詮畫觀音求僧疏

幻白衣相，欲圖白足之歸；遇青眼人，妄冀青銅之中。到此無非選佛，蜕塵便是酬恩。於一毫端，普示圓通境界；仰叢霄上，霈沾雨露恩光。發槁枝春，看大士面。

刺血書經求僧疏

七軸玄文，兩回刺血；十年苦志，一等関心。不假修持，是真精進。粲芬陁利，點發何難；求鬱多羅，拈來便了。

買屋疏代人

木上座歇脚，院小無可容之單；孔方兄點頭，鄰高有可買之屋。庇士之心易廣，告人之口難開。翼瓦侵天，既荷包涵之量；面墻隙地，願承展拓之恩。

法花寺建鐘樓藏殿疏尼惣持塔上雙蓮花開處。

法花名字，源流於玄學比丘尼；塔石莓苔，冠冕於清苕阿練若。別傳器重，直指才難。周雖有婦人焉，魯豈無君子者？芳騰菡萏，宏開百堵之宫；舌粲芬陁，密贊萬年之慶。即今鄰刹，疇曩附庸。待扣蒲牢，欠稜層一百尺；欲栖海藏，分突兀千萬間。借摴蒱一擲之零，洗膚髮一毛之靳。有餘補不足，登門如變化之魚；益寡以裒多，賀厦待歸來之燕。

盧溪盧行者求僧疏

投劾草機，國家舉子；挂非臺鏡，田野樵夫。既為禪衲清規，又屬盧溪故事。不如同姓【一〇】，扣諸父之門墻；不如待時，趁九天之雨露。

趙智才求僧疏

慕西印古竺乾，去依空寂；自東嘉古洙泗，來覓伽梨。囊無半錢，鉢有五綴。付諸身外，奈此心初。成佛還一闡提人，殊恩當報；出家乃大丈夫事，小知何堪。承九天雨露之餘，赴一日風雲之會。

雙峯捺田疏

門户雁宕，從雙峯來；喉舌龍湫，聽萬象説。相傳既久，閲名流其幾何；所收不多，餠遊客者過半。漲塗可捺，綿力奚為。遂游舍衛城中，借援善財童子。自無心得，還如罔象。求珠便趂春畊，莫遣泥牛入海。

石佛金地寺塑佛并廊屋疏千中宫

定起時月滿回廊，空聞梵放香銷處。苔生古殿，不見瞿曇。直湏土木經營，然後丹鈆像設。寺砌明如鏡，何妨路入塵中；山房冷似冰，小竚春生天上。

大浮山建寺疏

蜃樓幻出岑樓，初非實事；石皷夢符金皷，豈是虚聲。如靈山未皦時，發造物無盡藏。駈龍蛇，斬蓬藋，行且破荒；履巉巗，披蒙茸，何妨尋勝！點頭便了，插草當成。殿閣參差，冏冏開大圓鏡；風煙彈壓，巍巍着小浮圖。福我邦家，及尔黎庶。

四祖建傳衣閣于中宫疏

濁港相逢，得周氏處女之子；深岩示寂，載龍眠居士之銘。佩中印宣上乘，為震旦第四祖。陰翊王度，導萬善于淮西；直指人心，揭單傳於天下。子生孫，又生子，南陽鹽官，唐為帝者師；今視昔，後視今，佛海拙菴，宋致天子問。拈起話頭，雖云記剱，欲開重閣，名曰傳衣。兩朵翚飛，一門超出。野僧如憨皮袋，持盋入鄽；母儀在率陁宫，肯首領話。纖塵不立，萬壽無疆。

小江寺懺堂疏寺近禹廟

小江輔竝，惟天福古金園；列刹相望，似永和修竹寺。墜緒嗟懺堂之廢，扶顛非一木之支。欲乾五濁濤瀾，更息三禪風火。盡在是矣，豈有他哉。幻世塵勞，看華嚴知佛貴；行宫香火，觀河洛思禹功。誰賞此音，我作是説。

師子吼寺修造疏葛丞相家邊

此寺寂古，曾聞師子嚬呻；它刹弗如，佇看象龍蹴踏。昔受靈山付囑，今蒙大造鈞陶。可無頌禱輪奂以承終，抑亦扶持顛危而振始。叢林改觀，式昌衮繡之鄉；人物增華，願借帲幪之託。

菩提寺砌撒骨池疏

漾漾涵空，安用黃金作底；方方裁碧，却須白玉為堤。平分一曲湖光，闊着九蓮池水。看我湘南塔樣，指出分明；比他城外饅頭，相去多少。

城北寶嚴建佛殿疏千步司

佛可師也，邁先覺之天民；人皆仰之，媿後成之靈運。嚴事或虧輪奐，凄凉忍吊摧頹！喚回諸上善人，共入普光明殿。豐逢大有，歲歲宜秋；旅進同人，家家無事。當此閒暇之際，舉兹遺缺之文。裒一錢至億千萬錢，若初地至四十一地。郊関之外，徹鐘梵於叢霄，帷幄之中，混車書於四海。步師司在側。

韓菴顯侍者刺血書法華楞嚴花嚴諸經幹緣盧舍那佛并龕座疏

選盡衆工【一二】，幻舍那千花之相；瀝乾十指，書華嚴諸部之文。非外馳求，是真精進。函盛百軸血滴滴，苦口丁寧；光透一龕月朣朣，明毫宛轉。

慧光菴慧明求僧疏

五十求僧，魯叟絶韋之始；八旬行脚，渭濱入夢之初。事豈嫌遲，時安可失？心空一舉，便如登第之人；身貴兩全，即是承恩之地。

馬要寺建浴院疏

澡身浴德，始聽滄浪之歌；就室更衣，要須盤礴之地。土木之事必作，苕霅之清可鄰。取材於山，務選掄於梁棟；畫宫於堵，盡工巧於準繩。豈惟沾沐恩波，亦乃栖遲仁宅。舞雩聲裏，詠歸三月和風；無垢人前，着得一杓惡水。

勸請明因全維那住傳法疏（黄岩尼寺）

淵静無滓，珠明直透沙渾；爐深欲冰，豆爆弗知灰冷。借諸天一臂之力，雨四種錯花之香。法固如斯，衣傳罔既。某人一駒應讖，萬馬皆瘖；衆目斯張，六宗俱墮。要打劉鐵磨，孰知流水之音；只見漚麻池，甘屈黄金之膝。離倫絶類，轉位回機。明月落誰家，待尋盟於北道；凉風起天末，如致爽於西山。

圓老骨歸溵山塔疏

到處死到處埋，聊復尔耳；或在彼或在此，亦豈徒然！化緣易盡於劒津，熟處難忘於湖上。欲問三姑僦地，作小浮圖；却教諸子施工，干大檀施。

夏港龍祠疏

菩薩龍依佛而住，獨砥横波；清河公御風而行，一帆到岸。遂輟襄陽之俸，來興梵釋之居。尚餘龍祠，未愜公意，揭虔弗稱，坐眠何堪。敢辯載馳載駈，行頌美輪美奂。濤瀾帖帖，錫多惠于舟航；土木區區，集成功於檀度。

修慈受開山塔疏

詔頒三命，開壯觀之叢林；葬僅百年，嘆摧頽之塔户。感行嗟於道路，忍坐眠而盤飧？只有求人，别無出着。起雲門一夔足矣，孰不知歸；擬寒山千偈琅然，法當嚴事。自憐赤手，誰豁青眸。欲光奮於前修，冀復還於舊貫。

老壽庵湯妙應求僧疏

庵標老壽，借慧日之大名；姓嗣湯休，誦碧雲之新句。以二師為準的，仰百世愈芬芳。要先雨露旁沾，然後衣盂密付。一燈續晝，發明本地風光；五福開田，回施當家檀度。

長興元保光砌路疏

道非墻外，何須泣岐；車出門前，便應合轍。此外別無欹仄，是它自作囏難。方將行險之時，已昧扶顛之步。磨稜合縫，經營確實工夫；以石代甎，成就平生履踐。

南高峯修塔疏

江分東淛，仰西淛之光華；塔在南高，俯北高之培塿。尺五去叢霄之上，百尋居壽域之中。若非梵釋莊嚴，何以人天交接？自晉東土，逮宋行都，奉古德涅槃後身，作長安几案問物。人人瞻仰，增修未有梯媒；面面飄零，坐視可無慚愧？倘記靈山密付，遂依輦刹中興。集事弗難，合尖便了。待肅宗皇帝請師塔樣，留與人看；如善財童子發足機緣，即成佛去。

祈晴疏

八家力田，田則既粒；六府重穀，穀惟其艱。潦欲净而雨霪，秋已高而天怒。倘賜宥過，敢忘祈哀？伏願轉凶為豐，退狂瀾於三舍；斂陰而霽，升晴日於叢霄。式資洪休，允賴終惠。

梵天建藏殿并藏疏

半字滿字，筌蹄三部之文；美奂美輪，頌禱萬年之壽。殿有帲幪之德，藏開容攝之功。樞運轉而莫窮，經流通而無盡。大福田於斯為盛，無盡燈舍此何之？根本部宗【一二】，本自龍宮嗅得；修多羅教，爰從任灌知歸。悟海眼於靈岩，一期破讀；證法華於南嶽，三昧見前。横迷津洲，竪濁世眼。誰非施者，自辦肯心。梵天華觀，何許飛來；竺土貫花，是中拈出。

如意院幹塗田疏

泥牛入海，瘠田有力誰耕；秧馬絡頭，熟稼無風自下。欲嗣鼓鐘之響，盍充庖廩之虛。孰非可白之人，自笑不黔之突。文深蘭若，舊無市産之章；水淺蓬萊，新有捺塗之利。藉資粮而加行，成定慧以謀身。退海若三舍之餘，借善財一臂之力。厥土燥剛之日，八福開田；黄雲穲稏之秋，十方同會。

虎丘重修池上施食亭疏

冷浸雲根，寒碧劒沕龍光；熌浮樹杪，晴融亭垂虹影。巖巘横開有地，轆轤自轉無聲。老屋凌虚，脩梁架險。損七財之餘力，我欲扶顛；開八福之良田，君其種德。

德清集雲建西方殿疏

火後精廬，喜瑞雲之再集；光中化佛，思古殿之重新。缺文欲奮前修，成事湏乘樂歲。觀無量壽，度有緣人。非惟徑路之求，攝心以境；是謂不言之化，與物為春。一塼一甓，皆願力中來；美奂美輪，豈福田外覓？溪浮紅藕，酣酣九品之花；路入青雲，步步四檀之報。

天台螺溪再造疏

十五州之地小，錢寺惟崇；三千歲而河清，螺溪再振。挈頹綱於台嶺，會新學於狼煙。嶽孫枝於天竺四明，狂瀾既倒；傾祖室於震風凌雨，一木難支。賴惻隱之片言，試權輿於百廢。美輪美奐，皆從願力中來；同德同心，何必宗徒外覓。

楞嚴院念佛會疏

佛名無量壽，初度將臨；人生有限身，末梢何託！必欲脱屣五濁，當先題名九花。式東林入社之芳塵，為西土問津之捷徑。半日閑休云易得，便合歸來；千年調却是難為，莫教蹉過。

楞嚴幹長堂疏

擬辦長堂，輒陳短疏。疏上都無別語，堂中儘有同衣。須是寒灰槁木，道者無心；管取華屋朱門，諸天打供。清磬是非外，數聲又送斜陽；生涯鉢盂中，一飣不憂明日。

蘭溪密山寺建佛殿浴室翻蓋廊宇疏

寺虧殿宇，綱未提綱；殿欠佛天，衿猶缺領。欲頌它時輪奐，試看今日權輿。無心便脱根塵，拊令反顧；有酒先澆柱石，囑使毋傾。紫金山一一横陳，白銀闕巍巍化出。雙鴟棟脊，乘時直亘層雲；千輻輪文，指日重光偉迹。

憲聖香火寺修造于中殿疏

憲聖在天之靈，福康後聖；天台傳心之教，光賛上天。顧香火之蕭條，避簷楹之攲側。玄穹后土，隨覆載以為春；凌雨震風，惟帡幪之可託。

新涇淨土寺修造疏

新涇净土，開天台教觀之坊；舊日炎丘，幻水鳥樹林之地。既擅此方之勝，又居列刹之先。闕見室家，墻虧數仞；入見宗廟，户欠重関。屋老欲支，湖堙將浚。然後樂所求之道，身貧道不貧；却來瞻爰止之烏，人好烏亦好。

白蓮寺建千佛羅漢閣疏白牛

大比丘僧一片瓦，皆成佛事；芬陁利寺千花臺，雅稱樓居。未見勝光明幢，已住大莊嚴藏。周遭闌楯，透徹根源。倘知是中無地，高卧元龍；須信向上有詩，不題黄鶴。方廣馴玄虎，莫非阿羅漢神通；華亭近白牛，盡是王老師檀越。

南高峯建五通殿疏

篤實輝光之德，聰明正直之神，欲大顯于南高，暫小休於北塔。可無環堵，雖百堵未足為多；只有五通，那一通何曾欠少？

華亭南禪展三門藏殿鐘閣疏

展拓三門，寬着廣庭明月；接連兩廡，平吞大厦清風。東開貝葉之輪，西架蒲牢之閣。舉行衆役，式賴四檀。福皆可種之田，心等無偏之施。鶴鄉蕃衍，佇觀華表之歸；雁塔標題，追復慈恩之盛。

請寶幢維那疏

雜花繁於圓覺，義在約觀；圭峯默契清凉，印叨真似。試筌蹄於諸部，歸橐籥於斯文。恭惟某人千偈濤瀾，未酬初志；十年燈火，擬策新功。八十卷一嗅無遺，未盡善也；百十城偏參便了，反太速乎！屬兹緣遇風雲，政尔果薌霜露。圓融行布，發明言外之文；講貫流通，仰賛域中之大。

開元改三門為殿并塑佛疏

佛者覺也，盍開先覺之權；天何言哉，當示不言之化。幻跏趺千輻相，如光明七金山。即自舊之門，可無餘地；揭維新之榜，別有奇觀。風動鋃鐺，聲沈萬籟；春生枯朽，歡沸層城。分輝月滿千江，據令草深一丈。浮圖插筆，清苕寫盡陰晴；梵放薄雲，大施增成富貴。

建康天寧修佛殿疏

佛者覺也，出乎其類；神而明之，存乎其人。殿宇有嚴，人境無別。古殿欲壓，此心敢安？須大力量、大富貴，來振顛危；則小招提、小比丘，均蒙休庇。霧沈半壘，盍觀用晦之時；潮打空城，試聽翻瀾之辯。

四安梵慧院普賢閣疏

開白銀界，莫非功德莊嚴；截紅塵區，盡是栴檀樓閣。菩薩分身之地，信心種福之田，須輪囷捎日之材，飛突兀切雲之觀。欲識普賢住處，何必它求；試看童子來時，端從此入。

廣教水旱後化齋粮并修造疏

相國師断際備，無求断際之徒；祖師摧六宗來，不拒六宗之黨。石混俱焚之玉，沙藏未汰之金。惟反己而恕人，聊抗塵而走俗。損餘補不足，蓋惻隱之常心；持危扶其顛，在秉彝之懿德。領言前意，須箇中人。歌有道之朝廷，九年水七年旱；笑不霑之佛法，二生受三生冤。試聽八十歲老僧之言，來下百千劫信根之種。

淨慈請明晦翁山門諸山兩疏

鼎湖龍去，追嚴敢怠於黄昏；印土花開，分布已周於華夏。須空王入室之子，奉先帝在天之靈。新命某人轉位回機【一三】，别行一路，息陰休影，不羡群飛。弗打諸方葛藤，是謂邁往；自有一種風度，孰非蜕塵！九河翻四辯之瀾，一髮引千鈞之寄。盍觀反擲，毋藏奮迅之威；所向無前，更試峥嶸之步。

禪教並作，魚鳶自樂天淵；劔佩相譏，肝膽徒分楚越。小低高韻，以尉同盟。恭惟某人志在聯燈，明集聯燈三十卷。氣吞列祖。語無遺恨，知我罪我惟春秋；道不虚行，以指喻指齊天地。鈐鎚妙密，鐘皷鏗鍧。老圃澹秋容，更持晚節；鄰燭分餘照，竚望强宗。試眼親手辨之機，免唇亡齒寒之歎。

臨平佛日請度老疏

敞門著書，曾干萬乘；提藍撼盞，已落諸方。翻身巨闢重関，拭目横飛一鶚。恭惟某人了行脚債，是到家人。披龍藏而徧探，過屠門而大嚼。水遶臨平有路，舟横野渡無人。紅藕香中，數聲柔櫓蒼茫外；碧雲句裏，一箇閑人天地間。凡馬群空，法輪三轉。

矮道智辯砌路疏

道者少機関，得路塞路；矮人多計較，要平不平。辦心自我笑談間，得力在他行履處。磨稜合縫，踏着便解通方；就下平高，蹉過休言不道。

行者求僧疏

教必尊僧，乃佛祖所自出；人能弘道，非將相所獨為。將探道之根源，豈竊僧之形服？望禮部牒，如蟾枝入手之榮；揮長者金，過驪頷得珠之喜。

開散楞嚴會疏

具足圓覺，住持圓覺，金屑猶存；示等虛空，證得虛空，蠟人何與？那伽在定，佛頂旁宣，衆口同音，諸天聳聽。伏願六殊勝地，展升平磅礴之基；一闡提人，同盛大光明之選。

三月安居，圓覺伽藍具足；一音宣演，普門風月平分。當盡反於聞聞，豈獨忘於見見。伏願光明佛頂，燭蔽天寂勝之幢；久遠僧祇，歷磐石無疆之祚。

海上白峯山慈濟寺三身中普賢未裝疏高宗曾到。

合水和泥，三大士曾同出現；縷金間碧，獨普賢不受塗糊。深藏此段光明，曲為今時開發。寒潮震海，激二千酬瓶瀉之機；滿月無塵，壯億萬歲龍游之地。

巖少瞻住其兄杜仲喬菴疏

伯氏吹塤，仲氏吹篪，静聞逸響；楊氏為我，墨氏兼愛，横制頹瀾。把茆寄罔極之思，一枝託勸飛之翼。恭惟某人曾分半座，略露一斑。將軍射虎而不侯，聲名益振；諸子索車而出户，童稺何知。遲遲去父母之邦，落落掃箕裘之業。平生嫌佛不做，袖手藏鋒；行止非人所能，隨機應變。

五峯請愿毒果疏

鳳兮德之衰，嗟光明幢之將仆；虎哉角而翼，知霹靂手之難藏。無心借重於王公，據令折衝於佛祖。恭惟某人金雞識粟，鐵舌翻瀾，尋臭味於芝蘭，略玄黄於騏驥。深涵厚養，半生有口傭開；捷出横飛，一笑與時俱奮。拔乎其萃，鳴則驚人。試尋海上英靈，来看關西隽傑。

一老住紫籜縣疏

高卧白雲，花雨從渠狼藉；不題黄葉，姓名何自知聞？雖蟠縱壑之鱗，孰掩騰芳之麝！恭惟某人三池養駿，如渥洼千里駒；四辯翻瀾，是曹源一滴水。方其學也，譬如農夫，是穮是蓘；語其證也，圓同太虚，無欠無餘。白岩十載，鴻祐三年，親曾小試；冀北一空，青銅萬選，竚看全提。密賛弦歌，斬新鐘鼓。

川行者求僧疏

不耕不桑，所難出畊桑之右；忘寢忘食，所急在寢食之先。誓委質於六和，敢負恩於四重？是真法器，可無位次安排；雖百伽梨，亦有龍天辦集。

請慧愚極住華亭北禪疏【一四】

奪得驪珠光照夜，不枉登靈鷲一峰；自有鸞膠續斷絃，試聽取華亭一曲。當仁不讓，快便罕逢。恭惟新命某人教外別傳，機先三應。經歸藏，禪歸海，向來已屬平章；翼有鳳，足有麟，到此豈容隱晦。太守從公决擇，大衆咸願諦觀。由西溪而來，三級浪高魚尾俊；向北禪而去，九霄雲静鶴程遥。設最險關，談無義語。要於火冷灰寒處，喚醒馬耆；更待風定月明歸，時招回船子。

校勘記：

【一】對瑶叔之稜層　「叔」庫本作「馭」。

【二】根具三期　「期」傅本作「朝」。

【三】鴛鴦輩百尺之簷　「鴛鴦」庫本作「宛央」。

【四】彈壓群英　「群」傅本作「郡」。

【五】可容蹉過了黄面瞿曇　「蹉」庫本作「錯」。

【六】受菩薩千百億身之記　「記」庫本作「託」。

【七】佛曾分祇樹之金　「曾」庫本作「會」。

【八】笑雪峯畢竟鄉情　「情」原作「倩」，据宋本改。

【九】揮斤長想於當時　「想」傅本作「思」。

【一〇】不如同姓　「姓」傅本作「勝」。

【一一】選盡衆工　「工」上本作「土」，庫本作「生」。

【一二】根本部宗　「本」庫本作「大」。

【一三】新命某人轉位回機　庫本作「恭惟新命某人轉位回機」。

【一四】卷後手書此篇，宋本、傳本闕此篇，陸本天頭記「請慧愚極住華亭北禪疏，此疏宋板所無」。

北磵文集卷第九

育王席煖簾疏

零亂收來，全身入草；見成拈出，八面當風。休論做處工夫，領取卷時消息。玉樓起粟，春歸雲會堂中；金縲開関，誰在夜明簾外。

宣石橋開雪豆語疏

龍藏不能容攝，是謂重玄雪豆語不入藏【一】；乳峯曾未流通，斯為缺典。禪者之英【二】，本儒林之秀，副墨之子，乃洛誦之孫。文采難藏，印板打就。

佛迹山幹田疏

插草建精廬，徒襲瞿曇氏之迹；開田説大義，抑觀先百丈之心。丘園隨分經營，道德敢忘耕獵？異苗翻茂，因中果惟我能知；别甑炊香，飰裏沙知誰咬着。

修兄淮南持盋疏

諸方曲木，床邊葛藤弗少；箇裏死柴，頭上火種無多。且續光明，不湏狼藉。等心分衛，何妨直入長淮；卒歲忘憂，佇看香炊别甑。

臨海尼如奉求僧疏覺無象族人。

毗耶室内横機，在家菩薩；娑竭宫中奮辯，學佛威儀。是真出家，决定成佛。四十年此心如銕，猶在半途；剎那間一簣成功，不妨全節。

化席簾疏

本自玲瓏，却作無邊障礙；放教周匝，打開自己光明。雖然枯木霜花，自是春風和氣。機機相副，還它日用功夫【三】；面面皆同，要見歲寒門户。

宇文樞密精嚴請涓公疏

肅愍公跨虹霓去，衣鉢親傳；稜道者從象骨來，典刑不墜。義膽忠肝，輝天鑑地；深禪密行，續熖聯芳。委寄得人，承當無媿。恭惟某人淮山夢断，又移茅舍入深居；笠澤春歸，只有湖水無行路。松瘦鶴立，雲踈月寒。霹靂手藏袖間，軒昂氣蟠胸次。丹衷貫日，結皇天后土之知；表剎摩霄，副孝子順孫之託。

銕牛住霧隱疏三首石橋住浄慈，同法嗣。

道北道南，自是同工異曲；難兄難弟，孰非跨竈衝樓。四蜀兩翁，一門雙駿。恭惟某人建瓴不竭，側管徒闚。如雲無心，等一身於土木；尊法有体，重九鼎於山林。長蘆起劫灰之前，小朵在屋簷之下。袖中有東海，豈錦衣不榮故鄉；屋裏販揚州，携紙被便歸方丈。時在本寺西堂右山門。

見謝公不住大潙，神交方外；識荆州不願萬户，道契環中。判將車子横推，不礙襪頭番着。恭惟某人忘懷於衆，無媿於心。要潑除臨濟一宗，風清下載；未拈着正因二字，草没前除。如當來彌勒下生時，有不待周文而興者。豈無它人，不如同姓，久俟來歸；若論此事，眨上眉毛，早已蹉過。右州府。

弗會佛法得黄梅衣盋，求之與，抑與之與；指陰凉樹為黄檗兒孫，不為也，非不能也。要明宗於度外，湏領話於機先。恭惟某人不重已靈，匪從人得。一千五百善知識，邪法難扶；四七二三諸祖師，死灰欲焰。近龍床角，踞鷲峯頭。八千歲以為春，嵩呼祝帝；九萬風斯在下，鵾化為鵬。

真相火後建法堂疏禮兄受業。

甲乙傳家，砌草深逾一丈；丙丁失職，劫燒幾至三禪。豈遂無雨花新好之吹，尚堪聽瓦礫從衡之説。白雲為盖，可無位次安排；頑石點頭，自有虛空證據。控此情於大施，依舊經營；揮老淚於遺墟，斬新建立。

化苔疏【四】

栽培不得，到海方知；撈摝將來，望洋而嘆。萬錢無下筋處，八珍有絶交書。入五綴盂，同一鹹味。春浮波面，夜潮載月明歸；驗在舌頭，午盋隨香積去。

百官渡惟一建藏殿疏

昆盧藏海，面面莊嚴；大士家風，人人具足。枕回廊之寂寂，開厦屋之渠渠。展玆壯圖，補此闕典。舜井作推輪之響，舜井在寺前，井中聲如雷半年餘。已有先徵；支郎詠伐木之詩，式觀後效。

講合疏僧疏

藏海莊嚴，染指莫非圓頓；法源浩渺，濫觴終至滄溟。以心為宗，回頭是岸。恭惟某因標見月，得兔忘蹄。三大部談笑無遺，何濡滯也；百十城刹那便了，反太速乎！眷此頹綱，煩公老手。文字語言之外，盡力提持；難疑答問之間，全機獨脱。

義烏縣東江接待疏<u>陳道姑</u>賣田創建。

無休歇地，寧免奔馳；賣藥石田，以創接待。從它下榻噇眠，解腰共飯；然後擔簦取友，負笈尋師。大厦終成，便是營巢之燕；一餐必報，何殊反哺之烏。

離相請光老疏舍妻子入道。

錯自南來，悔鑄六州之鐵；又隨流去，洗空萬馬之群。不甘涇渭同流，何苦草木俱腐。某機迅飛電，身如槁株。笑領言前，選佛得甲科，何可當也；陸沈衆底，有朋來遠方，不亦樂乎。一念萬年，全身半偈。力追逸駕，又移茆舍。深居自撥寒灰，暫向人間借路。

蒙養正建僧堂疏

梓人畫堵，巍然相道之尊；圬者操鏝，徒尔楊朱之善。願施宏大，以振摧頹。須知百念灰時，不守三條椽下。盤根錯節，咸歸剪伐之餘；凌雨震風，盡在帡幪之内。

台州請宣老住瑞巖疏

惺惺人去，萬牛回首難追；莫莫機横，千偈翻瀾未已。儀刑龍象，眼目人天。恭惟某二仲名高，百念灰冷。捧紫泥而去，方快横翔；眷赤城而歸，尤知静勝。為法來當酬居士，買山住應笑支公。看明月，憶峨眉，毋復詠謫仙之句；下喬木，入幽谷，不妨歌伐木之詩。

黃岩慶善修塔頂疏

再經回禄，萬牛難挽如山；獨御蜚廉，五鹿易摧其角。三百尺規橅之壯，八百年輪奂之虧。遠目未瞻，寸心先折。八觚著地，是中發多寶光明；一舉冲天，向上寫四檀名氏。

錢昭文直香火道人求僧疏

現童女身，聽宰官身説法；居環堵室，來方丈室飛花。欲為白足之歸，未就青銅之選。雲霄有路，穩騎鶴上揚州；雨露無私，亟看魚翻禹浪。

諸暨牌頭建藏幹田接待疏

八面玲瓏，不動中間樹子；三乘半滿，撥開向上機関。發明自己霧光，來喫家田米飰。立錐無地，運斤成風。儘教聖凡雲水，倒卧横眠；坐看龍天鬼神，左出右没。

謝孔目舍緣作道士疏

刀不利，筆不銛，弗與蕭曹異道；突不黔，席不煖，未應孔墨殊途。欲託黄冠，以干青眼。蜕九衢之塵土，已覺灰心；冀一粒之刀圭，重看换骨。

慧峯建僧堂疏

坐對聖僧折足床，無安著處；卧看水牯支頭石，有轉移時。莫言一宿桑間，不似三條椽下。選佛青銅萬中【五】，驗在堂中；賞音青眼雙明，春生筆下。

湧金門外砌路疏

樓吞山翠，賦踈影於横斜；路遶墻陰，詠甘棠於蔽芾。積雨秋淫潢潦，康莊日困輪蹄。平高就下，可以扶顛；歷塊過都，咸資履坦。等心持地，布髮掩泥。此段難能，誰人笑領。前者呼，後者應，時行時止於王畿；朝而往，暮而歸，無黨無偏於周道。

下竺智仁求僧疏

拙直較遲，禮部牒不期而至；蹺踦務速，福田衣得亦奚為？與其僥倖圖成，争似囍難耐久。我作是説，殊非誑嚇閭閻；汝勿他求，直下相逢特達。

炭頭疏

燒榾柮柴，單丁何媿；無賓主話，萬象同參。欲知槁木春回，試待寒灰豆爆。出爐黃獨，旋收冷涕垂頤；炙手朱門，一任諸人進步。

請梅屏疏

姓名住持，問此心有媿無媿；口耳授受，揣自己曾明未明。直饒六反軒騰，更俟四花紛委。阿師領話，老子忘言。恭惟某人水可投針，囊非藏頴。不立文字，孔方兄有絶交書；深入山林，張乖厓要捩鼻木。是真精進，豈錯承當。水國秋高，難駐横空虎錫；海山雲静，來登踞地猊床。少尉同盟【六】，全提正令。

蘄州東禪幹鐘樓疏禮獨山出世時，求此二疏。

直眺岑樓高處。客愁千緒，斷魂白叟洪撞；何許一聲，開眼黄粱未熟。試從複道危層，高着簷楹，為我横陳簨簴；重開闌楯，從它平接風煙。

蘄州東禪幹僧堂疏東禪乃盧祖傳衣之地，墜腰石尚在此。

觀水觀山，一飦之恩易報；聽風聽雨，三椽之地難圖。終看凡馬空群，始對聖僧無愧。丁寧北秀，自今莫惹塵埃；問訊木平，誰道不勞斤斧。

西菩造五鳳樓挂鐘於西偏建藏於其下疏辨才、參寥受業寺。

收復潛川自昔山川，已屬兩公彈壓；只令樓觀，要看五鳳翺翔。幻成京樣規橅，氣象。嵐昏翠掃，煙斂霏開。下容龍藏橫陳，上有華鯨待扣。俗子摽於門外，倚則麾之；何人合住其中，與之進也。

城東楊相橋再造并修五里塘仁和縣尉為首求疏

橋名楊相，扣子產濟人之心；事屬梅仙，試相如題柱之手。春至甘棠夾道，秋來潢潦無根。咫尺長安，淹回半路。欲展扶顛之力，平步青雲；要知架險之功，橫陳砥柱。

南翔遠老幹麥豆莊疏

南山豆稀，又見歸田之作；崆峒麥熟，難忘憂國之心。勿從有麵處提撕，須向未芽時薦取。一鄽不受，二者何先。断大千維摩詰神通，還它願力；盡大地王老師檀越，歸我福田。自在發生，徒勞助長。

淨土移寺造觀堂疏

避溺于一溪雲外，遷後盤庚；求友於九品蓮中，夢超清泰。顧刼波之可畏，舍樂國以焉歸？作而象之，誓將去矣。惟心攝境，就繩墨之權輿；聞性見前，聽樹林之宣演。

智盧求僧見李知省疏

人惟求舊，水必朝宗。豈遂忘選僧未了之羞，亦自負嫌佛不爲之勇。龍門無宿客，懸知速化何難；驪頷有玄珠，勿謂弗求而得。

開夏講疏

師者人之模範，厥任非輕；學者世之津梁，所繫至重。德先務學，吾豈無師。某人蠹簡潛心，十年燈火；白蘋滿櫂，幾度風煙。直須六萬餘言，隻字三嘸；然後五千餘卷，殊途同歸。會看名相俱忘，始信虛空解講。南薰入奏，無絃不是無聲；上士見幾，為法元非為座。

普光教院山門檀越兩疏杜氏香火。

芳池生葑，笑陶靖節顰眉；別甑炊香，聽支離疏攘臂。佛法元非奇貨，金湯可是虛文。與君大方同歸，為我一粲而已。恭惟某人擅跨竈衝樓之雋，掃同經異傳之譏。欲解背時之嘲，一窮自判；弗瘳稽古之癖，此樂渠央。黼黻新功，筌蹄舊學。如虎不用則鼠，凡馬皆空；入户闃其無人，先師猶在。

射虎秋深，飲羽方知是石；囊螢夜老，披沙盡汰非金。破讀從它，全提自我。恭惟某人鷲鳥之鶚，大章者夔。曩事先師，一仲父二仲父；今皆北面，猶昔人非昔人。直饒良遂總知，正是玄沙未徹。城南諸杜，被尺五昭回之光；天下三支，奮九萬控摶之舉。

代人持盔買屋疏

地上錢流，方掩鼻過崔烈；句中眼活，盍沽酒飲陶潛。敢辤辛勤三十年有此廬，安得突兀千萬間見此屋。寸金寸土，西子西湖。各開竝水樓臺，誰念滿城風雨。一枝足矣，歌歸來出無車；數竹蕭然，賦可使食無肉。

梨洲化主疏

諸方羅籠得住，肯上梨洲；一盤苜蓿無餘，更分香積。倘可儀刑七佛，何妨教化衆生。與其令逐客於陪堂錢，則吾豈敢；曷若登壠断而罔市利，於汝安乎？我固丹心，誰開青眼。

日者陳氏命予作道士疏

入王屋山，無錢鬻牒；隱成都市，信口談天。顧豐財有道，拙不如人；雖異傳同經，猶懷舐犢。相逢求售，直欲圖成。老子五千言，誓忘筌於㡀上；令威一千歲，期化鶴於遼東。識破話頭，何妨注脚。

諸山為李臨海昌宗保安眼疾於千眼大悲殿疏

禱尔神祇【七】，感通久矣；為民父母，休戚以之。惟杲日之行空，掃昏花之無蒂。借千眼司明之助，罄乃先心；策三年治劇之勞，俾其終惠。伏願金篦刮膜，增冏冏於雙瞳；蓮掌舒光，副拳拳之輿頌。

黄檗湛愛堂造房舍疏大雄

黄檗歸來，滿舡載月；青山不改，半榻眠雲。玉川破屋難支，金地高風欲喪。桑榆遲暮，風雨飄搖。古人之戒，三宿無留；君子之居，一日必葺。真箇蕭條四壁，未免求人；假饒突兀萬間，莫非報德。

大雄寺白龍殿幹直廊疏

去年旱魃，膠断港之舟杭；傍寺蜿蜒，霈隨車之雨澤。涸轍見重甦之喜，槁苗起九死之餘。吏答恩私，遺像有嚴於輪奂；神非尸素，妥靈無媿於陰晴。欠回廊三十間，盤飛磴一千尺。密雲不雨，既孚京尹之求；三日為霖，敢後傅岩之助！

杜寺普光幹柴蕩疏

足食足兵，京兆曾稱武庫；無柴無水，家風渾似踈山。皷鐘自可忘憂，樵采猶當軫慮。欲栽葑草，直從白鳥明邊；不礙釣舡，横截碧蘆深處。豈獨烹飪以奉祭祀，亦可樊圃以代垣墻。何患日生，便為歲計。

造鐘樓疏鼎老請作。

振此洪撞百尺，横陳壯麗；舉斯重寄數尋，直上青冥。不曰才難，孰云器小。閻浮以聲為佛事，必有因緣；斧斤以時入山林，可無梁棟？財當配法，福自開基。

普照寺修西方閣展殿軒疏

寶閣橫陳，樂哉如佛淨土；劫灰屢掃，巋然如魯靈光。支大厦之將頹，須真才之起廢。爰諏匠石，以扣檀門。自四十八萬至四十八錢，滿法藏比丘之本願；由千百億化接千百億衆，式雁門伯仲之芳塵。要見異時花内標題，便是今日疏中名氏。

超果無礙浴院幹前軒疏

無礙浴院前榮，未舉脩梁；叵量福基後効，須還大施。要尔同超濁土，為渠辦取涼池。尺土寸金，千金易得；一湯二水，滴水難消。雖無位次安排，只貴寒温得所。成佛子住，行看妙觸宣明；舞雩詠歸，不在春風洙泗。

華亭證覺觀堂教院檀越山門兩疏

末流所至，濁涇清渭何當分；齊人所知，管仲晏子而已矣。渠方合耦而助，吾欲同途殊歸。有可平章，毋忘推挽。恭惟某淨覺梅花樹下，十載掩関；永和脩竹寺邊，一枝容膝。自打諸天交道，儘教諸子揶揄。似不能言，扣之則應。九花開觀，作興清泰宗風；一步到家，來問華亭舡子。

相群炙手，陸粱井底奚為；何補承家，醉飽墦間未已。自守臺衡計拙，放教燕雀風高。真箇流通，何妨冷落。恭惟某寸田可稼，丈室曾開。負循循善誘之宜，扣止止不譚之要。柯橋水逆，笑射羿之逢蒙；谷水秋深，豈鴆人之叔子。買山且置，擇地徒勞。判一生硬兩脚根，跨諸方出幾頭地。

延慶觀堂翻盖疏

直明生死，欲空冀北之群；横絶娑婆，大勝終南之逕。惟此觀堂之設，示人淨土之津。一花題名，五濁離垢。矧劫火洞然而不壞，恐梅霖霈霪而難支。滲漏不除，帡幪何託？鴛鴦翼翼，可無望於同盟之人；荷芰酣酣，結有緣於未歸之客。

陳寺修圓通閣疏

處處普門，迷隔弱水三萬里；巍巍重閣，何必崑臺十二層。是雖土木之成，寧免陰霾之蠹？蠹須再振，成則中興。豈敢擅千金獨創之榮，要當致萬福攸同之助。三熏海木，式嚴檀施之家；百囀宫鶯，同入圓通之境。

淨慈冬節疏

兜率荔枝，中老素三種毒；瀼昌橘子，欠韋郎一夜霜。驗人只這些兒，笑我知它幾許。冬年解結，自非舍富從貧；南北東西，誰解生心受施。

智門能老開堂疏

表海大邦，杳杳蓬瀛有路；住山本色，明明刀斧無痕。陽春不是無聲，霽月豈曾諧俗。恭惟某人名晞盧老，墨盆毳衲猶存；脚跨智門，荷葉蓮花便用。先師意旨，未夢見在；諸佛法印，可得聞乎？試露鋒鋩，要知源委。嵩呼祝帝，八千歲以為春；鵬舉摩天，九萬風斯在下。

昭慶淨土池疏

載笙歌去門，喧北宕之舡；聽樹林談花，託西池之藕。断尋常之擾擾，開丈六之巍巍。即俗明真，事則有成有立；惟心自性，人皆無欠無餘。欲謝炎丘，必尋凉甃。由初願至四十八願，佛不虛言；捐一錢至百千萬錢，君其樂施。

妙湛月岩中開堂疏

向來擊小彈偏，揭單傳第一義；譬夫尊王賤伯，尚六藝黜百家。永懷先物之難，要見續弦之断。恭惟某人諸天響合，群衲影從。明明百草頭邊，會其有極；落落九淵之下，亦與之俱。學妙屠龍，機深陷虎。偶虛蕙帳，不須賦北山移；休打葛藤，佇看行摩竭令【八】。

寄居疏

太虛無口，誰翻四辯之瀾；頑石何心，自領重玄之旨。至若墻壁瓦礫，洞然見聞覺知。凡我簪纓，式此龍象。恭惟某人家有哲匠，心冥正傳。會於聞處知歸，肯向説中取辯【九】。務到不疑，方酬半偈；雖曾小試，未稱全提。雷欲驚春，潮仍吼月。非男女等相，不須問境中人；碎佛祖玄關，便豁開頂門眼。

碧雲建藏疏

達摩耶藏，要看八面玲瓏；娑竭龍宫，未見層簷峭峙。事竟成於有志，珠固得於無心。坐令海嶽旋時，盡在機輪活處。日暮碧雲合，鉏雲耨種德之田；雨來脩竹鳴，題竹俟登龍之客。

正海爭□徽廟道場不應作貢院遭別駕之暴使求僧以償其勞

奉先帝在天之靈，仗節死義；惟空王入室之子，荷法忘身。珠中業影分明，柱後惠文寬大。燭不勝月，嗟盆覆而不遭；魚漏吞舟，雖網踈而弗漏。甚矣割支之慘，徒斬春風；懷哉圓頂之逢，霑沾德澤。

心老住道場疏

叢林止黃葉之啼，一夔有托；廊廟中青錢之選，十目無私。泥登埏埴之盤，翼駕扶摇之御。重增九鼎，喜抃三山。恭惟某從道場來，成佛子住。象皷聲前不死，塗毒休撾泥洹。震徹無聞，知音猶在。盡掃百廢，方屬半提；瞥轉一機，何妨全壁。西湖乘興，有如雪堂居士留石塔師；北礀揮毫，大似太原上座勘石門句。

淨覺法師齋忌疏

淨覺與其師四明法智辨論不合，遂歸天竺慈雲懺主，後人目之曰山外宗。

異傳同經，等述一王之法；家雞野鶩，咸歸八法之書。雖統有宗、會有元，始可流通；必青於藍、寒於水，方堪付託。受斤有質，投針不疑。毫釐少差，腹背大敵。金石玄中逸響，筌蹄紙上陳言。脱穎難藏，當仁不遜。智齊范樵則師減半德，技經肯綮則目無全牛。仰事激揚，俯從振厲。以咒以詛，敢辭既出斯門；載馳載驅，未知鹿死誰手。具位伏願山無外界，勝幡樹十丈之紅；水有四淵，孤櫂反九池之碧。

下竺修造疏

殿古雲深，一會靈山面勢；閣輩天迥，九花芳沼爲鄰。此外皆椽差桕脱之餘，於是乎雨震風凌之甚。礎難勝任，未聞澆柱之箴；梁昧持危，有待架虹之手。行將壓矣，坐眂愸然。思刱建不曰惟艱，顧因循尚安敢肆？三檀應無住相，兩碉不盡恩波。矧王舍城，乃古佛國。春風着力，齊吹入此門來；梵刹重新，何莫由斯道也。

拜郊臺天真院移普賢塑佛疏

玉象回顧，在法界中；古殿重修，出人意表。鮮明如爛銀闕，象設如七金山。江月洗空，不見塵囂之蹟；樓鐘遞響，時聞梵放之聲。城南尺五雲霄，花藏三千幢刹。大功德海，大富貴人，只有歸依，更無擬議。生心受施，敢貽居士之譏；住相生天，莫負如来之記。

小白花橋疏

雄跨中流，玉扃老仙曾度；大書巍柱，綉衣使者重來。陋溱洧之乘輿，快雲霄之得路。比石如櫛，擬芻尼銀浦之高寒；飛梁閣雲【一〇】，為儀鳳甘棠之伯仲。此費實重，小才罔功。振百年皇祐之規橅，增一曲蘋洲之壯麗。看卧波之峭峙，未雩何龍【一一】；若遵路之坦夷，其直如矢。

請亨老住報恩疏

睡虎眼開，聽它搏噬；孤鸞影動，還自回旋。是誠彰教兒孫，孰掩丹山文采。某冠冕萬指，筌蹄百非。等將淵奥根源，付與緒餘土苴。有口挂壁，早嫌葛藤；無心出山，已成途轍。來作鄮中佛事，式尉同盟；撥開度外塵機，掃空邪説。

婁公瀆中興接待疏

古婁公瀆，舊化城基。藏雖八面玲瓏，缺殘衆相；地乃千年常住，緣募三檀。畢命爲期，亟圖接續；餘生未泯，便欲圓成。祇陀太子開給孤獨園，劫劫爲前佛後佛舍；妙眼善女修破損像【一二】，世世生天王人王家。試聽八九十老僧之言，必享百二十長年之壽。

常熟道友焙經得舍利無數榜

蠹不在魚，在執紙上語者；焙非待火，待忘言外詮時。本自清涼，何曾熱惱。珠回玉轉，單聯複貫無遺；霧濕嵐昏，一暴十寒殊甚。歸諸藏，藏白不能説；藏諸身，身在則有餘。第二義門，恢五福聚。佛法不怕爛却，死灰不復然乎。弗於鼻觀上聞經，安能火熖裏説法。墻壁有耳，分明於此知歸；舍利無根，畢竟從何流出？

烏青鎮廣福火後修造榜

炎炎三毒，競起無明；落落千間，遂成烏有。可惜千年常住，適遭兩木相因。采壯采明，不激不發。厄會驚喧兩鎮，劫燒幾至三禪。玉石俱焚，鬼神弗赦。掃殘瓦礫，重布準繩，豈憚辛懃有此廬，行看突兀見此屋。工師得大木，莫非佛刹重光；太子布黄金，便是法輪再轉。

長安明兄修造榜

逃虚空時，倏喜足音之響；過長安市，遥知日馭之高。弗超火宅炎丘，誰識凉池芳甃。殿古將仆，閣今欲葺。懷哉一木難支，偶爾四緣俱順。幻出九花幢刹，宏開百尺簷楹。複道行空，落日懸鼓。佛無高下莊嚴，萬德皆同；土有西南淨穢，兩途相遠。長玩壺中日月，盡收劫外風煙。更上一層，不移寸步。高閎大第，毋求住相生天；林樹水禽，等是無情説法。

南翔修造化糧榜【一三】

鶴南翔去，幾時華表重還；錫北飛來，指日祇園側布。寺占蕭梁之地，浦停博望之槎。風嫋經幢，蓮開品觀。六萬字誦芬陁偈，半千僧同梵音聲。未策歲功，先了日課。開梵天之壽域，爲王者之福田。佛放光明，瞻之在前，忽然在後；法城峻峙，壞者既安，護者亦空。徒欲捕風，還如繫影。盡大地是王老師檀越，庇託萬間；取上方皆維摩詰神通，香酬萬指。虛空有盡，一鉢長歌；實際無私，百堵皆作。

龍華寺火後修造榜

雲蟾樓觀，天開三會風煙；水鳥樹林，地接九花池沼。錢氏五王舊德，皇家萬禩丕圖。毳衲星居，瀟灑半千之衆；鑑堂塔在，流通四十餘年。司烜氏玉石俱焚，古寺基乾坤獨露。殿宇衆法，次第重修。嗟撞鐘伐鼓之時，欠展鉢開單之地。要見百世楷模，六種成就；還它一堂冷濟，千古分明。大富貴人盡是王老師檀越，小聲聞衆願觀維摩詰神通。天道好還，老胡有望。

侃都寺重開大慧語録疏

濤湧瀾翻，尚想衡陽瘴面；雲開天霽，式符江漢歸心。撚指一十有七年，信口八萬四千偈。人天龍象，在則人亡則書；草木芝蘭，出乎類拔乎萃。奎文寵錫，海藏珍收。雖非魯壁之藏，甚於秦火之酷。欲裒衆施，盡與重刊。掃古今螢爝之微，還皎潔蟾蜍之照。遺音猶在，妙賞須逢。如金聲玉振無遺，免邪説暴行又作。

祥後堂住天童疏

東晉高風，想見蘭亭勝踐；後人表刹，遂成蓮社清游。典刑懷古衣冠，氣象壓今叢席。與選掄者，皆寄偉人。某人峭峻全提，淹回半座，雖云借路，是亦明宗，便當捷出横蜚，未有長行不住。佛法扶顛之際，春秋責備之時。水迷涇渭之分，如何着眼；烏藐雌雄之辨，只合忘言。莫論三種住持，要見一門超出。

印老住天童州府山門諸山三疏

有法付國王大臣，金湯惟固；無法付空王真子，衣鉢親傳。斯文欲並皇明，王度敢忘陰翊！某人身藏北斗，口吸西江。滕公三代後，跨竈衝樓；肯堂一着先，摩頂放踵。康莊失步，指陳自己珍琦；死水觀瀾，又屬它家風月。與其輦轂，曷若山林。指碧巖石玲瓏，達四聰於丹扆；觀黄河水清淺，導萬派於銀潢。右州府疏。

會佛法人，何啻稻麻竹葦；無陰陽地，不關水旱豐凶。幾箇知歸，其誰踏着。某人浮華消盡，真實獨存。一點無私，十年起廢。春去桃花片片，緑繞庭除；夜開月觀沈沈，翠磨星漢。孰謂平常是道，安知坐充平常【一四】；自憐計較俱非，不解巧生計較。出乎其類，少尉同盟。豈無它人，願觀盛作。右諸山疏。

名徹前朝，得松巖之奎畫；道參中貴，服稻畛之金襴。道人分上，安用多般；明眼人前，不直一笑。某人勑住天竺，勑歸天童。静退於演遁菴，機尤峭峻；遭逢如清道者，寵更光華。欓谷成陰，睦州擔板。佛燈珣後佛燈，印又聯芳；事法界中事法，門當再振。右山門疏。

修造疏

住處不支，嗟前修之尸素；傍觀者哂，見後進之因循。適當承乏之秋，妄冀中興之業。門庭大敞，囊橐無留。想翼翼之脩廊，悲凉故老；眷沈沈之古殿，懷仰空王。闕典猶多，成功尚遠。需仄布黄金之手【一五】，於豁開青眼之時。意在鈎頭，春生筆下。

蘇公堤南屏寺修造疏

臻公寺老，門掩斜陽；西子湖春，堤横淥水。楊柳芙蓉富貴，栴檀簷蔔凄凉。屋既摧頽，僧尤寂寞。因陋何妨就簡，惟新豈易圖成。瓴甋再翻，帡幪可冀；柱石重振，棟梁欲堅。大福德人修，大福德人受用；明因果者壽，明因果者承當。此話纔行，施心便廣。

四衆塔疏

湘南潭北，層落落，影團團；天上人間，峭巍巍，孤迥迥。雖示兩雄分座，何如四衆同歸。一路涅槃，千年矩範。腐胔朽骼，有菴中不死人；華屋朱門，賞絃外無聲意。留十方常住之地，駐一原不老之春。壽君壽親，利彼利此。

西谿接待建華嚴閣疏

天上雲開兜率，靡不涵容；門前路透長安，可無接待？庫院脩廊未建，廣堂傑閣方營。不知法界無邊，豈信雲霄有路。朝往西天，莫歸東土，何日到家；南詢諸友，北謁文殊，一生成佛。盡是華嚴富貴，孰非藏海莊嚴。法法圓成，人人具足。

東陽雙魚接待疏

騷人著語，好風千里吹來；劉禹錫在京師作詩來。山鬼挑燈，清曉一時逃匿。天巧無從自獻，地靈遇物斯彰。起乾没之峭巍，如獲信平聲。之雋傑【一六】。佛宫儒館，鐘鼓絃歌。試看止息化城，孰若詠歸沂水。創物惟智，聚人曰財。堂扁生秋，掃大暑，去酷吏；山有飛瀑，如白雪，停陰岡。絶唱雖高，同聲必應。

延慶修造未辦疏

四明道場，蕩而復振；一乘法味，流而不窮。自寸椽尺瓦重新，幻傑閣崇樓如舊【一七】。菴虧藏六，義欠函三。缺典猶多，全功未既。上方有世界，化菩薩無路摶香；厥土惟塗泥，東海若隨潮退舍。先資粮，次加行，始一簣，終成山。扣富貴人，看鄉里面。

致道觀副觀化朝真法服疏

明信在躬，沼址蘋蘩可薦；蓬心飾外，文章黼黻奚爲？欲振殊儀，先崇内照。不脱走塵之屣，難覲寥陽；未更漬汗之裳，敢延真馭？必辦盛服，其如空囊；只有求人，别無出着。含風疊雪，輟侯家舊賜之餘；垂佩采香，昌桂窟巍攀之報。

吴江聖壽修造疏

三江既入，松江如畫圖中；萬壽無疆，聖壽絶囂塵外。起於石晉，側布金園。劫灰再掃無遺，天道好還可俟。堂無周屋，欠翼翼之鴛甍；鐘未上樓，噎鉱鉱之鯨吼。其它罅漏，以次補苴。善人樂損有餘【一八】，君子自求多福。人惟尋舊，事不避難。祝大哉堯，南極春秋；翊壯哉縣，太丘風化。

華亭普照置柴蕩浴疏

鼎容百斛，注不竭之滄浪；衆浴千僧【一九】，盡將來之垢濁。未建甀於温室，已脱體於汗膚。楚言刈於錯薪，賈特高於丹桂。獨無樵嶂，會有檀家。直從芳草連天，遠至萍蕪盡處。壽拓八荒之域，妙觸宣明；福開萬頃之田，諸塵清淨。

證覺買地建延壽堂疏

緫十方為老病，老病未安厥居；歌一鉢飽蕨薇，蕨薇未實其腹。旋欲經營餘地，永爲種植良圖。顧朝虀莫鹽之缺如，恨尺土寸金之難致。革東鄉笙簫之地，掃去腥膻；騰西方菡萏之芳，同歸清淨。

梅里勝法起三門修造疏

皇皇四達，春風吹散天香；翼翼層簷，夜月隨行道影。梅里一方勝刹，檀林四衆禪栖。風雨飄搖，梁柱頽圮。欲振尊卑次序，别開壯觀門庭。如正人心，以致其敬。凡淒涼之老屋，擬輪奂於新規。淮海貴人，既受靈山之囑；枌榆野衲，遂扶小刹之顛。

崇德普寧接待疏

官塘暑晝，暍思待扇之人；水驛雪時，寒軫欲回之櫂。不断商胡衮衮，方來雲錫憧憧。熱湏漱滌清泠，息免淹回叢雜。菴宜竝路，亭可臨津。開千年鐘梵家，作九夏茶荈供。渴者易為飲，凉於滴滴醍醐；逋者不忘歸，笑彼區區逆旅。不勞三宿，擬報一時。昔賢有志酬恩，今日其誰負德？

慧日僧堂疏

摧頹老屋，何以安單；欹側檽𥦗，若為掛鉢。一木巍撐不得，千金改作猶難。要見一堂冷澹，千古分明；還它百世規橅，六種殊勝。載觀出著，只合求人。豈無王常侍，與臨濟同遊；亦有張無盡，為永安撰記。

彰教法堂上梁文

法道隆替，存乎其人；土木壞成，繫之於數【三〇】。顧行藏之由是，在營建以何如。細為桷，大為宗，取其長而已矣；斤者斲，刀者削，審厥技而庸之。庶逃盡力之苛，抑免弃才之謬。北磵老子錐也無卓，盍猶可歌。信開百福之田，壽拓八荒之域。不求侈靡，以取譏嘲。人其人，廬其廬，哂愈之强為辯也；尔為尔，我為我，於惠也初何傷乎！願聞堂下之言，以悟雪中之立。劒湏高挂，尉徐君九地之知；梁欲横飛，相匠氏一時之巧。

兒郎偉！抛梁東，疏雲薄霧鎖空濛。霜鐘敲月回僧定，人在煙蘿第幾重。

抛梁南，稚松孫竹間楩楠。沾沐九天新雨露，參差濃翠影交參。

抛梁西，雲從黄鶴度雙谿。千載子安呼不起，來依蕙帳隱淪栖。

抛梁北，北阜深雲鉏不得。長刀短笠斬荆蓁，留取梅花伴詹匐。

抛梁上，雪卷水晶雲母幌。自是丁山壓衆峯，一泉一石皆宏放。

抛梁下，泓碧濺濺生石罅。張公名字至今存，清清不改消炎夏。

上梁之後，伏願人安里社，米熟家田。恢釋梵而鼓行，贊唐虞而陰翊。衣傳止六代，已分北秀、南能；我獨有二天，得依龔遂、黄霸。

大梅護聖僧堂上梁文

絶頂有天，宛與壺中不别；深居無説，誤從紙上虚傳。衆含詹匐之芬，衣倣芰荷之制。榮公長老，來踞此座，不負大梅。住山無刀斧痕，談玄有虚空口。斲輪自若，血指紛然。掄材而為棟梁，挂椽以庇風雨。一堂冷澹，道南泒別清流；千尺婆娑，濟北凉生大樹。賀厦燕雀，展單象龍。彈指翬飛，何必指將軍之廩；聽渠豆爆，不湏然內史之灰。欲相脩梁，爰歌善頌。

兒郎偉！抛梁東，瞳瞳海日上空濛。晴卷煙霏橫獨秀，光摇寒碧沕群龍。山有潭湫極霧。

抛梁南，俯瞰諸峯鎖翠嵐。秋攬千林吹桂子，影高群木綻優曇。

抛梁西，一牛鳴地兩招提。山噎曉聲鐘斷續，煙消晚翠玉參差。

抛梁北，風滿天香浮毳裓。佳士能来似有期，俗駕自回安用勒。

抛梁上，鳴鶴在陰飛逸響。畫簷低與暮雲平，覩史夜摩無此樣。

抛梁下，整整斜斜排萬瓦。要知身是太平僧，善頌不妨歌至化。

上梁之後，伏願雲歸雙嶺，門掩孤岑。松花有餘，聽松風此山老；梅子當熟，問梅仙何日歸。捲百衲于三椽，選一麟於衆角。

育王姚氏子裹飣奉母主僧宗印墟其廬利州定㝡金新之上梁文

仇餉既讎，貪殘自斃；嗟來可食，禮義誰明？某愚魯有餘，困窮無告，執胹可曾知味，頡羹安冀封侯。變從顔子墨埃，戕逮杜陵茆屋。墮卵覆巢之酷，震駭鄰人；牽衣頓足之哀，怨咨行旅。青山不老，感桑麻燕雀生成；黄粟難賒，嗟兄弟妻子離散。眼空環堵，心折分羹。經之營之，不日成之，衆輕易舉【二二】；至矣盡矣，不可加矣，此恨難平。方自貽草創之羞，笑渠墮苟安之計。先事後食，從今忍渴於盗泉；傑閣重樓，自古閲人如傳舍。

兒郎偉！抛梁東，剪剪茆茨枕鄮峯。誤燕歸來尋古壘，飣牛歌罷撫長松。

抛梁南，一眼芊蕪接大涵【二三】。霧雨漲空無處覓，曉來依舊色如藍。

抛梁西，家家茆舍擁踈籬。淺深野草空緣砌，寂寞閑花自滿枝。

抛梁北，松奮老髯空翠滴。不隨桃李嫁春風，可是春風無氣力【二三】。

抛梁上，咫尺浮圖涵萬象。為問劉郎安在哉，一聲清磬深雲響。

抛梁下，小小數椽如大厦。為誰革故為誰新，山中千古成佳話。

上梁之後，伏願春回玉帳，光透金壚。駈虎豹於山林，致鳳麟於郊藪。洛陽都蓋，正湏綾襖。横陳寒士俱歡，不管吾廬獨破。

華亭楊木浦朱寺法堂上梁文

楊木陰陰，人在輞川圖上；浦雲冉冉，僧歸清泰城中。發露天藏，幻成雲構。檀越某人孤韻絶俗，半生如僧。願輪拂盡銖衣，結習洗空紈袴。只營精舍【二四】，不築菟裘。豁開重閣大講堂，招延三觀法檀度。聽經之浮圖，是中湧出；隨身之宮殿，何許飛來。刀斧無痕，林泉增氣。蕙帳空兮夜鶴怨，賞機雲二仲之音；潦水盡而寒潭清，印持遠千江之月。一堂冷澹，萬象證明。潮聲雜善頌，洋洋行看賀厦；劍氣與遥穹，蕩蕩盡屬鈎簾。華觀欲成，脩梁爰舉。

兒郎偉！抛梁東，江流萬折繞吴松。長憶法華新道者，冥冥千仞没孤鴻。

抛梁南，南翔老遠是同龕。此堂後夜有明月，更復與誰相對譚。新道者乃開基之人，死矣。南翔遠勸請造寺。

拋梁西，陰陰翠樾鎖煙霏。風急蜃樓高突兀，煙消鴛瓦碧參差。

拋梁北，莊嚴面面皆殊特。若非胸次有規模，此段風光總乾没。

拋梁上，雲垂平野開屏障。諸天無路花不飛，梵放有聲山答響。

拋梁下，桃李無言時自化。衆角雖多貴一麟，驥子騰騰空萬馬。

上梁之後，伏願步武龍象，筌蹄兔魚。白石點頭，黄金布地。梅熟許同朱老喫，覺林泉四事之饒；山高豈礙白雲飛，看賓主一時之盛。

碧雲藏殿上梁文

殿舍藏，藏皮經，擬海伯宫之輪奂；樞發機，機運軸，尋山檮樹之根源。曩聞十二部所詮指歸，遂得八十卷重玄嗅出。記所見者，作而象之。以境攝心，與人為善。北磵豚叟貧也非病，剛而用柔。浚智井而罔功，墾廢畦而弗穫。寸才如玉，斲小貽工師之羞；尺堵畫宫，用大笑夫子之拙。所住之刹斗大，所臻之雲鼎來。茹苦分甘，共作同息。幻成四朵，跨出叢霄。月車日馭，東湧西沉；牛鬼蛇神，左出右没。哂乃閣蜚樓迴，燕雀風高；眷兹地轉天旋，鯤鵬路闊。三轉法輪如舊，萬年玉曆惟新。舉尔脩梁，聽吾善頌。

兒郎偉！拋梁東，碧雲峯對紫雲峯。冉冉碧雲歌日暮，紫雲峯下聽踈鐘。

拋梁南，種杉僧老雪毿毿。却憶閩山生處樂，驚猨空守緑蘿龕。

拋梁西，淹田秋稼與雲齊。未必侏儒皆飽死，只令臣朔一人飢。

拋梁北，平地獨山無草木。山名。天生墝确不中樵，如何容得牛羊牧。

拋梁上，雲際何年埋石像。舉頭雲歛建招提，祇陁太子金園樣。

拋梁下，禁鞣朱離隨俗化【三五】。自是陽春調絶攀，可但只今人和寡。

上梁之後，伏願帶經成俗，佩犢變風。鶺鴒在原，視弟有愛兄之道；虎豹遠跡，耻人懷食子之心。緊崇佛乘，陰翊王度。式全父愛，陋袁彦道之呼盧；庶答母慈，嘉潁封人之錫類。

下天竺造僧堂上梁文

靈隱前，天竺後，三千刹外風煙；西湖上，畫圖中，尺五天邊雨露。旁開仁壽，幻出莊嚴。性具為宗，法門有議。兩雄孰先孰後，聽法華經；一瓠載沉載浮，寓東海若。住山某人行輪碾霧，戒香逆風。萬指影從，四花雨集。追惟故事，半座穆如清風；來歸舊山，一會儼然霧鷲。既滿户外之屨，頗隘堂中之單。欲旃檀薝蔔成林，以枯木留香為式。旁搜柱石，出深山大澤之耆髦；聊布準繩，付盡堊斲輪之妙密。

抛梁東，一川風物在壺中。砌下水明深湛染，樹頭雲濕小玲瓏。

抛梁南，上中下竺寺分三。四山如畫開屏翠，中有青青小蔚藍。

抛梁西，山高孤塔與雲齊。層層落落琉璃殿，咫尺叢霄路可梯。

抛梁北，一奩寒碧瀦明玉。放開三板雪虹飛，疑是飛廉翻地軸。

抛梁上，覩史夜摩無此樣。萬竅無風籟寂虛，隱隱薄雲聞梵放。

抛梁下，陰陰壽木藤蘿挂。近寺時聞鐘磬聲，莫隨風雨飛遥夜。

上梁巡後，伏願一單如倚岡陵，百禄長於箕翼。崇功報德，嘯月眠雲。得覺道成，同結内官之社；使聖人壽，祝如華封之人。

丘運使後堂上梁文

昌黎獨步，辛勤三十年有此廬；浣花何時，突兀千萬間見此屋。曷若本支餘慶，共承先緒幽光。整頓丘園，團欒長幼。某官心涵江月，髩老淮雲【二六】。三徑就荒，夢想歸來之詠；四郊多壘，敢忘蜚輓之勞！揀盡寒枝，莫如喬木。龜筮叶吉，祖宗妥靈。凡曰同盟之人，共存諸父之國。安昌未老，尚堪弟子趍隅；太傅欲歸，又見君王前席。

抛梁東，梓匠輪輿欲奏功。故侯新築生和氣，稚耄喧呼賀燕同。

抛梁南，湖光雲影兩相參。六月凉生清晝永，荷花落日正紅酣。

抛梁西，門開深窈止輪蹄。古藤細柳成行列，時有子規來上啼。

抛梁北，催詩急雨油雲黑。璧碎珠零在筆端，四座喧譁翻醉墨。

抛梁上，鸞尾掃除雲物障。八面玲瓏一鏡中，主人胸次同昭曠。
抛梁下，莫論少室山人價。百家姓裏聖人名，無道桓文之事者。
伏願上梁之後，紅塵擾擾，明月幢幢，始知弓未嘗亡，益信珠元不去。舊巢燕子，喜歸從百姓家；初日寒烏，弗須占丈人屋。

慧日僧堂上梁文

門如市，心如水，喧寂惟人；山有玉，淵有珠，秀整超俗。此大蘭若，如小祇園。自跨虎，野哉僧，來相攸，壯哉縣。一堂欹側，十載經營。今兹策勛，老我袖手【二七】。北磵老子閲世欲槁，與雲俱遲。絶憐買沃洲山，大似捷終南徑。究此生無生學，畢命爲期；絶諸方孔方交，於吾何有。至若土木興建，與夫金碧莊嚴，力非不能，智弗可强。誦永安僧堂記，爲平生座右銘。咨爾後人，遵予明訓。式陳善頌，以相脩梁。
兒郎偉！抛梁東，扶桑初日上蘢葱。霞明高下叢霄碧，光透東西兩鏡紅。
兒郎偉！抛梁南，童子南詢五十三。一從去後無消息，懶聽行人説徧參。

兒郎偉！抛梁西，水通清泰九花池。宗雷静社人心别，告戒丁寧不變移。
兒郎偉！抛梁北，舊井依稀言子宅。千古弦歌在武城，鄉邑至今爲軌格。
兒郎偉！抛梁上，太平無象天垂象。捷書夜報甘泉宫，江東諸葛猶宏放。
兒郎偉！抛梁下，閤扁景言誰並駕。小戴經從大戴傳，不察不苛民自化。
上梁之後，伏願利兼百衲，德懋四檀。食於斯，息於斯，勿云當得；迷於是，悟於是，切莫它求。如是則廣居正位，汝尚堪任；不然則夙負昔因，人誰與代！

謝州府啓

多種藕花，邀淵明飲；肅瞻卿月，與阿戎談。良既友於白眉，很失防於傲象。清分涇濁，猶雜蘭薰。蓬未直於麻中，枳已蕃於江北。罔遵粗有瓜葛之訓，勇證攘羊；不識抛示鶺鴒之書，動輒紾臂。是至親者，况他人哉！生知本地之風，死媿延陵之鬼。勸之或不足道，沮之亦奚以為？樞得環中，環去樞轉；車在門外，門開車亡。假為深夜之談，真成正書之攫。私衷盎面，公服趍堦。鏡虚而妍醜分，勢迫而情偽見。

本心自喪，昧江有汜之遇勞；家醜外揚，謂墻有茨之可掃。謬將槁木死灰之士，誣以曉風殘月之嘲。自貽帷簿之羞，甘出閭閻之下。兹蓋伏遇某官雲開月霽，水止沙明，照姦無毫髮之遺，律貪有冰霜之厲。民躋袵席，視前日為何如；雲冷狴牢，嗟鄉來未始見。昭用儒之速効，盡得士之歡心。至於山林，采若葑菲。某日老一日，時非曩時。抱湘瑟倚齊門，則已死矣；聽先生歌梁甫，尚復悠然。冀長在春風和氣中，當不啻錦里煙塵外。知雖有素，託千指之怦𢤱；惠豈無終，安一枝之風雨。

校勘記：

【一】雪豆語不入藏　庫本無此注。

【二】禪者之英　庫本作「禪士」。

【三】還它日用功夫　「功」庫本作「工」。

【四】化苔疏　「苔」庫本作「菜」。

【五】選佛青銅萬中　「中」庫本作「個」。

【六】少尉同盟　「尉」庫本作「慰」。

【七】禱尔神祇　「祇」上本作「奇」，庫本作「祇」。

【八】佇看行摩竭令　「竭」庫本作「詰」。

【九】肯向説中取辯　「辯」上本作「辨」，庫本作「辦」。

【一〇】飛梁閣雲　「閣」庫本作「繞」。

【一一】未雩何龍　「雩」上本、庫本作「雲」。

【一二】妙眼善女修破損像　庫本作「妙眼善女虔修破損像」

【一三】南翔修造化糧榜　原無「榜」，據庫本補。

【一四】安知坐充平常　「充」上本、庫本作「死」。

【一五】需仄布黄金之手　「仄」庫本作「側」。

【一六】如獲信平聲之雋傑　「獲」庫本原作「蠖」。

【一七】幻傑闍崇樓如舊　「闍」上本、庫本作「閣」。

【一八】善人樂損有餘　「損」上本、庫本作「捐」。

【一九】衆浴千僧　「千」原作「子」，據庫本改。

【二〇】繫之於數　「數」庫本作「類」。

【二一】衆輕易舉　「輕」上本、庫本作「擎」。

【二二】一眼苹蕪接大涵　「苹」庫本作「平」。

【二三】可是春風無氣力　「是」庫本作「自」。

【二四】只謍精舍　「謍」庫本作「勞」。

【二五】禁韎朱離隨俗化　「朱」庫本作「侏」。

【二六】髩老淮雲　「髩」庫本作「鬢」。

【二七】老我袖手　「我」庫本作「當」。

北磵文集卷第十

酒僊祠銘

竺仙氏家法嚴，於行師善世守者，全鋒不足攻也。酒亂德，謹為之防；縱敗禮，固為之閑。踰防閑有律，智者過則改，眎覆轍甚焚溺。等而上之，成佛子住，反是蟲臂鼠肝，聽其所如。吴僧遇賢則異是，曰酒亂德，吾所以樹德，曰縱敗禮，吾所以成禮。縱是適，酒是耆，雖酣醒，有常度。始人惡之，少則疑，終則敬。既而稱酒僊，飲之必旨且多，諧謔風生，鮮克嬰其鋒，或謂東方曼倩不是過。信脚行，信口道，左規右矩，句鍛月錬者未必然也。喜淨業，不喜清泰。問其故，曰無酒。年八十八，笑譚與衆訣於所居之明覺，了了生死之際，祥符五年正月十五日也。歌詩滿三吴，稚子抵掌歌之，謂非酒仙不能作。仙姓林，生姑蘇之長洲。幼失水，至嘉興，遂從郡之永安可依為比丘，五十九臈，嗣杭之龍册球公。後二百有三載，余始識仙象，訪遺事於寺僧惟一，得皇祐六年濟陽丁偃記，淮西張任則重述於淳熙九年。一以為未也，需余銘，拒者四三，辭婉而氣益和，為之銘。銘曰：

繡佛前，醉逃禪。人中英，飲中仙。仙上天，第幾禪。誰同盟，林酒仙。蘇峨冠，林童顛。蹟殊歸，心同然。德可歌，言可傳。谷可變，陵可迁，蘇不崩，林不騫。

梵蓬居塔銘

釋慧梵字竺卿，縛茆奉母，扁曰「蓬」，一時稱蓬居。生嘉興府崇德縣之石門顧氏家，父母以其無適俗韻，事高陽澄寂院僧守先三年，習經懺。十三剃落，具足，受毗尼。畢生持守有嚴。坐七十六臘，壽八十九。為子孝，臨事敬，謹身節用，脱略世故，君子謂其壽考無媿。學性具宗旨於天竺如虎子，學詩於處士陸永仲。時東越律師之秀曰廉，曰持，伯仲也。廉口不輟佛名，少暇對人語；持有詩名，左藏張雪窻云「忍淚别僧持」者也，於卿異姓兄弟。徒皆先逝，孫空覺奉卿如卿奉母，死葬蓬中。後十七年，師謹櫜卿詩藁來謁銘，乃亡友上方朴翁義銛編次，文昌毓齋李公沐則為之序，以其先大參政有雅故，謂其詩似唐諸王孫李長吉，讀其詩者當不言而與。又嘗演唱於湖之開元智者，應侍郎、曾文清逮遴選。銘曰：

壽冠五福，卿八十九。孝先百行，卿使母壽。母子俱壽，天其與之。雪月風煙，一昌於詩。儆東西鄰，樹梅水仙。自食芳鮮，自寫幽妍。歡娛母慈，而送其死。母死不忘，以其有子。我不識卿，聞卿於銛。遺事可銘，幽光發潛。

金山蓬山聰禪師塔銘

寶慶元年三月十四，金山龍游禪寺住山人亡，龕留五日，奉全身葬於洪信松山菴。名永聰，字自聞，蓬山其號。紹興辛巳七月十八，生于杭之於潛徐氏。八歲剃髮，受具，服紫伽梨【二】，為縣東資聖寺僧行居後。還家塾，授五經。十五從父游徑山，別峯機辯警拔，白父曰：「人天龍象也，願學焉。」別峯器之。至育王、天童，當拙菴、密菴全盛時，婆娑兩翁間，或五六年，或四三年。既壯，掌肯堂之記於薦嚴。後游閩越、江東西、湖南北，凡緇白名流，反復慱約，雖好夸務勝，惡聲相加，必雍容婉辭，盡底蘊乃已。嘗語人曰：「佛祖正印厥任重，今也奇貨矗矗如蝟，辯而失宗，酲而掖醒，汎而多岐，眊而指津。豈無望於捷馳橫騖者，掎角而婁其種落。」耕稼於台之淨慧，開法於光孝。一香供別峯，記初友也，徙建康、保寧、蔣山、南徐、金山。在保寧時，制府講守禦甚急，師與幕府諸公議論，具有本末。異時虜入濠【三】、滁，略蘄、黃，悉如所料。劉潛夫贈詩，有「聰老才堪將」之句。往往贗浮圖以識字議己，輒笑曰：「固犯是不韙。」一死無長物，年六十五，蠟五十九。度弟子四十餘。銘曰：

語而明，默而冥，語而忽冥，默而忽明。語默之不知，昭昭乎無遁形。樊然葛藤，我獨不能。愸然如瘖，我獨苦心。疲精竭志，我愚益肆。偽飾外修，我則反求。或聚族而謀曰，佞壬臃腫，懞恍詼詭【三】，罔人欺世，千礎萬指。有一於此，聯臂引類，反是則痛誣力非。廩乎人可罔耶，世果可欺？曰罔曰欺，墦間餟而。蓬山寂寥，忍死不為，是故北磵，銘而載之。

天童山息菴禪師塔銘

公名達觀，號息菴，婺之義烏趙氏子。高曾皆衣冠。年十二，喜佛書，勇舍世俗家，父母成其志。受業於縣之法惠寺僧正覺，欲超大方，凡鼎望利養非本色衲子住處，往往過門輒掉頭。若正因保社，窮鄉遐徼，越嶺海，犯霜露，趼足糗粮，尋訪不憚遠。參應菴於天童，見無菴於道場，後於天封水菴室中，明得二老垂手處瓣香，為水菴有自也。水菴在閩，横機峻峭，為衲子一関，徑往扣之。一語不浪下，破的而後反。用覺圓據育王席端，氣蓋諸方。有從上爪牙，宿學所嚴，公分板首，一語一義，反復愽約，必盡底藴，侃侃不相下。堅於長城，從容佛照。一語不契即去，至龍翔，栢堂虚第一座以俟，識者偉栢堂知人。開法嚴之霧岩，閲四五刹。晚自金山被旨靈隱，坐四夏，用大覺故事，上告老之請，歸天童。又六夏而蜕，嘉定五年七月二十七日也。蠟五十，壽七十五。龕留七日，奉全身塔於玲瓏岩下，得其傳者守中、從禮。度九十七人，永澄、永隆，猶子也。隆先逝，大事實澄當之。機用播叢林，具眼者因言得人而印心，泮然一言而忘其所爲言，則此窣覩波可以銘，可以不銘。銘曰：

佛智冢嗣圓悟【四】，後之跨竈，水菴崛奇，不則不足與有為。水菴勝幢，隻手可支，鼎力在腕，危而不持，不則不足與無為。無為之為，中下罔知，然則釬猫之盋、翻墨之衣，孰重孰輕，孰是孰非？

夷禪師碑陰靈隱

石鼓既得銘於秘書、侍右郎官高公似孫，重逸抱銘泣於余曰：「先師貶剥諸方不小貸，所嚴者子一人耳，盍一言為之發？先師関繫此山者甚至，子所見也，敢再拜而申之。開禧末，蝗蔽天，赤地連阡陌，列刹謝遣客。比丘主者心印佛衆自用，不推消息盈虚撙節而權其變，撞鐘伐鼓，延接方來如平居無事時，寺亦幾殆，為倚城社者曰師齊斂而有之。是時高峯之鬼能禍福人，人嘉神休，莫敢不至，寺則頓裕，晏安易溺，前日之匱邈如未始見。深禪正修，漫不復理，以蟻蝨飽適為龍象蹴踏，本色衲子掩鼻而過之。居無何，厭足心生，去而之它。先師來自乳竇，喟然曰：『昔問道於是，佛海、佛照故家遺俗猶有存者，今掃土矣。』遂收餘衆，因陋就簡，仆者支，漏者苴，尤無良者則去諸。尊耆艾，禮賢乂，寬苛細，謹程度，懷同志之士，稍刷前日因仍之耻，而舊貫漸復。則又曰：『僧者佛祖所自出，今也貨殖，賢不肖無禁。』乃愽訪檀施，爰諏爰度，選能誦法華、楞嚴、圓覺洎馬鳴、肇師言者，謂之合格而得度，冀昌厥善類。然則日暮途遠，盡瘁而止矣，銘則缺書。」余聞而哀之，繫之以三字八章，章四句。辭曰：

綱有綱，萬目張，法依人，建勝幢。人壞法，人自壞，法常住，竟安在？譬諸谷，谷有神，彼不呼，胡能聲？聲既沈，響斯絶，鎮長靈，廣長舌。矧石鼓，章厥號，曰希夷，洞玄奥。奥入玄，昭昭然，謂不見，誰樊垣。生曷勞，死奚息，所不死，靡有極。草芊芊，泉濺濺，天在水，月在天。

禪鑒法師塔銘

禪鑒法師名思義，月室其别稱也，杭之鹽官馮氏子。生有吉夢，母奇之。甫十有三，依縣之開福寺僧宗顯，刺血書心經，與緇籍。年既加長，扣天台性具之旨，一時宗工若覺菴言、車谿榮、霅川規、空相秀、慧光訥，皆有徵詰言句，獨於慧光針水無疑。闡法於阜陵淑妃陳氏寧親蘭若，爲十方傳天台宗第一代。二十餘載，凡三刦三就，卒蜕於此山。壽六十六，蠟五十三，度僧二十餘。嘉定九年六月初七，是月二十有二，廣如、廣脩卜慈雲迤邐梯嶺之原葬焉。吾嘗謂三學諸師，均稱嗣祖，其名曰祖，行解相應。解不逮行，大車無輗；行盈解虧，小車無軏。無輗無軏，其何能行？維禪鑒師壯則學解以昌其説，晚乃不言以著其行。一行三昧，常坐不行；佛立三昧，常行不坐。於斯二者，既三期修，半坐半行，非行非坐，始終次第，收效桑榆。豈但小智蒐須觀聽，蓋亦自謂能事畢矣。是宜得銘。

銘曰：台衡正傳，可默可説。默固難窮，説亦不竭。二威之際，緘授而已。左谿、荆谿，千偈翻水。後世競辯，異夫所同。以其異同，倒戈自攻。繄爾禪鑒，以身代舌。四種三昧，寂而非滅。既滅幻影，非幻者生。爰淑諸徒，繩繩以行。慈雲以西，梯嶺之下，一燈長然，冏此塔户。

護國元此菴碑陰

此菴大導師正三峯之席，分座提唱，屬之於應菴大士。示寂時，一二三子方畏知聞，未露文采，故應菴受以死託，凡火化穴藏之役，舉無遺力。或謂葬禮因仍簡陋，不足以圖永久，應菴從而語之曰：「竺西葬大浮圖，自有制度，示尊法也，又何以侈麗為哉？此菴光明盛大之傳，有子若孫嗣而葺之，谷可為陵，塔固無恙。」嘉定紀元孟夏既望，大丞相止菴致師第三世宜獨禪師於五峯雙磵之濱，復正三峯之席。未幾，師之藏已一新於宜獨之手，亦既完好，議者以應菴為知言。師於應菴行諸父也，商今評古，潛鞭密鍊，不啻己子。其警拔可紀者，大參政松牕已為之發，兹獨以宜獨增修之歲月書于碑陰。

圓明寺慧通大師塔銘

建炎四年，圓明厄於火。未幾，門闥皇皇，廊廡翼翼，樓觀翬飛，堂宇靖深，有像有經，有師有徒。復還舊物者，慧通師師默與佛光師景韶之力也。公杭之鹽官郁氏子，十五出家，二十得度於清捷。捷以大父事景韶，公于景韶爲第四世。幼而潁悟，超然有四方志。韶方鋭意起廢，固尼其行。既從事土木，而顛沛造次不從叢林【五】，自經始至落成，未嘗苟取於檀施。蒞事臨衆，凛然秋霜；平居閒暇，藹然春風。韶亦嚴憚之，凡所欲為，必從之稽疑而後行。韶無恙時，已嘉成績，既而大備。嘉定二年正月初八日，使諸徒環立，付以末後事，語訖而蜕。龕留三日，奉全身於寺之東，狀其行來，謁銘於北山之東磵。銘曰：

才難之嘆尚矣。有才具者昧於因果，明因果者不曉世緣。善乎鄭禹，功之為言，猗歟慧通，不墮兩邊。不昧正因而與世相周旋，即瓦礫煨燼而開覩史夜摩之天。既息幻景，西歸翩然。有萃覩波，深鎖雲煙。樹此新鐫，庶乎岸遷谷變兮尚有考焉。

鴈蕩飛泉寺豁菴講師塔銘

天台教觀皷行吴越間，假之以鳴者卓然有稱，獨未聞稱豁菴，乃今得之於嘗聞道於公者。使其九原可作，駕其説於諸子，詎知夫把絳幡東鄉而立者非公也耶！公名淨悟，字機先，東嘉樂清李氏子。幼超俗於鴈蕩之飛泉，十九受具足戒，以圓覺為受業師，定菴法統則傳法師。初訪天台教觀於定菴，後見休菴可舟，舟曰：「定菴何以示人？」公曰：「演索車義章。」舟曰：「寂光土索車否？」公不領，頓覺礙膺，不遑寢食。舟拊之曰：「疑端發露矣，寶所近也。」居無何，果默識於雙磵寂寞之濱，本宗疑難，迎刃而解。吴越講席，高眂縱觀，排闥而入。因作而言曰：「此心無媿，折鐺煮餅，借大空口，對萬象説，吾事濟矣。所學不充，因人成事，執數行帋上語，聚千百雛道人，大厦廣居，食前方丈，甚於乞播，吾弗忍也。」應緣之地，若雁宕之東安、飛泉，天台之淨土，皆一新於百廢之餘。指陳要奥，頴脱乎言象之表；吟詠情性，蟬蜕乎塵埃之外。綜群書而擷英，黼黻乎藏通別圓；御新學如養駿，筌蹄乎牝牡玄黄。

由其言與之俱化，而不知熏陶於春風和氣中。晚歸故山，屬疾，大書示徒曰：「吾將默觀其變，問藥尋醫，撓吾化也。」明日巍坐而蛻，開禧丁卯季秋二十有六。年五十九，蠟四十一。其徒文虎衰衣盂之長以奉闍維，耳齒儼然於煨燼之末。後三七日，樹塔於飛泉之西麓而瘞焉。銘曰：

是為豁菴聽說、總持兩種不壞之藏。言為虎山，行為龍岡。夫惟言行之不騫不崩兮，愈於左右龍虎之騰驤，而宅夫教觀之玄堂。雖微吾言，其所以自著者隱而彌章，久而弥芳。不然，由吾言以探其微，異世而同心者，將墮淚於鴈山之陽。

湖隱方圓叟舍利銘濟顛

舍利凡一善有常者咸有焉，不用闍維法者，故未之見。都人以湖隱方圓叟舍利晶瑩而聳觀聽，未之知也。叟天台臨海李都尉文和遠孫，受度於靈隱佛海禪師，狂而疎，介而潔，着語不刊削，要未盡合準繩，往往超詣，有晉、宋名緇逸韻。信脚半天下，落魄四十年，天台、雁宕、康廬、潛皖題墨尤雋永。暑寒無完衣，予之尋付酒家保，寢食無定。勇爲老病僧辦藥石。游族姓家，無故强之不往，與蜀僧祖覺大略相類。覺尤詼諧，它日覺死，叟求予文祭之，曰：「於戲！吾法以了生死之際驗所學，故曰生死事大。大達大觀，爲去來，爲夜旦，顛沛造次無非定，死而亂耶？譬諸逆旅，宿食事畢，翩然于邁，豈復滯留？公也不羈，諧謔峻機。不循常度，輒不踰矩。白足孤征，蕭然蛻塵。化門既敞，一日千古。迥超塵寰，於譚笑間。昧者昧此，即法徇利，逃空虛，遠城市，委千柱，壓萬指。是滉瀁無朕爲正傳，非決定明訓爲戲言。坐脱立亡，斥如斥羊。欲張贗浮圖之本也，相與聚俗而謀曰：『此非吾之所謂道。』靈之邁往，將得罪於斯人；不得罪於斯人，不足以為霧所謂道也。」叟曰：「嘻！亦可以祭我。」逮其往也，果不下覺，舉此以祭之，踐言也。叟名道濟，曰湖隱，曰方圓叟，皆時人稱之。嘉定二年五月十四，死於淨慈，邦人分舍利藏於雙岩之下。銘曰：

璧不碎，孰委擲，疏星繁星爛如日。鮫不泣，誰汍瀾，大珠小珠俱走盤。

圓訓二大師塔銘

修證大師法圓，姑蘇崑山縣之江灣談氏子。年十二，禮青龍隆福寺僧妙義為受業師，二十二祝髮，受具足戒。陳君清浩見而奇之，遇之若子弟，圓亦折節父事。陳歸南蹌，從容而作曰：「吾欲造寺，舍子不足與計事。」相攸閒曠，築室廬，市田疇，凡所宜有者畢備，圓力居多。至是水雲憧憧，無逆旅况味，香火社遂冠一方。晚節精修愈力，長期六年。壽七十七，臘五十五，嘉定十三年十月二十五，跏趺説偈與衆訣。龕留七日而闍維。弟子師訓，同里周氏子。九歲來侍巾錫，十七為比丘，能大其家而竟其緒業。學天台宗旨於北禪榮，度弟子七人，曰文秀、文質、文杲、文達、文拱、文焕、文蔚。秀、達、拱、焕，不克奉大事而蜕；質與蔚承其終；杲號古鏡，得性具之要，講貫淵源，操履潔脩，學者稱之。孫如松等二十餘。嘉定三年九月二十將示寂，慨慷長嘆【六】，諸徒屏息以俟，則曰：「風霜龜手，暑雨黧面，盡瘁創建，所以一多衆、革菴居。今也反是，是吾憂也。」言訖合掌而逝，先圓十有一年。嘉定十五年十二月二十二，昧爽前，峙雙石於西廂，偕修證遺骨藏焉，銘而刻其石【七】。銘曰：

窮佛祖心，持佛祖權，權衡在兹，而傳其傳。降斯以還，建幢樹刹，於有爲功，不棄毫髮。去此二者，曰冒吾氏，食前方丈，素食尸位。猗歟修證，手開慶寧；訓也掎角，遂臻厥成。吴松以南，原隰薿薿，悠然梵放，遥夜天際。善蘖日滋，暴俗改習，王度卓然，默相潛翊。

慧日宗元谷目齒兩種不壞之塔銘

劫盡時火乃扇灾，自九地逮初禪皆燼餘，信夫火之爲力也大矣！竺西闍維法曰火浴，灰百骸四支，所存者舍利，見諸傳記。余舊贊五種不壞者，鐔津明教大士頂、耳、舌、童真、數珠。近又贊薦福璉舌，銘湖隱濟舍利，與傳記合。宗元谷，信州周氏子，受業於月嵓新興寺僧守忠，得吾佛照末後句。慧日敞門，歸隱萬壽之西堂，遂蜕於此，年六十六，臘四十二。越二日，依西竺法闍維，火聚蜚辯，失一隻眼，齒三十六。丙丁童子，憑陵奮虐，死眼頓活，齟齬没齦。反睨童子，灰飛煙滅，明毫屬天，旁屬彰教。住山上人了此瑞事，不起于座，銘以告衆【八】。銘曰：

眼如月，齒如雪，火烈烈，瑩而徹。定業難逃，自暴醜拙。

御史銀青米公復神道碑

襄陽米氏祖墓距鐵甕城西南三里黄鶴山之陽。六飛度江，擾攘甫奠，軍遊奕迫墓垣，營絶神道，無復元禁。淳熙間，曾孫吉州刺史某請于戎帥者五十餘反，武夫勁卒不知講明，漫不理。寶慶初，玄孫太平州蕪湖長某舊出今邦伯趙公某之門，雪涕於公曰：「公來南徐，重藩宣節制，而崇教化，厚風俗，率嘗先之。某與先兄省倉下界某、弟太平州蕪湖丞某，抱先世五十年不信之恨，頗閔風教，盍爲我振之！」公使盡吐所由恨，則油然而作曰：「王道之本，起於養生送死而無憾，况一代耆德，歲時奉烝嘗，掃松楸，有愧其子若孫，吾不忍也。」未浹旬，復其故，造亭大書而扁之，曰「有宋御史銀青米公神道」。雲山增華，草木津津。銀青洎少儀、少師、奉直拊窆之靈禀然在兹，孰不揖箕翼以為主人壽，俾子孫千億，洞洞屬屬，如見如慕，思所以報公者當何如！嘗聞銀青無恙時，喜讀書作詩，琴瑟日在御，射御書數餘事也。至於護劒閣，守葭萌，皆雍容著偉績。有田二千晦，佃者盜賣，族子聞有司，逮繫幾百人，則測然曰：「微此吾飽自若也。」折券而釋其縛。痛人命困於庸工之手，則精究方脉，著書三十卷遺後世。活千人者封，何啻千人哉！是以生少儀、少師父子，受知思陵，家聲震江漢。文章翰墨，照耀一世，雲山淡濃，盡掩衆作，殆今旦評爲文德稱首。銘曰：

比德如玉，玉無德輝，櫝玉可毀，德無磷緇，嗟今弃德如弃泥。

道場山北海禪師塔銘

淳熙初，保福住持證公度弟子四，曰真、心、圓、明，上字同曰悟。在少城之東大聖慈寺中。九十六招提，寂勝處四五禪刹，外皆鐘梵花雨，三學講演。一日，四比丘屏息侍證，曰：「咨爾真與心，爾毋滯名相家，盍徧參乎？爾圓爾明，則掌余藥石服御。」翌日歸白父母，其母鮮于氏賢，謂曰：「自我歸爾楊氏家，禱於白衣大士，願得佳子俾學佛。爾生喪明，禱而復明。爾其念哉，行矣毋踟躕！」乃束包下三硤，尋訪本色宗工，見松源岳于報慈，扣無用全於天童，遂識無用之用，而悟岳之不己欺。分座於雙徑石橋宣之席端，開法於四明天王寺。迩海衲子不称心而称北海，聲玃玃叢林中。瑞巖大同全以金山薦諸廟堂，希夷、如淨在南北山，掎角沮勝己者，止秀之本覺。老坡昔三過此，所謂「三過門間老病死，一彈指頃去來今」。爲鄉老人文公發舊有堂曰「三過」，余爲之記。居無何，夷、淨之沮不行，移湖之道場凡若干年，振墜起廢，一新土木金碧，九年之弓也【九】。忽瞑倚禪板為衆曰：「轉息隔生，勿虚度日。」書四句偈而寂，某年月日昧爽前。龕留一七日，全身瘞寺西岡，壽六十一，臘四十四。度弟子若干人。大觀從余游久，惟余言是信，懼人飾虚譽美厥師而誕後世，直致其事求余銘。銘曰：

既生而眇，母禱而瞭。粤如所禱，俾皇覺紹。及見報慈，其瞭復眇。智厥常明，發以内照。遐杳閴迥【一〇】，重昏而曉。用晦藏晶，扣玄体要。日漸月磨，靡不炫耀。嗟嗟末流，以竊以剽。自罹顓蒙，瞑視盲眺。其蔽可撤，其窒可竅。其愚可言，其昧可弔。反睨高蹈，訕謗嘲誚。鶉安卑枝，鷃止蓬藋。爬搔餘粒，族類相嘯。視九萬里，控地淺料。大方無外，不直一笑。幻緣盡矣，一瞬而了。了無可了，月湧寒嶠。

趙野雲墓誌銘

宋諸王孫趙希俩字寅父，野雲其自謂也，常州無錫人。弱冠受命補承信郎，轉保義郎。今天子龍飛，換從事郎，榷衢州酤。衢盜竊發，攝事有方略，改臨安府排岸。俸給公家，餘則盡付酒家保。落魄孤山南北，蕩幽尋窅，索深探遐。眺點陳爲新作，不經人道，語弗警拔清麗弗出也，非樵山漁澤牧兒竈婦一見抵掌能歌之弗出也。談謔嘯詠傾坐人，解后朋酒罔不致，不至不適也。凡給侍奔走過，不加箠楚。長安市為貴游藪，一跡不印其門前地。零圭断璧不自愛，流落山翁溪叟間，好事者方搜訪次第，編而哀之，鏗鍧其身後，慰其九原沉酣之靈。年七十二，嘉熙元年九月二十三日，終于官舍。是歲十二月十九日，葬於嘉興府嘉興縣胥山懽喜樹之原。女歸曹武惠諸孫適，惸然扶護，盡瘁辦窀穸。或譏其有女無子，吾於是乎引古以銘之。銘曰：

忍子啜羹，没身扣閽，有子無子，烏乎論！

祭佛照禪師代同參

嘉泰三年三月二十八，四川、兩淛、二廣、七閩、江淮東西、荆湖南北參學比丘某，與諸比丘衆注香煮茶，奉微供於貿之東菴佛照禪師拙菴大和尚之靈。於戲，師之所自立亦難矣哉！方其升應菴之堂，則登東山而小魯；晚入雙徑之室，然後登太山而小天下。妄庸醜正，歃群困折，不可柰何而後已。卒能横翔捷出，縛虎兕，鞭龍象，搏扶摇，跨閶闔。阜陵英主也，曰兢兢業業當如禪師之言；史真隱帝者師也，謂其氣雄萬夫；陸放翁山陰耆舊也，贊其話行四海。非有大過人一聖二賢曷以若此？它日行輩鼎立，更迭而逝，師則巋然，獨殿諸老。紛紛晚進，競春争妍，秋新露零，一掃而盡。於是時也，方孿阢之木蘭洲之宿莽，凌霜厲雪以自怡，收卷波瀾，一菴至樂忍死，不敢寧居逸躰。今亡矣夫？昧者謂其果亡矣。有法門名無盡燈，冥者皆明，明終不盡，則師長在而不亡【一二】，尚何悲焉！

祭佛照禪師圓鑑之塔代秀岩

嗚呼師乎！虛舟悠悠，不知斯文壽命所託；疾雷殷殷，不知蟄户管籥所繫。浩浩乎心與理冥，智與神遇，不知人間世所謂榮枯得喪果何物耶！指後學之心則皇天后土昭乎其鑑，孚大信於物則海東日本不約而至。恢拓象末，邈然寡儔。顧不肖似，敢稱先德以黼黻大空，而與世諦流布哉！静惟始終，逾二十年，潛鞭密鍊，倒行逆施，雪霜憑陵，陽春煦嫗，恩積丘垤，報未涓塵。故山來歸，靈骨未冷，慚非跨竈，誠謂續貂。無聲之哀，菲薄之奠，哀慕之至，靈其鑒之。

代佛照祭淵清叟

清叟未發足時，商周三百篇，漢魏六朝，下逮唐宋，沉潛反覆，得其指歸。幡然舍諸，亟來相從，鄉所藴藉，登龍門而洗空，禪悦法喜。盖自得之，亦復弃之，放浪形骸之外，高眠塵表，若將終焉。諸天儼臨，無路推轂。仁者必壽，古聖格言，子胡不然，我心則折。嗚呼清叟，其如命何！

祭錢竹岩

於戲竹岩，其死欲期，謬我不敏，乃今始知。嗟嗟諸孤，不我告為，豈不念我，休戚以之！彼不知者，謂之何其，匪謗則讒，匪譖則擠，匪誕則謾，匪畏則欺。竹岩曰嘻，恣若所為，恢乎有容，空洞十圍。吾游四方，交天下奇，惟古所是，惟今所非，廪姿孤標，其殆庶幾。乃於度外，悠然不疑。前年之官，流金欲西，約我必偕，我病不支。蚤料及此，雖病輒隨。殮不及眂，葬不我期。雖不我期，悠悠我思。於戲竹岩，昭昭在兹。

祭虞稅院冠卿，會稽名士。

靜而樂，其樂也全志也；敬而誠，自誠而明性也。啬其壽，中壽而死，命也。百骸潰矣，疇知夫不病不死者，冏然而笑我未能免俗也。

祭于君實宮講異時丹丘有顯者，謂于公曰：「詩、騷何益興亡治亂？」

兩巖風高，半江澄秋。三柱鼎立，而吞潢流。維三伊何，公與𩔖翁。我輒龍断，並駈兩雄。倡焉是疇，必反而和。花陰晝遲，竹榭月墮。琅然而歌，若出金石。山城無人，使萬籟寂。風雅道大，與天同休。豈無聖人，雜删並收。或曰此道，不関亂治，四夷交侵，自小雅廢。公則掉頭，背俗子論，笑訕譏嘲，愸如不聞。耆此而生，耆此而死。易簀之際，笑命其子。使具大白，而次第酌。捷出機鋒，抵掌諧謔。酒盡雙玉，玉山不頹。揮手整衿，槁木冷灰。死亦大變，了了若此。德宜生荄【一二】，奠奇男子。

祭齊國趙夫人景獻之母。

洪範五福，錫厥庶民。懿淑具并，厥庶莫倫。丹心日星，短世蒲柳。弗變弗迁，孰不曰壽。金貝珠璧，匪飾匪御。為善寂樂，善日以富。壽富而康，既清以寧。天其靳斯，勿輕畀人。惡石吾師，甘言吾賊。舉非吾好，所好在德。識真擬杜，教子擬孟。手種手穫，而考終命。命則有終，匪終者存。昭昭在兹，曷云不聞！

祭趙寺丞

公去蘋渚，琳館容與。我託蔭樾，三慶初度。芳墨猶濕，忽得凶訃。一聞此聲，如市有虎。迄于再三，霣涙如雨。我涙非雨，悲豈兒女。云胡能然，滴滴心膂。湖氓蚩蚩，念公如父。嚴而不苛，威而能恕。亦復念公，如子憶母。或楚或讓，爰煦爰嫗。昧者不知，百喙簧鼓。事久論定，表表益著。日俟公起，倏尔仙去。經春貧病，吊不及赴。酒不注觴，餚不登俎。椀翻素花，鼎蔓碧縷。接武生芻，一慟千古。

祭上元長官趙紫芝

西陵岧嶢，之人遥遥；西陵㳽㳽，之人不歸。之人何其，雪調冰度。豈無它人，盟獨鷗鷺。官不稱德，德榮其身。榮不療貧，假文以鳴。不曰種瓜，居無一廛；不曰種豆，耕無寸田。未就刀圭，莫起君死。天孫錦裳，夜付其子。君死不作，我恨弗掩。昭昭在兹，鑑此匪諂。

祭盧玉堂直院

噫蒲江公，蚤蜚雋譽，頡頏雲霄，粵與仲俱。翻水文詞，九河倒輸。拍肩過秦，長揖子虚。駿騰渥洼，翠峙碧梧。訪孤山春，濯西子湖。起我摧頹，偕尋物初。一笑分携，九華絳幮。仲則先之，鈞天帝居。鷗盟在公，雁足枉書。契闊十年，鵷行峻除。

復來間陰，策我故吾。蓬萊道山，夜嚴漏徐。種橘賦詩，雪枝糢糊。黎明綉鞍，入承明廬。潤色誥盤，章明典謨。演雅簡繁，命騷有餘。用不及大，澤不及敷。志不及行，蘊不及攄。百身莫贖，嗚呼天乎！

祭神林慧元發

非吾子親，非吾子師，以警以飭，子不我違。子質固渾，胡俟我爲。將子藏怒，氣平色怡。日俟子成，以尉遠期。子雖未成，大略近之。子親子師，喜動睫眉。祝以培擁【一三】，壽焉再耆。前冬沉綿，或謂不支。亟往視子，子起不疑。兩年西湖，好音日馳。日俟子來，竟不我之。我去江東，子死浙西。契闊死生，悠悠我思。泣子莫聞，酹子莫知。念昔語子，萬化指歸。了觀化元，月印萬池。將子無爽，凜然在茲。

祭覺無象以淵清叟配南北山三天竺，禪講之秀者。聞覺無象訃音，哀金作供，祭之于冷泉之上，請余文以告之，令朴翁讀祭文。

鷲峯全盛之日，衲子一世龍門。方是時也，涯涘汙血豈少哉，兩公已負駿聲於九方皐之廐矣。方佛海、佛照對敭天子之休命【一四】，則黴風葉擁趺而自求其志；諸方葛藤滋蔓，則卷舌冥懷而制乎末流。典刑半座，冠冕群英，則不矜不伐，以為勵志勉力之方；群飛刺天，尋即墜地，則無適無莫，而自高歲寒不彫之操。固兩公之所同也。若夫奔軼絶塵，超途軼轍，黜智為愚，寓巧於拙，豈無象優於清叟？遊戲翰墨，藻飾萬象，法度謹嚴，詞章宏放，豈清叟優於無象？于以潤色祖業，要未足以盡兩公之藴。百未一施，遽止於斯。願力所覃，重光叔世，則後之建寂勝幢者，舍兩公則誰與？

祭蘿湖雲臥菴主瑩仲温雲居老宿聰首座

瑩隨妙喜悦衆於衡，梅聰侍雪堂於龜峯。

淵有珠，山有玉，華草木，媚川谷。清明在躬，玉縕珠匱。矧二大士，並峙芳躅。歐阜千仞，蘿湖一曲。影不出山，塵不涴足。逾四十年，倏於轉矚。低侯國命，高雲漢目。漁樵争席，蘭茝騰馥。著書自樂，卷舌自默。衡陽瘴面，雲山短服。眼底江山，胸中杼軸。物初幽尋，象外遐逐。遯必自肥，謙必自牧。長不自有，善不自淑。妙喜密付，雪堂正續。尸素塞路，蠢聚蠉族。典刑在兹，不戰而衄。

代鄉人祭璉壞衲

大江以南，狂瀾日肆。問其津涯，罔知攸濟。障而東之，聊資一戲。時之所慕，己則甚耻；時之所弃，己則為美。煮五合陳，答千山翠。夫何道人相尋于五乳峯前，萬杉雲際。開古叢林，益侈乎昭陵之賜。不動聲色，咸自化於顛沛造次。酣熙淋漓，沛然飽滿，不知師者為誰，誰為弟子。存乎中形乎外者，真實而已。薰陶發生，春風和氣，翩然西歸，此道未墜。康廬之陽兮萬竅畏佳，番陽之東兮月透清泚。無乎不在，與化終始。

祭葛無懷朴翁

才也不羈，命也數奇，賦之者天，厄之者時。騷雅風賦，澹泊是師。機警詼謔，迅捷倔奇。素患難則一眠險夷，外形骸則兩忘是非。冠兮峩巍，佩兮陸離。柳下繫舡，鷗邊忘機。非蟬蜕於塵埃之表，而相索於形骸之外者，未之或知。

祭韶維那

天台擊蒙，少林直指，染指教外，具鼎中味。方其學教，江漢淮濟，會歸於禪，萬殊一揆。行天下，見尊宿，興盡東歸，婆娑天育。咫尺故廬，不一舉足。厥疾弗瘳，一笑瞑目。死無可愧，生豈不足。惟鐵錚錚，惟石碌碌。

代佛照祭雲莊主

變之大莫大乎生死，達生死莫大乎空寂。學而至空寂，則死生之際，蛻若露蟬。靈學空寂，兩忘寂喧。即喧而静，心遠地偏。方尋訪之，南宗北祖，擔簦負笈，翩然竟去。其歸休也，東阡西陌，嘯月吟風，若將終焉。折脚鐺中，人或罕識；钁頭邊事，吾固忘言。不負所學，高風凛然。悠悠我思，雲深水寒。

祭源上人鄉人

大江以西，支分泒別。至于東山，四分五裂。一鼓猊絃，衆絃斯絶。賞此音者，蜀有俊傑。蜀叟盡矣，遺響頓歇。豈無它人，奮迅像末。為人中龍，為星中月。猗歟後來，不媿前哲。弗患不學，患不勇決。靈則不然，油然奮發。力挽千乘，革此覆轍。加以數年，拭目超越。一日千古，我心則折。冷泉芳甘，蘋蘩豐潔。些作楚音，尉此永訣。

代佛照祭理監寺潮陽人。

我念往昔，水旱仍歲，此大道場，洗鉢萬指，虛倉枵廩，罔知攸濟。豈無它人，及以近事，坐困無策，飽飫安睡。子則奮然，慨慷陳誼，分衛四方，鉢歌其綴。一葦杭海，深入瘴地，錫振千門，粟移萬里。變凶為豐，易欹於砥，逋者知歸，莩者蹶起。

編蒲興動，復振歸袂，日俟拏音，訃音鼎至。月沉鰐渚，雲寒玉几，永懷相從，南望霣涕。

祭昭文錢公臨終見佛。

嗚呼！我公歸兮，公將焉歸？清泰之國，在天一涯，八德芳甘【一五】，泠然緑漪。瑶肪甃池，金沙湧坻，水鳥和鳴，樹林陸離。芬陁利花，長鮮不萎，一人繫心，花開一枝。公於是中，託上上栖，非公等倫，姓名弗題。芳既騰矣，既芳以滋，襯步承趾，如其所之。夷猶彷徉，樂且有儀，復均此樂，滌昏拯迷。北鬱之南，人自嶮巇。罔念作狂，愈不可醫。断港絶潢，知津者誰？又將於公，先覺是依。公其勿忘，為大導師。

代人祭何康叔

嗟哉蒼蒼，主司生人，胡不均耶？胡不使吾康叔壽而康耶？某少寡助，内交於兄，志合氣同，弗啻昆弟。愽約之益，於我何多。去年之春，掉鞅場屋。載賈餘勇，一鳴驚人。國子先生，擢上上考。俊傑如堵，争先快瞻。視兄奮亨，喜若己得。同歸里閈，倏以病聞。老我家君【十六】，往訊所苦。歸甫閲月，遂以訃聞。一再聞之，惝恍投杼。逮至三四，果如初傳。頓足失聲，我心則折。嗟哉蒼蒼，獨靳壽康於斯人也，何其酷耶！

祭錢妙明居士

惟靈之生，惟一真實。一真實外，孰非長物？本之以朴，守之以質。確乎其心，可卷非席；凛乎其志，可轉非石。乃於鄉評，無意無必；而於宗黨，非矯非激。又於子孫，衆多如一。獨於空寂，投膠於漆。昧者不知，謂其佞佛。佛不受佞，福豈妄得？悠然獨見，判然剖析。寺起百廢，橋飛千尺。路險持平，歲凶加恤。有餘是損，不足是益。起以勤勞，享以燕佚。白圭之智，陶朱之術。暗合孫吴，不師其跡。我萬里客，一笑莫逆。胡不百年，交臂如失。酹此一觴，為鄉黨惜。英霛不死，爰昭爰格。

山門祭吴寺達

十萬買鄰，古人所願。井泉分脉，垣隙借光，遂令東家，不愧南阮。弗起于座，安若泰山。不揮案示徒而講學肅如，非通難對機而檀施起敬。豈雨花動地，白石點頭，不足干其思慮，而軥軥栩栩，無用其心哉！夫香積國以香飰作佛事，盖用香積故事也。萬事有窮，一死無欠，我作是説，靈其謂何？

山門祭振監寺

惟靈跡群塵囂，心清秋濤。興盡月輪，名氏自逃。盍歸乎來，愈晦愈韜。絶聽反聞，聲沉響銷。於日用中，應念頓超。我堂曰頤，均賢佚勞。靈栖其間，飛來爭高。歲寒一枝，霜莔二毛。入甘露門，自肆老饕。萬緣俱休，四山沈寥。逝者如斯，有些可招。

代信新戒祭悟侍者

同登師門，同尊所聞。法惟一味，相爲弟昆。臭味草木，慱約禮文。道義講明，深禪細論。十年歲寒，晝窻夜燈。旃檀叢林，均雨露恩。悠悠光陰，惜寸及分。朅來侍傍，席未及温。疾急莫支，甚於捄焚。如可贖兮，百身可損【一七】；不可贖也，遂初反元。百骸固亡，所亡者禪【一八】。

代下竺印祭上竺珪

靈胡為乎，三綱揔持，逾二十年，厥問四馳。又胡為乎，老而不衰，擁半千徒，風從影隨。天台慧命，凛乎一絲。乃登雋髦，乃振表儀。分半榻雲，舉以授之。有典有則，彼將安歸。日就月將，冀挺倔奇。俾盤石安，易累卵危。謬我不敏，亦與品題。朅來為隣，隙光借輝。倏又去我，曾不我知。克繼克承，魚網鴻離。人亡人得，又焉楚為。靈胡為乎，其來鑒兹。

代祭興上座鄉人

太白勦遊，欲觀凌霄，乃於化城，一念頓超。昔者萬里，一簞一瓢。欲就有道，洗梵釋囂。急如救焚，喜如聞韶。其心則降，其意也消。惜哉妙齡，倏若槁苗。秀而不實，惟莠翹翹。念此永別，鄉心寂寥。孰知此心，靈焉孔昭。

代人祭印元實吴寺

先師避席歸休，上賞有薦賢之譽；老子被命補處，成規如畫一之歌。連璧之明，冏冏在目；斷金之利，悠悠同心。杲也晚生，日敬執友；靈乎崇篤，時分隙光。方懷好音，忽得凶訃。我心則折，泫然而永歎曰：霽月兮殞團，桂零兮露乾。靈一去兮不還，猿鳥凄凉兮寥寥空山。

代祭前人

於戲靈乎！尸乎此山也，春江白鷗兮，自然相宜。洪川之西，煙霏霏，雲依依，向蒙蒙兮，今誰撤之？折山靈得以自私【一九】，將物各有數兮姑待時。錫駐不飛，油然發揮。勃窣兮伽梨，古野兮丰姿。巨鏞横撞兮萬指景隨，瀾翻四辯兮四河渺瀰，不起于座兮金碧光陸離。兹特緒餘耳，終將觀其大有為。胡不期頤兮朝露晞，一燈不夜兮懷哉一夔。

代祭達首座鄉老人

畢生辦死，以至於死，了了死生，乃不負此。此誠何如，不亡不存。其去無蔕，其來無根。公活於此，坐而待祭。十虛配食，萬象依位。風切蘋渚，月批雲蘿。胙猶可分，盍猶可歌。風止月沉，四山寂寥。冏然心初，珠明塵消。

祭秀州簡上人湖州選上人

觴有沉，豆有雋些。尔簡嘯，尔選延，爽余望促爽余展。執御兮忘遠，軸折兮輪弗碾。焚尔瓚，瘞尔璉，賁於有聞兮又何怨？

達首座索生祭文

嘉定十二良月十六，靈隱達老宿致雪竇老融所作觳觫索生祭。乃具函牛之鼎，奏庖丁之技，然東溪之菜，煮北磵之水，肆其大嚼，盡身前懽，尉別後思。贅疣其生可嗤，歸根其亡誕詒。膠擾乎合離，又奚以為？是道也，謂公不知，謂余不知，嗚呼其誰知！

祭杲無外講師下竺元粹直友。

友我以正，遇我以謹，爰及我私，以振以警。孝于惟孝【三〇】，敬其所敬，旦評稱其義，友道以其信。寧死去食，有生必殞。大信既孚，風雨不渝。損友者三，偽飾諂諛。鵂鶹晝冥，自盲自愚。靈欲正之，瞑眩取踈。詈穽文綉，馬牛衿裾。永懷高標，一龍一豬。

祭超老宿富陽人。

諸方説禪，靈獨種田。諸方角逐，靈事退縮。人皆逸豫，靈不尸素。八十有三，雲閑一龕。憧憧水雲，自北自南。揭厲玄旨，密機飽諳。昨非旋除，老夢更酣。萬籟號風，孤蟾印潭。了了生死，以酬罷參。采采澗蘋，擷芳薦甘。

祭勤净頭通泉

惟靈欲步大方，以税其駕。太白之陽，萬機休罷。彼上人者，或怒或駡。直行徑前，縱奪陵跨。忘言而領，與之俱化。嫉者或衆，識者盖寡。寓以持净，而正用舍。臨機專對，如遠侍者。如顯净頭，寓北山下。移錫冷泉，閲秋徂夏。了本無生，分暝為夜。我思古人，悠悠並駕。

祭圭侍者圭羅漢，通泉。

沉默而方剛，專靜而明偉。似不能言，言輒可紀。初友萬杉，借一鉏地。雙劍五乳，相高寒翠。主賓道同，密昦針水。由吴適越，閲兩暑寒。培塿貿山，問津冷泉。一疾弗支，倏如蜕蟬。於戲！圓悟不作，卍菴已矣。瞎堂别峯，化門既敞。餘波末流，無所不至。秋池之蛙，遂當兩部鼓吹。靈其再來，任此重寄。

祭雪溪臯老

直節介特，如竹不倚。與蘙俱生，不與俱死。雖霜不蓄，擬停紫鸞。翾蜚啾啾，鬧叢薄間。遂將此耳，往雪溪洗。亦復小住，牛刀初試。鷄肋之微，全力弗棄。别峯故廬，莆田可鉏。舊榻解懸，滿榻梵書。緊我頹墮，身外慵課。不扶不携，使爾叢脞。燕雀風高，墜纔須臾。風乎不來，婁棄路隅。人曰爾已，我謂未已。凌霄巍巍，瞰暮山紫。

祭魏鶴山

天之降才，生民所繫。以其所餘，爲用於世。公生人間，凰麟匪瑞【三一】。况復芝草，明月火齊。品有定價，不足酬貴。峨岷之秀，河嶽之氣。蚤蜚華問，震天下士。聞輒意消，見輒心死。校書天禄，咸問奇字。西蜀旌旄【三二】，令負弩矢。逮于更化，表表愈偉。簪不小低，望益峻峙。絳灌斗筲，交口讒詛。不獨不用，抑又弃置。清流之類，替少文泚【三三】。諸老日零，徯東山起。如魯靈光，屹若不倚。騎箕而上，天弗憖遺。官隨身殞，不殞名氏。青史芬芳，終古不墜。

空聖予哀辭并引

新安空聖予倜儻有大志，喜勝己者，雖年小事之謹。老叢林有從上爪牙，先佛照愛之重之。橘洲中飛請【二四】，故舊匿影，公毅然奔走，借援於大縉紳，諸老韙之，余亦韙之。辭曰：

可忘者年，不可忘者言；可勝者人，不可勝者天。交以此道，匪自棄焉。我方耕於委羽寬閑之野，兄則峙兩化城於阿蒙宿兵之地，而丹明堊鮮。簞食豆羹，酣嘻沛然。不作不食，彝訓在前。寧即鬼群，耻加素餐。視貨殖而傲岸，嗟幾何非乞墦？志尚與我同兮，防愈決而愈堅。兄死行殯，彼生骨殘。贖可百身，吾身可捐。不可贖兮，泪交涕潸。我哀不聲，兄聽不還。

下竺印哀辭并引

盛世苦心如公者，或寡矣。貧而游學，隙光席地，汗牛衝棟，反覆沉潛。肯綮砉然，吾方發硎，不則如求亡子，如喪考妣。百花成蜜，味中邊甜，豈獨忘言，亦復忘意。通宗極九難則疾風敗葦，虛堂得不前席；感般若寂寥則奔川渴驥，解空得不奠枕。起廢住山，名動九重。以境攝心，觀開九品。無生可樂，有死無憾。哀勝幢之將仆，系之以辞。辞曰：

旦講兮花飛，暝講兮雨新。換萎一去兮弗言歸，優曇閒寥兮芬陁凄。其天台正續如一髮引千鈞，未即断者幾何？措之於泰山盤石兮，其誰振之？豈無他人，未若靈之簡繁撮要兮，單拈徑提。於戲噫嘻！靈山儼然，絲毫不移，詎知夫塔中兩雄與諸分身？僉曰是真精進，是名真法，供養如來者，舍靈其誰？

吊池陽郡慱盧蒲江喪耦與女

池陽郡慱蒲江盧申之室人與女之喪也，或以韓愈用魚子、細腰、鴟梟、蝮蛇已孟東野失子之戚，而已蒲江之悲。韓愈之說行，吾恐赤子不得養於其父母矣。雖然，能不悲乎？悲而不知止，非中也，要歸其中而已。作而吊之曰：謂生可一兮生則萬殊，謂其萬殊兮死同一趍。胡壽夭之不齊兮，夫人所以籲天長號而疾呼。彭不貸殤，鶴不續鳧，吁其來也久矣，將安悲乎！

招魂并引

招魂，楚俗也。天長右統軍吳從龍陷賊，賊偉其勇，釋縛而使喻泰降，至則囑泰堅壁，而死於賊。吳之中表韓應祥慷慨，三招其魂，使余為之辭。辭曰：

扃鐍兮失常，犬戎兮濫觴【二五】。遂入兮鶩翔，跨青齊兮距張，拊海泗兮扼吭。既反噬而陸梁，恩懷柔而霈雱。冀小痞其酲狂，厥類愈其突唐。陽貢琛而偃蹇，陰欲禽於真陽【二六】。狼烽直兮地近，鐵城橫兮天長。真將軍兮藐視，控三面兮獨當。策群虜之素蘊【二七】，雖六奇而可箱。嗟衆寡之不競，聯逸響於解陽。死雖死而弗亡，盍歸來兮故鄉。

海陵兮重圍，銜枚兮疾馳。令兮吾誰違，死有所兮得之。忠以義持，援不我支，弦開空拳，馬蹐不飛。忍死兮詭隨，登樓車兮反詞。大勇兮死弗移，彼不乏與數奇。洎齒氈兮乳羝，斫頭便斫頭兮何怒為！齦穿爪透兮氣凜，而將軍兮孰分等夷！魂兮安之，歆余招兮來歸。

天險兮濤山高，一衣帶兮百虎牢。滔滔兮東之，孰湔兮腥臊。積骸兮山白，釃血兮原赤。鬼餒兮喑喑，人眩兮岑岑。鬼兮無人祀，人瘉兮詈鬼。野迥兮不耕，望秋兮無穗。盍歸乎來兮，士登陸之大邦【二八】。潮打城兮流瀧，雪瀲艷兮三江。雲帽岑兮嶆崒，石玲瓏兮四窻。海物貢兮品夥，海塗穰兮歲康。隣用情兮浹洽，俗好古兮厚厖。故廬兮在其下。音戶。葉落花開兮朝暮。

智門能禪師哀辭并引

公與松原岳公同參密菴而嗣岳，或以大潙之於翠巖、卍菴之於大慧為之説，公輒掩耳。出世後提倡大非分座時，吾哀之，為之辭。辭曰：

發足兮銅梁，觀方兮不知方；觀方兮知方，跨九州兮不越乎銅梁。飄零匆匆，半生轉蓬。可友者親，可媿者攻。視百世之上，百世之下，佛祖心之所同兮理之所同。劔池兮鷲山頂，萬象兮清涵兩鏡。造詣兮深穩，碧落碑兮無贋本【二九】。心兮密傳，意兮在弦，倏兮泠然，覺後覺兮孰為乎先。雲蜚兮水回淵，蕙帳淒凉兮曉猨【三〇】。

余自總角時，讀張穎周禮義論策，盖蜀所謂省元者，雖場屋之文，而得宣公奏議體，一時學者，實佳尚之，讙言蜀固有人。少長從止齋、岷隱游蜀，士夫王悳修徠特見，其濃墨大字，妙兼眾體，而未見有所述作也。晚為浮圖，北磵相與洽比，而詞章皆獲見之。高論偉然無雷同，其佶屈聱牙雖問字於揚雄，假詞於柳州，曾不是過。烏乎旨哉！北磵蜀人也，蜀有山水之秀，是多異人，要非甚異者，不出則北磵其人也。其徒會粹成編，因抗筆以題其卷端云。永嘉普觀義問宣子

校勘記：

【一】服紫伽梨　「梨」上本、庫本作「黎」。

【二】異時虜入濠　「虜」庫本作「敵」。

【三】懭恍詼詭　「懭」上本、庫本作「惝」。

【四】佛智冢嗣圓悟　庫本作「佛智冢嗣圓悟機靈」。

【五】而顛沛造次不從叢林　「從」上本、庫本作「忘」。

【六】慨慷長嘆　「慨慷」上本、庫本作「慷慨」。

【七】銘而刻其石　「刻」庫本作「列」。

【八】銘以告衆　庫本作「銘銘以告衆」，疑衍字。

【九】九年之弓也　「弓」庫本作「功」。

【一〇】遏杳閴迥　「杳」庫本作「香」。

【一一】則師長在而不亡　「亡」庫本作「忘」。

【一二】德宜生葝　「葝」庫本作「㔓」。

【一三】祝以培擁　「祝」庫本作「足」，「擁」上本作「壅」。

【一四】佛照對敭天子之休命　「敭」庫本作「揚」。

【一五】八德芳甘　「芳甘」庫本作「甘芳」。

【一六】老我家君　「君」庫本作「居」。

【一七】百身可損　「損」上本、庫本作「捐」。

【一八】所亡者禪　「禪」上本、庫本做「存」。

【一九】折山靈得以自私　「折」上本、庫本作「仰」。

【二〇】孝于惟孝　庫本作「孝其所孝」。

【二一】凰麟匪瑞　「凰麟」上本、庫本作「鳳凰」。

【二二】西蜀旌旄　「西」庫本作「兩」。

【二三】替少文泚　庫本作「潸涕交泚」。

【二四】橘洲中飛請　「請」上本、庫本作「語」。

【二五】犬戎兮濫觴　「犬戎」庫本作「鋒鏑」。

【二六】陰欲肏於真陽　「陽」庫本作「揚」。

【二七】策群虜之素蘊　「虜」庫本作「寇」。

【二八】士登陸之大邦　「士」庫本作「古」，上本無此字。

【二九】碧落碑兮無贋本　「贋」上本、庫本作「假」。

【三〇】蕙帳淒涼兮晓猨　「晓」上本、庫本作「嗟」。